Le Bonhomme

© **Les éditions JCL inc.**, 2001
930, rue Jacques-Cartier Est, CHICOUTIMI (Québec) G7H 7K9
Tél.: (418) 696-0536 – Téléc.: (418) 696-3132 – www.jcl.qc.ca
ISBN 2-89431-242-3

RÉJEANNE LAROUCHE

Le Bonhomme

Roman

LES ÉDITIONS JCL

Nous reconnaissons l'aide financière du gouvernement du Canada par l'entremise du Programme d'aide au développement de l'industrie de l'édition (PADIÉ) pour nos activités d'édition. Nous bénéficions également du soutien de la SODEC et, enfin, nous tenons à remercier le Conseil des Arts du Canada pour l'aide accordée à notre programme de publication.

Gouvernement du Québec – Programme de crédit d'impôt pour l'édition de livres – Gestion SODEC

Le Saguenay m'a vue naître puis grandir.
Ensuite, il m'a perdue de vue.
Je lui redonne aujourd'hui signe de vie.
C'est un juste retour.

À ma famille, à mes amis,
à mes maîtres et maîtresses d'école, salut,
et merci pour avoir fait de moi ce que je suis.

REMERCIEMENTS

À Monique Grégoire, Sylvie Falardeau et Nathalie Barrette,
merci pour votre lecture, vos commentaires,
votre considération et vos sourires.

À mon fils, Philippe, premier lecteur,
merci pour ta patience et pour cette belle intelligence
des êtres et des choses que tu as mises à mon service.

À ma fille, Camille, première auditrice,
merci de m'aimer si fort que je ne puisse
douter de mes propres forces.

À mon mari, Serge Groppi, merci de m'accorder
ta confiance et de prendre soin de la mienne.

À ma mère, merci d'avoir été là,
chaque fois que je rentrais de l'école ;
votre présence m'a imprégnée d'une certitude :
celle d'être aimée.

I

Le grand escalier tremble. La rampe en fer forgé frémit. Il s'apprête à descendre. Je suis là, vingt pieds sous lui, appuyée à l'un des piliers qui soutiennent la galerie. Mon estomac se tord : « Mon Dieu, faites que mon grand-père ne déboule pas! » Je m'entortille au poteau et, le corps entier à l'écoute des vibrations, je m'apprête à compter. Dix-huit marches dépeinturées, rongées par le temps, séparent le bonhomme du sol. Elles sont greffées à un squelette de fer, une structure plaignarde dont les lamentations s'élèvent vers le ciel, pareilles à des cris d'oiseaux.

C'est l'escalier de tous mes cauchemars : celui où le bonhomme roule de haut en bas et va s'éclater la tête sur le trottoir; celui où il passe à travers une marche et se retrouve planté dans l'asphalte, foulé comme un nain dans sa culotte d'étoffe; celui où l'escalier se disloque de la maison, boulon par boulon, isolant le vieux au beau milieu du vide.

Je n'arrête pas de voir ces horreurs en rêve. La pire de toutes, c'est celle où mon père se retrouve devant le cadavre du sien. Le vieux est désarticulé, raide mort, et papa, le visage mauvais, m'engueule : « Je t'avais demandé de le guetter, câlisse de crisse! » Je suis malade de culpabilité. Je pleure pendant que mon père ramasse le sien. Il m'abandonne, seule avec le poids des remords.

C'est ça le lot des enfants qu'on charge de responsabilités trop lourdes : des nuits de cauchemars affreux, des nuits sans repos, tourmentées, pleines de scénarios qui tournent au drame.

Si on arrêtait de me demander de guetter, je serais plus tranquille. Je suis si fatiguée de ne pas dormir la nuit parce que j'ai peur de mal faire le jour. Je guette tout, moi! Tout le temps! Je ne fais que ça dans la vie. Je guette mes frères, ma sœur, mon grand-père, ma grand-mère, mes cousins, le facteur, le camion de liqueur, le chien qui jappe, le téléphone qui sonne, les lumières qui restent allumées, le bois qui diminue dans le caveau, le tuyau du poêle qui flambe... Ce n'est pas parce que je suis la plus vieille de la famille que je dois tout faire. Moi aussi j'aimerais qu'on me guette! Mais ça, il ne semble pas que ce soit nécessaire. Je suis une grande fille intelligente, responsable, à qui on fait confiance malgré elle.

La rampe s'ébranle. La porte d'en haut s'ouvre.

— Appelle Jean-Charles, vieux fou! Tu vas te ramasser en bas sur le ventre!

Bon! Au moins quelqu'un qui réagit. Pauvre grand-maman! Ça ne doit pas être drôle de vivre avec un bonhomme comme lui.

— Claudine! Es-tu là, Claudine?

— Oui, grand-maman!

— Dis à ton père de sortir! Mon vieux est en peine!

— Oui! J'y vais!

Je détale. Je suis comme ça, toujours prête à rendre service. Et la serviabilité, ça ne vous lâche pas. C'est une occupation de tous les instants. Les requérants sont pas mal plus nombreux qu'on croit. Je dirais que, quand on a fait la gaffe, devant témoins, d'être serviable une fois, on est condamné pour la vie. De partout, les visages s'approchent de vous. Ils vous adressent leurs petites requêtes : « Voudrais-tu faire ceci pour moi, ma chouette? Est-ce que tu serais capable de t'occuper de ça, ma belle? »

Et ça s'enfile! Ce qui m'agace le plus, ce ne sont pas les demandes mais les mots doux qui les accompagnent, surtout « ma belle ». Je ne suis pas belle et je le sais. C'est peut-être pour ça que je me sens obligée d'être aussi gentille. Ça coûte cher de ne pas s'aimer la face! Et le pire, c'est que les choses ne peuvent aller qu'en se détériorant. Plus on vieillit, plus on décrépit.

— Papa! Grand-maman vous appelle.

— Qu'est-ce qu'y a?

— C'est grand-papa qui est pris dans les marches.

Mon père sort. Je ne peux m'empêcher de le trouver trop petit pour s'attaquer au gros morceau bloqué dans l'escalier. J'ai peur pour lui. S'il fallait!... Je lui cours derrière en freinant dans ma gorge le « Attention, papa! » qui veut sortir. Quand on a douze ans, on ne donne pas de conseil à son père. On la ferme. On se contente d'avoir peur et de faire des cauchemars...

Parce que la peur, il ne faut pas croire que ça vous quitte quand le danger est passé! Oh non! Au contraire : quand elle entre en vous, la peur s'enferme comme un animal dans une cage et, chaque nuit, elle se débat, griffe, grogne. Il n'y a aucun moyen de l'empêcher de gâcher vos nuits. En tout cas, je n'en ai pas trouvé. En dedans, j'ai un début de zoo et les cages poussent dans tous les coins.

Je me positionne au bas des marches tandis que ma grand-mère fait la sentinelle en haut. On est là, je me demande bien pourquoi. À part crier, qu'est-ce qu'on pourrait bien faire?

Mon père, cent vingt livres à peu près, s'ancre du mieux qu'il peut à la troisième marche. Le vieux avance un bras et le rabat sur les épaules de son fils. Il s'appuie sur lui en maintenant la rampe de l'autre main. Je dis main... ce sont plutôt des crochets qu'il a, des crochets à cinq griffes, totalement figés en position de serres d'aigle. C'est l'arthrite qui le fait cramper comme ça. C'est pareil pour ses pieds. Ils sont retournés vers l'intérieur. Vu d'en bas, il a l'air d'une quille géante, prête à canter du côté où il vente. Effrayant!

Le vieux présente un de ses pieds tors, s'ajuste pour arriver au centre de la planche, transporte ses deux cents livres sur les frêles épaules de papa et descend d'un cran, le tout en bramant comme un chevreuil. L'escalier bringuebale, la rampe couine, mon père vacille et le bonhomme... rigole. Eh oui! Ça le fait rire, le vieux malade! Il rit toujours quand ce n'est pas drôle. Une façon de se donner de la contenance.

— Si je me sens partir, je lâche ton pére ou je l'emporte avec moé? m'interroge-t-il entre deux gloussements.

Bien que sa farce soit plate pour mourir, il l'honore d'un rire râpeux avec lequel il s'étrangle. Une quinte de toux le secoue. Il se cramponne à la rampe. Ma grand-mère peste tout ce qu'elle sait du haut de son palier.

— Vieux fou! Tu vas sâcrer ton garçon en bas! Jean-Charles! Lâche ton pére! crie-t-elle en avançant d'un pas. Je vais aller lui sâprer une poussée dans le dos moi-même! Ça va lui couper l'envie de rire, tu vas voir!

Le bonhomme est fier de son coup. Il jubile chaque fois qu'il réussit à faire sortir grand-maman de ses gonds. Elle a du tempérament, la vieille, plus que lui d'ailleurs.

— Rends-toi au plus sacrant, Edgar, où je fais venir les pompiers! Tu vas avoir l'air d'un vrai fou dans toute la paroisse.

Le grand-père dégrise d'un coup. Il se redresse et tend la patte vers la marche suivante.

— On fait mieux de l'écouter, dit-il à papa, elle est assez mauvaise pour le faire.

Et le film continue. Le grand-père, c'est Spencer Tracy dans *La neige en deuil*. Entre l'escalier qui mène chez lui et l'Everest, pratiquement pas de différence. Ce n'est pas une rampe qu'il lui faudrait mais des murs... des murs de pierre où il pourrait enfoncer des pitons et accrocher des mousquetons comme à la télévision. Mais on est loin des films ici. C'est la vraie vie. Et mon Spencer à moi est suspendu entre une galerie et une cour d'asphalte.

— Va nous chercher deux bons Pepsi frettes, ma fille! s'interrompt papa dans ses efforts. On s'en vient. Bon! Ça signifie que tout est rentré dans l'ordre. Le temps que je fasse un aller-retour, ils devraient avoir touché le sol. Ma grand-mère tourne les talons et la porte d'en haut claque : ce n'est pas aujourd'hui que le vieux va se tuer.

II

Quelques minutes plus tard, assise sur mon vélo, je déguste le cornet que m'a préparé ma mère, tandis que les alpinistes engloutissent leur boisson à grandes goulées. Le bonhomme a clopiné jusqu'à la cour arrière où il est affalé dans une des chaises de parterre qu'il a lui-même fabriquées. On a l'ensemble complet : six mastodontes en planches brutes, ni sablées ni peinturées, seulement teintes rouge brique. C'est ce que le vieux appelle « du vrai meuble ». Quand on porte des culottes courtes, c'est mortel. Au moindre mouvement, on sent une écharde de trois pouces nous rentrer dans le derrière où dans le gras de la jambe, là où c'est le plus sensible. « C'est fait exprès! que dit le vieux chaque fois qu'on se lamente. Une chaise, c'est fait pour s'assire, pas pour danser! »

Il n'y a que lui qui puisse tenir là-dedans, avec ses épaisseurs de corps de laine et sa culotte d'étoffe. Pour achever d'embarrasser notre cour, il a construit une énorme table ronde, même bois, même couleur. Maudit qu'elle est laide! L'écart des planches est tellement large... on perd nos sandwichs dans les fentes. Pratique pour les pique-niques. Il faut quatre hommes pour la déménager. Mon père s'en sert comme établi quand le bonhomme est couché. C'est le seul usage que je lui connaisse. Il la recouvre d'une planche et s'en donne à cœur joie, à grands coups de marteau ou de scie, tout dépendant de ce qu'il raboute. Bien entendu, il ne faut pas rapporter ça au vieux. Il serait insulté. Il est très fier et dangereusement susceptible quand on s'attaque à ses créations.

Pauvre bonhomme. S'il savait ce qu'on en pense de

son mobilier : c'est tellement colon... Gênant de regarder les voisins en face quand on a ça dans sa cour. Surtout qu'eux autres, les voisins, ils ne gossent pas : ils achètent! Madame Saint-Jean s'est équipée chez Gagnon Frères. Quant à Madame Joyal, c'est chez Légaré qu'elle a magasiné, comme si on n'était pas suffisamment humiliés... Leurs ensembles de parterre sont si beaux! Tout lisses, reluisants, avec des coussins fleuris sur les chaises. Ça donne envie de mettre la hache dans le nôtre. En tout cas, quand j'aurai des enfants, je ne leur ferai jamais le déshonneur d'installer des moignons de galerie dans leur cour. Si je le fais, je leur laisserai des clous et un marteau...

Mon cornet est terminé. Je donne un tour de roue pour m'approcher des hommes et écouter en douce ce qu'ils racontent. Papa m'apostrophe.

— Viens don' m'voir une menute...

Oups! Je pensais plutôt qu'il me dirait d'aller jouer plus loin. Qu'est-ce qu'il me veut?

J'immobilise ma bicyclette et me cale sur le siège banane. Papa s'allume une cigarette. J'attends. Il faut toujours attendre quand on ne sait pas, laisser venir, surtout ne rien provoquer. Je laisse donc à mon père le temps voulu pour tirer une large bouffée. Quand ses poumons sont rassasiés, il demande, à travers la fumée qui ressort :

— Qu'est-ce que tu penserais d'aller passer une fin de semaine au chalet? Une fin de semaine tranquille, pas de ménage, pas d'enfant à garder, juste des belles truites à pogner!

Je ne comprends pas... On est censés rester en ville... Et c'est quoi cette histoire de tranquillité?

— Tu ne dis rien?

— Ben... vous ne travaillez pas demain?

— Moé, je travaille, mais pas toé. Toé, tu montes au chalet.

— Avec qui?

— Avec bibi! intervient le bonhomme en se frappant le thorax.

Ah! Cibole!... Ma jambe d'appui fléchit. Pas le temps de me remettre d'aplomb que le vieux attaque :

— Deux belles journées de pêche avec le champion de la grosse truite, ma fille! Tout un honneur!

Il achève son pétage de bretelles en rabattant une main sur ma tête. Il frotte et refrotte, comme s'il lavait le camion à la mitaine. Je déteste ça. Mais... faut supporter... c'est mon grand-père. J'ancre le pied pour ne pas être désarçonnée et, arrimée à mes poignées western, j'attends que la crise se termine.

Le vieux finit par arrêter mais ne retire pas sa patte pour autant. Je reste là, renfoncée dans la selle, le cuir chevelu battant.

Mon père nous regarde, tout sourire. Il aime que le bonhomme soit heureux. Et moi, j'aime que mon père le soit. Alors!... autant dire que l'affaire du chalet est réglée. D'autant plus que c'est à moi que je ferais le plus de mal en répondant non à la proposition. J'aurais des remords. Mes nuits seraient hantées par le fantôme du méchant refus. Ma fin de semaine serait grise, sous le signe de la honte... honte de voir mon grand-père s'ennuyer sur la galerie d'en haut par ma faute. Le connaissant, il ne se gênerait pas pour me montrer sa rancune. Il me bouderait. Ce serait insupportable. J'essaierais tant bien que mal de me faire pardonner en faisant des commissions sans être payée : crème molle, journal, cigarettes, liqueurs, tout y passerait. Le vieux me ferait trimer sans relâche et sans aucune retenue.

Non! Il n'y a pas d'autre solution que de dire oui. Ma fin de semaine sera gâchée de toute façon. Alors, gâchée pour gâchée, autant que cela serve à quelque chose, à quelqu'un.

— Je serais bien contente d'aller avec vous, grand-papa... dis-je en me libérant de sa poigne. Mais je ne sais pas si maman va me laisser partir. Elle a besoin de moi ici, vous savez!

Le vieux se rembrunit. Il serre les mâchoires et ramène les sourcils. C'est que mon argument est bon. Ma mère m'aime, et elle se passe difficilement de moi. Quant aux plans du vieux, elle les a, comme elle dit, « très loin ».

— Bougez pas de là, le pére! dit papa en se levant. On va aller sonder le terrain tout de suite.

Il me siffle pour que je le suive. Du coup, le chihua-hua de la voisine, une carcasse de poulet avec des yeux de vache, se met à japper.

— Tais-toé, p'tit crisse! rugit mon père.

Le paquet d'os, secoué par un spasme, se garroche dans le mur. Peureux comme ça, ça s'peut pas! Il lacère frénétiquement le bas de la porte tout en gardant un œil globuleux sur papa. Au bout d'un moment, la porte des Joyal s'entrouvre et l'affreux disparaît. Papa se frotte les mains. Il adore faire peur à « l'envie de chien » des Joyal.

— Une bonne fois, le cœur va y sortir par le coffre! lance-t-il. C'est à l'usure que je vais l'avoir, le saint-chrème de jappeux! Y'r'semble à la bonne femme, tu trouves pas? Le chien jappe pis la Joyal cacasse. Elle peut ben être dans les Dames de Sainte-Anne, hostie! Une gang de corneilles qui se picochent entre eux autres.

Une fois défoulé, mon père ouvre la porte mousti-quaire. J'aime bien cette porte d'été. Il y a un gros ressort en travers qui fait de la musique en s'étirant. Moi et mon frère Vincent, quand personne ne nous voit, on joue de la guitare avec ce boudin. C'est proba-

blement pour ça que papa doit le changer chaque printemps. Lui ne comprend pas mais nous, nous savons.
(Certains concerts ont été durs...)

Maman est assise à table. Elle fait un immense casse-
tête, trois mille pièces, toutes petites. Sur le couvercle
de la boîte, on peut voir un paysage de montagnes, des
tas de sapins avec un lac au milieu. Ce n'est pas facile
parce que les arbres se reflètent dans le lac, ce qui fait
que le haut et le bas du casse-tête sont presque identi-
ques, à part un certain flou dans la partie inférieure.
Sur l'image, on voit la nuance, mais sur les morceaux, il
n'y a pas de différence.

— Y'avance, ton lot à bois? s'informe papa en se
penchant sur l'épaule de maman.

— Ça s'appelle « un paysage »! Pis le mirage dans le
lac me donne ben d'la misère!

— Ben moé... c'est le mirage dans le four qui m'inquiète! Où est-ce qu'est notre souper?

— J'sais pas, c'est toi qui le fais!

Elle s'esclaffe pendant que papa essaie de lui faire
payer sa répartie. D'une main, il la chatouille, de l'autre,
il essaie de déboutonner sa blouse pour lui prendre un
téton. Ils sont fous! Maman pousse des petits cris tandis
que papa se tord le poignet de toutes les façons pour
franchir le mur de boutons.

— Arrête! Tu vas déchirer ma belle blouse!

— Je t'en achèterai une autre! Celle-là n'est pas
pratique! Elle ferme trop étanche!

Je reste là à les regarder se tirailler. Mes parents font
ça souvent. C'est leur jeu favori. Ils s'aiment beaucoup
tous les deux. Même les batailles sont amoureuses. Il y a
quelquefois des dommages matériels, mais ça, c'est la
dernière préoccupation de mon père. Tant que tout le
monde garde ses morceaux, le reste...

Au bout d'un moment, maman abandonne volontairement pour sauver sa blouse fleurie. Si elle avait voulu...

Elle est plus grande que mon père, et plus forte aussi. Papa, c'est loin d'être un titan. Cinq pieds cinq, fluet, un petit homme de la ville, journalier, ferblantier de métier à la grande usine Alcan d'Arvida. Tous les jours, il respire la poussière rouge de bauxite et le goudron de ses cigarettes. Sa peau a une couleur terne.

Par contre, ma mère est une femme de la ferme, pleine de vitamines. Elle a poussé à même les légumes frais du jardin. Elle a bu le lait tiré le matin. Ça donne une meilleure constitution : cinq pieds sept, de gros os et une peau blanche, presque transparente. Elle semble à la fois fragile et faite pour durer l'éternité. Elle est belle, odorante, pleine de sève. Elle me rassure. Jamais elle ne sera malade. Elle ne me quittera pas avant que j'aie eu le temps de l'aimer suffisamment. C'est mon père qui s'en ira le premier en nous faisant une peine énorme...

C'est terrible de penser à cela! Je ne devrais pas avoir ces idées. Pourquoi le bonheur me rend-il triste par moments? Au plus fort des joies qui passent, ce sont des larmes qui me viennent. Comment cela se fait-il? Les autres, mes amis, ne sont pas comme moi. Ils rient tout le temps, ont vraiment l'air tranquille, heureux. Moi, je suis souvent ténébreuse. Je ne peux m'empêcher, à mesure que mon amour pour les autres grandit, de sentir un poids de plus en plus lourd s'installer dans ma poitrine. C'est comme si les autres devenaient un fardeau. Plus j'aime et plus j'ai peur de perdre ceux que j'aime. Et la peur grossit à même l'amour qui prend place dans ma vie. C'est sans issue...

Je dois me secouer, chasser les idées qui m'empêchent de profiter des bons moments comme tout le monde. Ce n'est pas sain de penser à la mort des autres quand ils sont bien vivants. Ce n'est pas gentil. Je dois être un monstre en dedans, une horrible chose dont personne ne soupçonne la laideur. Et cette image de moi, que je suis la seule à connaître, il me faut vivre avec, en feignant d'être une enfant normale.

Lorsque je ressors de mes pensées, ma mère est au réfrigérateur et mon père soulève la planche sur laquelle repose le casse-tête.

— Prends ton bout.

— Oui, papa.

Nous nous dirigeons lentement vers la chambre de mes parents. Le paysage disparaît sous le lit. Je profite de l'occasion.

— Vous demandez à maman pour l'affaire du chalet?

— Occupe-toé de tes affaires! Va aider ta mère.

Ce n'était pas la peine d'essayer. Je le savais. Mais je déteste attendre et, avec mon père, on ne fait que ça. Il fait toujours durer les choses jusqu'aux limites de notre patience. Il a besoin de nous faire mariner. C'est sa façon d'être père, sa manière à lui d'exercer son autorité. Et le pire affront que nous puissions lui faire, c'est de ne pas respecter les longues périodes d'attente silencieuse qu'il nous impose sitôt qu'on demande quelque chose : « Est-ce que je peux me lever de table, papa? Est-ce qu'on peut ouvrir la télévision, papa? Est-ce qu'on peut aller jouer dehors, papa? Est-ce que je peux téléphoner, papa? Est-ce que je peux aller chez mon amie, papa? » Peu importe la question qu'on tente, la réponse est toujours la même : « Attends! » Et j'ai remarqué que plus on est jeune, plus on attend longtemps.

Ainsi, le bébé, David, qui a deux ans, c'est ni plus ni moins qu'une pantoufle dans la maison. À peine si mon père l'entend. Trop petit, pas le droit de parole, encore moins de réclamation. Il est en stage le bébé. Chez nous, on apprend d'abord à attendre, ensuite à se taire et finalement à parler.

III

La table est déjà à moitié mise quand je reviens de la chambre. On va manger des clubs-sandwichs. Papa se sert un café et s'installe en bout de table avec son cendrier. Ma mère lui apporte le sucre et me présente le grille-pain que je place sur le coin de la table, juste à côté de moi. Papa me regarde faire. Je me lève pour aller brancher l'appareil au mur. Le fil passe au beau milieu de la cuisine.

— Vous allez pas mettre c'te crisse de toaster dans les jambes encore une fois? À tout bout d'champ, y en a un qui s'enfarge dedans.

Je reste figée. Ma mère réagit immédiatement.

— C'est plus pratique comme ça! On fait moins de voyages. Les enfants vont faire attention. Ils sont habitués maintenant.

— Ils sont habitués à le faire tomber, oui! Puis moé à le réparer...

— Bah! Claudine va guetter... Bois ton café.

Mon père me lance un regard « attention à ton affaire » puis se jette sur son paquet de cigarettes. Il déteste qu'on le contrarie et je n'aime pas la tête qu'il fait quand ça arrive. Je branche le grille-pain en faisant des gestes tout petits. Je gagne ma place à table, celle réservée à l'aînée, droit en face du père pour mieux le voir bouder. Je m'assois.

Il n'y a rien que je hais plus que ces silences de feu qui couve, ceux où l'on entend crépiter les cerveaux. Et mon père a le chic pour les créer. Il se fâche pour un rien et nourrit sa braise sans dire un mot. À partir du moment où il est frustré, on doit s'attendre à ce qu'il s'enflamme, à tout propos, comme de l'écorce de bouleau. On n'a qu'à bien se tenir. Les victimes les plus susceptibles d'écoper sont celles qui ignorent jusqu'à l'existence du danger.

Maman ouvre la porte en grand et appelle la clique.

— Vincent! Louise! Charles! Venez souper! Oubliez pas votre petit frère! Vite!

La galerie est aussitôt assiégée. On entend les talons de bottines qui claquent sur le bois. La débarbouillette que maman tient à bout de bras frictionne toutes les faces qui se présentent.

— Secouez-vous comme il faut. Vous êtes pleins de terre. Enlevez vos chaussures et videz-les. Pas sur la galerie, criminel! En bas! Môsus! Faut toujours tout dire!

Je vois voler des bottines tandis que la main libre de ma mère balaie les dessous de pied ensablés avant de permettre l'accès.

— Allez vous laver les mains maintenant! finit-elle par lancer en dégageant l'entrée.

Elle retient la porte et tous s'enfournent, souriant à l'idée de s'emplir la panse. La plus large risette, c'est le bébé qui l'a. La crasse fait ressortir l'éclat de ses dents.

— Non! Non! Toi tu ne passes pas, mon petit crotté, dit ma mère en le soulevant. Allez! À la salle de bains!

Mon père part d'un rire franc. Le bébé a fait retomber sa tension. Parfait!

Mon frère Vincent est le premier à surgir des toilettes. Il se casserait les deux jambes pour arriver plus vite à table.

— On mange des clubs! s'extasie-t-il en se frottant les mains.

— Non! coupe sèchement mon père.

— Qu'est-ce qu'on mange?

— Des restes...

— Des restes de quoi?

— De ce qui reste.

— Et qu'est-ce qu'il reste?

— Rien!

Les yeux de mon frère vont de mon père à moi, puis de moi à mon père : doit-il rire ou se taire? Dans le doute, il affiche une moue mitigée et s'assoit à côté de moi, sans parler. Papa a encore réussi à l'impressionner. Il dit que mon frère est peureux comme un lièvre et naïf sans bon sens. Semblerait que c'est en se moquant de lui qu'il le corrige...

Au bout d'un moment, tous les autres rappliquent. Ils s'installent sans bruit malgré l'envie tiraillante de parler, de glousser, de continuer à s'amuser. Ma sœur Louise est celle qui a le plus de mal à se contenir. C'est une ricaneuse. Elle fait des efforts qui lui déforment le visage. C'est que, chez nous, à table, on ne parle pas.

Maman s'assoit à la droite de papa après avoir campé le bébé dans sa chaise haute, en retrait entre elle et son mari. Il a perdu du terrain, le bébé. Au dernier souper, il était plus près. Cette idée qu'il a eue d'étaler une motte de patates pilées sur le crâne lisse de mon père... ça ne lui a pas réussi. Ma sœur en a eu pour dix minutes à se remettre. Elle a tellement ri que personne n'a pu résister, même pas mon père. Il a fallu qu'on la sorte de table. Elle avait le hoquet, le ventre dur comme de la pierre. Elle émettait des petits gaz à répétition qui résonnaient sur la cuirette rouge de sa chaise. À chaque pet, le bébé fusait. C'était la folie! C'est pour cela que, ce soir, bébé est reculé, ce qui ne l'empêche pas d'avoir le sourire.

Ma mère me passe le pain tranché et je commence à faire le service des toasts. Naturellement, les deux premières sont pour papa. Moi, je mangerai en dernier, quand tous auront été servis. C'est la vie des plus grandes.

Les tranches de pain circulent tandis que le jambon, les œufs, la salade, les tomates et le bacon disparaissent.

Bientôt, il ne reste plus que le strict nécessaire pour mon club. Je le dresse, affamée, et juste au moment d'y mettre les dents, je risque une demande :

— Est-ce que je peux aller me prendre un verre de Pepsi, papa?

Il n'y a que le labeur de la plus grande qui puisse, occasionnellement, lui mériter une telle faveur.

— Vas-y!

Heureuse et surprise à la fois, je bondis de ma chaise.

— Merci, papa! (Deux mots à ne jamais oublier.)

Ma première jambe s'élance tandis que la seconde s'immobilise sec, traîtreusement happée à la hauteur de la cheville par... Ah! Non! Pas ça!

Dans un fracas de tôle, le grille-pain vient s'écraser sur la tuile blanche en vomissant un dégât de graines calcinées. Il y en a partout, de toutes les grosseurs! Elles envahissent la cuisine... puis ma tête. Tout se met à tourner...

Je m'écrase au plancher, respire un grand coup pour reprendre mes sens et, je me mets à balayer, des deux mains, vite-vite-vite! Les graines se sauvent, s'étalent, se sectionnent, se multiplient. Elles le font exprès! Papa va me tuer! Vite! Maudites mains pleines de pouces! Maudite branleuse! Maudit emplâtre! Vite!

Plus je m'insulte et plus mon cœur souffre, s'affole, cogne. Un gros lac naît quelque part en moi, son niveau monte, atteint mes yeux, s'apprête à se vider lorsqu'une main s'abat sur ma nuque, me faisant tout ravaler.

— Ayoye, papa! Sivouplaît...

Il me serre si fort! Le lac remonte tandis que je suis entraînée vers la chambre du fond.

— Non, papa! C'est pas ma faute, papa! C'est un accident, papa! Je l'ferai plus! Juré! Non, papa! Non!...

La porte de la chambre claque derrière moi. À partir de ce moment, tout va très vite. Le cou toujours fléchi sous la poigne douloureuse de mon père, je suis transformée en une terre aride. Le lac a fait place à un désert de sable chaud qui envahit tout mon corps. Je suis déshydratée, brûlante de peur, du bout des orteils jusqu'aux lobes d'oreille. Je n'ai plus de salive pour parler ni pour me défendre... j'écoute.

J'entends le frottement de la ceinture de cuir qui glisse en s'extirpant des ganses. Puis je reconnais le tintement de la boucle de fer. Ça y est! L'instrument est replié, prêt à faire rougir la chair.

— Envoye! Penche! ordonne mon père en s'asseyant sur le coin du lit.

— Non, papa! Pitié! Je ne le ferai plus, papa!

— J'ai dit penche!

Mon visage va s'écraser sur sa cuisse osseuse. Raide, les yeux fermés à les rentrer dans le crâne, je fais descendre moi-même mon pantalon, juste ce qu'il faut pour exposer la croupe.

— Ôte tes mains astheure!

J'abandonne mon arrière-train à son sort et je me cramponne au mollet de mon père.

— Je vais t'apprendre à regarder où tu mets les pieds! Tu vas t'en rappeler!

Je le sens qui prend son élan lorsque, soudain, la porte s'ouvre. La ceinture s'abat quelque part mais... pas sur moi.

— Lâche-la! ordonne ma mère, en maintenant la ceinture à bout de bras.

Elle a arrêté le geste de mon père et ça, c'est du jamais vu. Je remonte vite mon pantalon et je reste plantée au milieu, hébétée. J'aurais préféré la volée, je pense...

— Sors d'icitte ou c'est toé qui vas en manger une! menace mon père en tirant violemment sur la lanière de cuir.

— Touche-moi pour voir! répond ma mère en avançant sur lui. Touche-moi une seule fois dans ta vie!

Les joues de ma mère, ses lèvres, ses yeux, tout tremble. Mon père se ravise. Dans un élan de rage, il lance la ceinture au fond de la chambre, m'accroche par un bras et m'expédie dans la cuisine à travers les graines de toasts.

— Envoye! Ramasse, hostie!

Je me dépêche d'aller chercher le plumat d'oie et le porte-ordures dans le caveau. Au retour, mon père est à l'évier en train de se servir un autre café. Sa respiration est saccadée. De dos, je vois ses épaules se soulever rapidement. Ma mère revient à table, encore toute rouge. Elle pèle une banane en deux coups et se met à bourrer le bébé. Quant aux autres, ils retournent à leurs assiettes. Ils font pitié!

Papa regagne sa chaise. Le repas continue. Je balaie les graines et j'épie mon père. Il me fait peur. Il est blanc. Ses traits sont descendus. Il lape une brûlante gorgée de café et s'allume une cigarette. Finalement, sa voix se fait entendre, sa mauvaise voix.

— Va faire tes bagages! gronde-t-il en roulant une boule de mie de pain entre ses doigts.

Tous les gestes s'interrompent instantanément. Les regards effarés se fixent sur mon père. À qui s'adresse-t-il? Moi ou maman? Faites que ce soit moi, mon Dieu! Tout est de ma faute à moi! Ma mère n'a rien à voir dans cette querelle. Il ne peut pas lui ordonner de partir. C'est notre mère! Il n'a pas le droit!

— Je t'ai dit d'aller faire tes bagages, la tête folle! ajoute-t-il en braquant ses prunelles sombres sur moi. (Ouf!...)

— De quoi parles-tu? interroge maman en poussant la banane dans la bouche du bébé.

— Ta fille part pour la fin de semaine.

— Comment ça?

— Le bonhomme la veut avec lui au chalet. Je les monte demain matin pis je les redescends dimanche

26

soir. Ça va faire du bien à tout le monde! ajoute-t-il en me dardant.

C'est malhonnête et injuste. Je ne mérite pas l'exil pour un grille-pain et il le sait très bien. Seulement, la situation le dessert bien, tout en lui sauvant la face. Le bonhomme va avoir ce qu'il veut, je serai punie et ma mère aussi! C'est un paquet de nœuds trop bien serrés. Je ne m'en sortirai pas.

La tête basse, je vais vider le porte-ordures et le ranger. Je sens le regard de ma mère posé sur moi. Elle brûle d'envie de me questionner, de savoir si je suis d'accord avec l'idée.

Surtout, qu'elle ne contrarie pas mon père une deuxième fois! Je ne veux pas que la chicane reprenne à cause de moi. C'est beaucoup trop dur à supporter. « Les petites envies de votre fille, faut les oublier, maman! C'est vous qu'il faut protéger.»

Elle est fâchée, je le sais, encore plus que mon père. Qu'il prenne des décisions sans elle, ça l'enrage, surtout quand le vieux est dans le coup. Mais les mises au point entre elle et papa, c'est dans le secret de la chambre à coucher que ça se passe, pas devant nous. Elle ravale donc tout ce qu'elle a à dire pour ne poser qu'une seule question :

— Tu penses que ta fille est assez grande pour rester toute seule avec ton père là-haut?

— Si elle est assez grande pour que je ne puisse plus la battre, ta fille!... elle est mûre pour les responsabilités! Ça fait que... va faire tes bagages, la fifille à sa mére! On décolle demain matin à neuf heures.

— Et le lunch? La glace? Tout ça? s'informe maman.

— Le pére va se faire livrer une commande directement de l'épicerie. Je vais aller l'avertir de se préparer.

Mon père sort. Il va jusqu'au garage où le vieux doit l'attendre en gossant des bouts de bois. Je reste assise à table, défaite. Maman descend le bébé de sa chaise et le dépose dans son parc, au fond de la cuisine. Elle fait ensuite le tour de tous les visages et de toutes les mains avec sa débarbouillette avant d'expédier la clique dehors. Elle vient finalement à moi.

— Pauvre petite! Ton grand-père t'aime assez qu'il veut te traîner partout, exactement comme les enfants font avec leur bebelle préférée. C'est pas drôle, hein! En tout cas, fie-toi sur moi : il va te traiter aux petits soins.

Elle m'embrasse et colle sa joue contre la mienne.

— Je vais m'ennuyer de toi toute la fin de semaine.

— Moi aussi, m'man, dis-je en la serrant fort.

Ses longs doigts jouent sur les vagues de mes cheveux. Je ne crains plus rien.

IV

La vaisselle, le coup de balai dans la cuisine, le ramassage de la cour, le rinçage des enfants, les pyjamas qu'on enfile, à sept heures, toute la famille est sur la galerie d'en avant pour profiter de la chaude soirée, sauf bébé qui est au lit. La clique est positionnée en dégradé dans les quatre marches. Tout le monde est reluisant, propret et touché par l'interdiction formelle de mettre le pied par terre. La plupart de nos amis courent dans la rue, encore croûtés des restes de leur souper. Probablement qu'on est une famille très propre... Toujours est-il que les amis finissent par aboutir chez nous, comme d'habitude, debout dans l'allée qui nous sépare du trottoir. Nous discutons pendant que les chaises berçantes craquent derrière nous, celle de ma mère à droite, celle de mon père à gauche. Papa fume. Maman mâche.

Le gros Savard raconte les histoires de chasse de son père. Puis c'est à Fournier de parler de ses grands frères qui sont dans l'armée et qui conduisent des avions gros comme la maison. La preuve : il a les poches pleines de paquets de gomme à mâcher, de la gomme de la base de Bagotville. Pas mangeable! Ça goûte le renfermé, la cave. Personne n'en veut.

Robichaud arrive, haletant et morveux. Lui, c'est de motos qu'il parle. On ne les a jamais vues, bien entendu. Paraîtrait que tous ses oncles de Montréal en ont une. Maudit Robichaud! Il brette des menteries aussi grosses que lui. Une famille de quêteux comme la sienne, ça se promène avec une poche sur le dos dans Montréal, pas avec des motos. C'est ce que dit papa.

Mais le pire de tous, c'est Simard! Chaque fois qu'il

parle, on se tord. La dernière fois, son père avait trouvé une dent dans la soupe. C'était à sa grand-mère. Il l'avait mise dans une enveloppe, accompagnée d'une lettre de réclamation, et avait expédié le tout à la compagnie Campbell. Sacré Simard! Le pire c'est qu'il n'invente rien : il vient tout simplement d'une famille de fous. Les Simard, ce sont des bandits manqués, des tout nus qui sont convaincus qu'un jour ils feront l'affaire du siècle en escroquant une « grosse poche ». Ce soir, Simard entame un nouveau roman : une histoire de barre de chocolat flambant neuve avec des vers blancs dedans. Celle-là, c'est chez Cadbury qu'elle va atterrir. Tout le monde éclate de rire et y va de ses commentaires.

Mon père en profite pour s'approcher de maman. Il s'appuie à la rambarde de la galerie, juste devant elle. Il allonge ses jambes. Elle arrête de bercer. Papa se met à chuchoter. Avec de la concentration, j'entends tout.

— T'es inquiète pour ta fille?

— C'est pas elle le problème!...

— Voyons! Le pére a soixante-huit ans! C'est plus un enfant.

— Justement, ça prend plus qu'un enfant pour l'arrêter. Tu sais comment il est! Dans son esprit, « y'est capable, y a pas de danger, y'est habitué ».

— Ouais... réfléchit papa en se prenant le menton.

— S'il fait verser la chaloupe?

— Aucun danger...

— Et s'il fait une crise d'asthme?

— Y a ses pompes.

— Et s'il tombe, qu'il se blesse?

— Y'est capable de se tenir. Y'est fait solide.

— En tout cas, c'est un gros service à demander à une enfant de douze ans. Surtout après la crise plate que tu lui as faite tout à l'heure... T'avais pas de raison de la frapper! Encore moins de lever la main sur moi,

comme si c'était pour m'impressionner! Tout un spectacle pour tes enfants, ça!

— Je le sais. J'ai pris les nerfs. Je suis fatigué après
mes journées; le vendredi, c'est pire. Aussitôt qu'il arrive quelque chose, on dirait que j'vois plus clair.

— Bien, au prochain dérapage, mets tes lunettes...
puis regarde-moi faire un start avec mes valises!

— Es-tu folle, toé?

— Pantoute!

Il se penche sur elle et l'embrasse. Elle roucoule.
Je me mets à réfléchir. Ma mère avait raison quand
elle parlait du vieux. Tout peut arriver avec lui. Et moi,
la seule chose que je puisse faire, c'est espérer qu'il
n'arrive rien.

— Je vais monter voir le pére, annonce papa en se
frayant un chemin au milieu de la clique piaillante.

— Attends-moi! dit maman. Tu gardes quelques
minutes, ma fille? me murmure-t-elle au passage.

Je réponds par un signe de tête et je les regarde
gravir l'escalier grinçant.

C'est ça! Allez donner vos recommandations au
bonhomme. Dites-lui bien de ne pas se prendre pour le
dernier des Mohicans quand il se retrouvera seul avec
moi, au beau milieu des monts Valin, sur une île, la plus
grande du lac des Îles, perdue dans le secteur de la
Petite Branche. Faites-lui comprendre que là-bas, seuls,
à deux heures de route sur des chemins de jobbers à
moitié défrichés, sans électricité ni téléphone ni voisin,
il n'y a pas de farce à faire : il faut être très prudent.
Faites entrer dans sa grosse tête, blanche et dure, que je
serai incapable de le relever s'il tombe, je n'en ai pas la
force; que je ne pourrai pas le sauver s'il coule, je ne sais
pas nager; que je ne saurai pas le ranimer s'il étouffe, ni
le soigner s'il se blesse, je ne suis pas infirmière!

Tout tourne dans mon cerveau. Je vois les yeux
globuleux du vieux qui me fixent du fond du lac. Il est

étendu sur le dos, collé au fond boueux, et sa main me fait signe de descendre le chercher. C'est ça ma plus grande peur : qu'il flope à l'eau comme la grosse roche qu'il est. Je me dresse d'un coup.

— Tout le monde chez vous! Nous autres, on rentre!

Un tollé de protestations, des « Bahhhhhh! » de tous les côtés.

— J'ai dit : chez vous!

Les amis partent en maugréant tandis que j'accroche la clique, membre par membre. J'en tire un, je pousse l'autre. Vincent essaie de résister. Je lui fais ce que je connais de plus insultant comme traitement : je lui balance une claque derrière la calotte. Il se prend les pieds dans le pas de la porte et s'étale au milieu du salon, entre le divan et la télévision.

— C'est pas toé la mére! Maudite maigre! Maman a pas dit d'aller nous coucher!

— Ta gueule, grosse face, pis enfile aux toilettes!

— Va ch...

— Va pisser, pue de la gueule! Tu vas en manger une si tu continues!

J'approche. Il se ramasse en catastrophe et me crache :

— On va être bien en fin de semaine! On va faire ce qu'on veut quand tu vas être partie avec grand-papa! Tu vas aller te faire manger par les mouches au chalet! C'est bon pour toé! Peut-être qu'un ours va venir sur l'île pendant que tu dors pis qu'il va voler tout ce qu'il y a dans le cole. Quand tu vas revenir, tu vas être encore plus maigre, plus laide, pleine de piqûres, toute boursouflée!

— Espèce de cave! Dégage! (Un ours! Je n'y avais pas pensé... est-ce que ça se peut?) Envoyez! Allez boire! Pissez! Pis disparaissez! Faites attention pour ne pas réveiller le bébé!

Le robinet de la salle de bains gicle, la toilette avale, les pieds courent. Plus un son. Chez nous, quand on se couche, on dort! Les trois garçons dans une chambre, les deux filles dans l'autre, aucun placotage permis, en principe...

J'entends Vincent qui continue son bavassage. J'aurais envie d'aller lui mettre ma main dans la face. Sans cœur! Un ours! Il faut vraiment qu'il me haïsse pour me souhaiter ça. Faut dire que je ne l'ai pas ménagé. Pauvre petit! Je ne devrais jamais agir comme ça. Je ressemble à mon père et je me déteste.

Je m'assois sur le divan et j'attends, une oreille tendue vers la chambre des garçons et l'autre vers le loyer d'en haut. Je n'ouvre pas la télévision, je ne lis pas, j'écoute. De là-haut me proviennent des bruits de conversation qui étouffent avant de se rendre à moi. Impossible de distinguer un mot. La résonance plus ou moins grave me dit si c'est un homme ou une femme qui parle. Quand c'est un homme, ça bourdonne, quand c'est une femme, ça chante, et quand ça sonne comme un chœur, c'est que tout le monde rit, ce qu'ils font présentement.

C'est fou ce que les adultes peuvent se foutre des enfants. Pendant que je me morfonds, ils s'amusent, probablement à mes dépens. Mon père doit inventer des scénarios ridicules où je tente de me débrouiller tant bien que mal avec le vieux : « Si jamais vous passez au travers du quai, le pére, la petite éloignera les sangsues à coups de bâton jusqu'à ce que je revienne! » C'est le style de vieilles farces plates que le bonhomme gobe en lapant. Il s'envoie la tête en arrière, ouvre la bouche, fait claquer sa langue et avale la plaisanterie, comme les huîtres répugnantes qu'il mange une fois par année avec papa. Après, il s'étrangle dans son bouillon de salive et on doit lui frapper dans le dos pour qu'il débloque. On ne sait jamais s'il va en revenir. Chaque fois, c'est une descente aux enfers. Il finit par s'envoyer un coup de « pompe verte » derrière la cravate pour se redonner du pouvoir. Il traîne toujours la bebelle vert hôpital dans une poche de sa chemise. Dans l'autre, il a un « use-pouce » et son gros paquet de Mark Ten régulier à bout filtre. Après la pompe, c'est la cigarette. Toujours! Il dit que ça lui replace les poumons.

J'entends des bruits de pas. On s'active là-haut. Ils redescendent. J'ouvre vite la télévision. Ma mère arrive la première.

— Tu as déjà couché tout le monde?

— Oui... ils commençaient à s'énerver et à vouloir débarquer de la galerie.

— C'est même pas vrai, grosse menteuse! crie Vincent du fond de sa chambre.

— Dors! tonne papa en claquant la porte.

Mon frère vient de s'étouffer pour la nuit. Je fais mine d'être absorbée dans l'émission qui joue.

— C'est bon? s'informe maman.

— Oui...

— On va aller préparer ton bagage pour la fin de semaine, viens!

Bien voilà!... Je suis faite.

V

À neuf heures du soir, étendue sous les couvertures, je fixe le plafond de ma chambre. Louise dort à mes côtés, la bouche ouverte. Sa petite haleine fait danser mon toupet frisé. Je la regarde. Elle est mignonne, ma sœur. Il n'y a que lorsqu'elle dort qu'elle ne rit pas. Sa gaieté me manque tout à coup. J'ai envie de la chatouiller pour l'entendre s'esclaffer. Mais je me retiens. Mes parents sont juste à côté, derrière ce rideau qui sert de séparation entre notre chambre et le salon.

Nous, les filles, on ne peut pas faire grands éclats le soir. Nos occasions de nous énerver un peu sont assujetties aux émissions qui passent à la télé. Si elles sont bruyantes, du genre film de cow-boys, on a des chances. On attend les scènes de bagarre pour se défouler. Notre meilleur allié c'est John Wayne. Lui, il tire! On peut se chatouiller à volonté quand le monsieur aux grosses épaules est de la partie.

Par contre, ce soir, c'est le calme plat. Un film français avec Eddy Constantine... Mon père est déjà en maudit au simple fait de voir la face plate de l'acteur, alors, il ne faut pas en mettre par-dessus le tas. D'ailleurs, il n'écoute pas, il parle avec maman, à voix très basse, prêt à réagir au moindre murmure.

Je contiens donc mon envie de réveiller Louise. J'essaie plutôt de compter les planches du plafond. Jamais je n'arrive jusqu'au bout sans me tromper. Premièrement, il fait noir et deuxièmement, je n'ai pas mes lunettes. Sans elles, mon œil droit essaie d'aller rejoindre mon gauche et ça me donne mal à la tête. Je louche beaucoup et le spécialiste qui m'examine chaque année dit que je tiens ça de mon père, qu'il n'y a rien à faire, que mes verres vont épaissir avec les années. Déjà, ils sont lourds. Ils me blessent le nez, que j'ai très sensible d'ailleurs. C'est que l'autre jour, j'ai reçu un ballon en pleine face. Il faut porter des lunettes pour savoir le mal que ça fait. Il faut aussi porter ces maudites lunettes pour comprendre jusqu'à quel point ça limite quelqu'un. Je dois toujours faire attention : quand je joue, quand je cours, quand je fais de la bicyclette, quand je glisse en tobagane, quand je me bats. Et en cas d'accident, une seule règle : sauver les lunettes! Peu importe que ça me coûte la peau d'un coude, d'un genou ou du menton, sauver les précieuses lunettes que mon père a achetées à prix d'or, bien qu'il n'en ait pas les moyens.

Tous mes frères et ma sœur paient pour les deux morceaux de vitre que je porte. Oui! L'argent que papa met là-dessus, il ne peut le mettre ailleurs. Il me le dit souvent! Chaque fois que je sors pour aller jouer : « Attention à tes lunettes! C'est trois paires de patins que t'as dans la face. » Parfois c'est quatre gants de base-ball ou deux traîneaux ou cinq autres choses. Il varie chaque fois. Mais c'est toujours plus d'un article, pour bien me faire sentir que c'est tout le monde qui écope, tout le monde qui est privé pour mon unique personne.

Dans ces moments-là, j'aimerais tellement déposer mes lunettes dans leur bel étui avant de sortir, les mettre là, sur mon bureau, à l'abri de tout danger. Mais c'est impossible! Sans elles, je suis nulle à tous les jeux. Je vois deux ballons : lequel attraper? Deux poteaux de fer à cheval : lequel viser? Deux arbres : lequel éviter? Et c'est comme ça dans tout. Toujours des choix à faire dans des moments intenses où, justement, j'ai le temps de tout faire, sauf choisir.

Vraiment, les lunettes, c'est un handicap qui me force à agir en lavette. Ça m'empêche de foncer, d'essayer des trucs casse-cou comme les autres, de performer dans des situations où il est important de suivre la gang. C'est très mauvais pour l'image et très dur pour l'orgueil. C'est pour cette raison que ceux qui portent des lunettes, comme moi, doivent développer des stratégies, être imbouchables. À défaut d'impressionner physiquement, il faut le faire verbalement. Moi, je me défends comme un chef de ce côté. Quand je parle, ça demande considération. C'est pas pour me vanter mais, je suis intelligente. Il en faut, hein! Mais je ne suis pas « pet sec ». Au contraire. Moi, ce que je veux, c'est que mon génie serve aux autres.

Tous les amis du quartier me font confiance lorsque vient le temps d'organiser une partie de quoi que ce soit : canisse-cachette, balle roulante, drapeau, tournoi de lutte, de base-ball, de fers, tout. Je divise les équipes, choisis les capitaines, fixe les règles, fais l'arbitrage, dresse les listes de participants, tiens les pointages, fais les remises de prix, quand il y en a. Une vraie professionnelle.

À l'école, mes moyennes varient entre quatre-vingt-quatorze et cent, dans toutes les matières. En composition, je brode tout ce que je veux, sans faire de fautes ou presque. En mathématiques, les combats de multiplications n'ont pas de secret pour moi. Je réplique à un « huit fois neuf » comme si j'étais née avec la réponse. En éducation physique, une gazelle à la course, une grenouille au saut, un taon au ballon.

Non vraiment, il n'y a rien à redire. Je suis le modèle qu'on essaie de suivre, l'exemple qu'on se plaît à citer. L'un des plus grands bonheurs de ma mère, c'est d'aller chercher mon bulletin. Elle se fait toute belle et, juste avant de sortir, elle dit toujours en se trémoussant : « Que c'est plaisant d'aller cueillir la manne! » Si elle savait... C'est encore plus agréable de la faire tomber et d'en combler ceux qu'on aime. Tout le plaisir est pour moi, maman! Je ne demande qu'à vous voir sourire toute ma vie et je suis prête à me saigner l'intelligence pour ça.

Mes yeux s'emplissent d'eau. Et ce soir, je réalise que je vais être privée de sa présence pour deux longs jours.

Je crois que je vais pleurer. Mon nez coule, mes yeux brûlent, ma gorge se serre et mon cœur s'enfle. J'essaie de tout contenir pour ne pas être entendue. Je tape sur ma poitrine. Le son est caverneux. Mon poing, machinalement, se rabat, se relève, se rabat, se relève, plusieurs fois, jusqu'à l'engourdissement des doigts, puis du poignet, puis de l'avant-bras, puis du bras complet. Enfin, ça gagne l'épaule, le cou, les yeux, l'esprit, et... je sombre.

Je suis au volant du Chevrolet de mon père. Le gros camion vert circule allègrement sur un chemin de terre qui s'étale devant moi comme un ruisseau de tire blonde. Des parfums de caramel me parviennent. Je suis dans un univers merveilleux. Les sapins qui se dressent par centaines sont remplis d'écureuils roux à queues touffues. Ils s'amusent à se lancer des grosses noisettes d'arbre en arbre en les tapant avec leurs queues. Les noisettes sont couleur cuivre. Elles rutilent dans le soleil. Me prend l'envie de descendre du camion pour regarder. C'est au moment où je touche la pédale de freins que j'entends une voix glaciale me dire : « Accélère! C'est un piège! »

Je tourne la tête au ralenti. Le bonhomme est assis à côté de moi. Il a le teint livide, les cheveux hérissés. J'ai tellement peur de lui que mon pied s'écrase sur l'accélérateur. Sitôt, le Chevrolet vrombit et s'élance sur la route devenue noire. La tire s'est transformée en pétrole bouillonnant. L'air devient irrespirable. Le bonhomme étouffe tandis que les écureuils se précipitent devant le camion pour se transformer en énormes pierres qui bloquent le passage, me forcent à donner des coups de roue qui me font raser les bords de la route où deux immenses précipices se sont creusés. À ce moment précis, je me souviens d'une chose : je ne sais pas conduire! Je panique. Mes mains sont crispées sur le volant qui s'affole et se met à tourner de tous les côtés. J'essaie tant bien que mal de le contrôler mais je n'en ai ni l'habileté ni la force. On se met à glisser sur la nappe d'huile, jusqu'au précipice, du côté passager. Le bonhomme, tout bleu, me hurle de peur : « Crampe! Crampe!» Il essaie de se rabattre de mon côté pour se protéger mais n'y arrive pas. Il demeure lourdement plaqué contre la portière qui cède sous son poids. Le bonhomme disparaît dans le vide, sans un mot.

Je me retrouve alors au bord d'une rivière. L'eau coule avec un débit démentiel en beuglant comme un troupeau de vaches. Partout, des rochers apparaissent et disparaissent sous les moutons brun-crème du courant. Je cherche le bonhomme des yeux. Il est là, quelque part, mais où? Je longe la rivière en courant, en criant : « Grand-papa! Grand-papa! Répondez! Je suis là! Où êtes-vous?» Je transpire, j'ai peur. Il faut que je le retrouve. Qu'est-ce que mon père va dire? Qu'est-ce que ma grand-mère va faire sans mari? C'est ma faute!

Soudain, à travers l'eau écumante, je vois passer une forme rouge. C'est lui! Je me précipite tête première, butant à tous les pas sur des morceaux de bois mort. Mon regard s'étire pour couvrir en entier le tracé de la rivière, tenter de deviner où le bonhomme risque de faire sa prochaine apparition. Je le vois! Mais il s'est éloigné en même temps que la rivière semble s'être allongée. Je le revois encore! De si loin cette fois! Beaucoup trop loin. Je crie désespérément : « Accrochez-vous, grand-papa! Essayez d'attraper quelque chose!» Le bruit de la rivière couvre ma voix. Il ne m'entend pas. Il réapparaît en levant un bras au ciel comme Achab sur le dos de Moby Dick. C'est un adieu, je ne le reverrai plus. Il disparaît pour de bon dans un énorme tourbillon qui l'aspire en émettant un rot caverneux.

Ce son me fait vibrer des pieds à la tête. Je me retrouve étendue sur mon lit, suante, la bouche de ma sœur plaquée à mon oreille. Elle ronfle comme un tracteur.

Je la pousse. Elle se retourne. Je me lève. Il n'y a plus personne au salon. Je vais faire pipi. Je prends un verre d'eau. Je regarde l'horloge. Il est une heure du matin. Je retourne au lit, épuisée par mon cauchemar, déprimée à l'idée de ce qui m'attend le lendemain.

VI

Sept heures pile. Mon père est debout à côté du lit.

— Wécop!

Il aime bien nous parler en anglais quand c'est le temps de donner des ordres. Je déteste ça. Il a l'air de se prendre pour un autre. En plus, je suis certaine que ce sont les casques blancs de l'Alcan, les contremaîtres, ceux qu'il appelle les faces à claques, qui lui apprennent à parler de cette façon. Il doit finir son lunch à coup de « wécop » tous les jours. Et ça le fait rager. Alors, il prend sa revanche sur nous et nous fait « wécoper » à notre tour.

Je me lève. J'enfile mon vieux pantalon noir, ma chemise à carreaux et une casquette à palette. Je vais crever de chaleur, c'est sûr, mais quand on monte au chalet, c'est comme ça. Mieux vaut cacher sa peau au maximum pour ne pas être ravagé par les moustiques. Un coup parti, je passe une paire de bas de laine et je les monte par-dessus mon pantalon. J'attache tout ce que j'ai de boutons, des poignets jusqu'au col, question de boucler toutes les ouvertures. Je sors de la chambre après avoir donné un petit bec à ma sœur qui dort comme un ange : « Salut, Lelou! »

La cuisine est déserte. J'entends bébé qui babille dans son lit. Je ne vais pas le voir, il va se mettre à crier pour que je le lève. Je jette un coup d'œil à la fenêtre. Cibole! La boîte du camion est déjà chargée! Pire! Le bonhomme est à bord! Mon père referme le panneau de la boîte. On est déjà prêts à partir? Simonac! Même pas le temps de déjeuner.

Je m'élance dans la chambre de maman pour l'embrasser. Elle ouvre les yeux et me prend par le cou :

— Bonne fin de semaine, ma poulette! dit-elle en me serrant. Maman va s'ennuyer...

— Moi aussi, maman... moi aussi!...

Je la colle bien fort pour m'imprégner de son odeur. Je suis bien. Le bras de mon père vient couper court à mon bonheur.

— Ready? lance-t-il en m'accrochant par le collet.

Il me recule au milieu de la chambre et prend ma place auprès de maman qu'il embrasse bruyamment, par trois fois, sur la bouche. Elle rit et lui dit d'être prudent en montant.

— N'oublie pas ton sac! ajoute-t-elle à mon intention.

— Non, maman! À bientôt, maman! Faites attention à vous, maman!

Elle me fait signe de ne pas m'inquiéter et s'enfonce dans son oreiller. Je sors de la chambre à reculons, tout en la regardant.

— Envoye! Guidâte! Guidâte! me presse papa, le pied dans la porte entrouverte. Accroche ton sac! On scrame!

On marche ensemble jusqu'au camion. Il s'immobilise à côté de la boîte à ciel ouvert et, sans me regarder, claque des doigts. Je lui passe mon sac. Il le balance dans un coin, le cale bien entre le cole et le baluchon du vieux. Il jette un dernier coup d'œil au chargement, brasse ici et là, puis annonce :

— Diguidou! On décolle!

Je vais à la portière. Le vieux est là, fenêtre grande ouverte, le bras appuyé sur toute sa longueur, prêt à se laisser mener. J'attends qu'il dégage avant d'ouvrir. Il m'ignore, regarde droit devant lui.

— Grand-papa!

Il ne réagit pas.

— Grand-papa!

— Hein! répond-il en s'ébranlant, l'air faussement surpris.

— Je voudrais embarquer.

— Ah! Bien, ça va te coûter deux piasses, dit-il en tendant la main.

Maudite farce plate de bonhomme!

Il finit par bouger pour me permettre d'ouvrir. Naturellement, il ne se pousse pas. Je dois passer par-dessus lui pour aller m'asseoir au milieu. Au moment où je l'enjambe, il soulève les genoux. Ma tête va s'écraser contre le plafond. Il rit et me retient là, le cou tordu, la casquette de travers.

— Vas-y! Passe! Qu'est-ce que t'attends?

— Je ne peux pas! Baissez vos genoux s'il vous plaît, grand-papa!

— Ah! C'est ça, le problème? Fallait le dire!

Il rabat brusquement les jambes et je roule sur mon père qui se prend un coup de coude.

— Ramasse-toé, cibole! siffle-t-il en me fusillant du regard.

— Ce n'est pas de ma faute, papa!

— C'est celle de qui alors?

Je regarde le grand-père du coin de l'œil et, tout compte fait, je me tais. C'est préférable. Si les pères ne sont jamais en faute, leur père encore moins.

Je m'assois du mieux que je peux entre les deux. D'un côté, il y a le bonhomme qui se répand sur la largeur de deux places, de l'autre, il y a mon père à qui je ne dois pas nuire, et au centre, il y a l'énorme levier de vitesse noir auquel il faut laisser plein accès. Il ne me reste qu'à passer une jambe de chaque côté du levier. Je me retrouve écartelée, la cuisse gauche collée contre celle de papa et la droite plaquée au bonhomme qui carbure autant qu'une fournaise. Je suffoque déjà.

— Papa?

— Quoi? répond-il en démarrant.

— Quand on sera à Saint-Ambroise, est-ce que je pourrai monter dans la boîte?

— On verra!

— Tu n'es pas bien avec nous? questionne le vieux en se sortant une cigarette.

— Elle est aux petits oiseaux! claironne papa en dégainant son paquet de Mark Ten.

Les deux s'allument en même temps, prennent une large bouffée et recrachent le tout vers le plafond de la cabine. Un monstre se crée au-dessus de ma tête. Je le regarde venir. C'est un serpent blanchâtre qui ondule, se tortille en se rabattant sur moi. Il glisse sur la tôle verte de la toiture. Il va m'attaquer. Je me cambre vers l'arrière et je balance un bras dans les airs pour le liquider.

— As-tu la danse de saint Guy, toé? questionne papa en passant la marche arrière.

— Non!

Il cale sa cigarette dans le coin de sa bouche, se retourne à moitié vers moi, et recule. J'entends grésiller le tabac, tellement le feu est près de mon oreille. Je cante vers le vieux. Il est occupé à saluer grand-mère qui nous regarde de sa galerie. Il soulève un peu la fesse pour lui crier.

— Je t'appelle en arrivant! (Vieille farce usée de vieux bonhomme usé!)

Des deux mains, elle lui signifie de se pousser. Papa enclenche la marche avant et on descend la rue.

— On ne peut pas dire qu'elle a essayé de me retenir! conclut le vieux en ajustant son chapeau.

— Les femmes ont besoin d'air de temps en temps... justifie papa.

— Ouais... En tout cas, à la voir aller, elle a plus besoin d'air qu'elle a besoin de moé.

— Ne vous en faites pas! Avec les femmes, c'est comme ça : on a tous les défauts quand on part et toutes les qualités quand on revient.

— T'as ben raison! Hein, ma fille? s'exclame le bonhomme en écrasant sa main sur mon genou.

Je ne réponds pas. Leur radotage d'hommes ne m'intéresse pas. Je suis une fille, moi, une fille à qui sa mère parle beaucoup et de beaucoup de choses, en particulier des problèmes de femmes. Chose étrange, la plupart de ces problèmes sont directement reliés au comportement des hommes. Alors, ils peuvent toujours dire des âneries, se croire les plus intelligents, les plus forts, je sais à quoi m'en tenir à leur propos et je m'y tiens. Si seulement le vieux pouvait enlever sa patte de mon genou...

— Allume donc la radio pour les nouvelles! me demande papa en faisant son stop au coin de la rue. Bonne idée! Je m'élance en refermant les jambes. La main du vieux est éjectée. Satisfaite, je tourne le bouton de la radio. Le vieux récupère sa paluche et la remonte sur sa cuisse.

Pendant que les informations de huit heures grésillent, nous passons sur la rue Saint-Jean-Baptiste. C'est plutôt calme. Le petit dépanneur de Paulo est ouvert mais à part lui, le samedi, pas grand-chose qui bouge. La Caisse populaire : fermée. L'épicerie de Philippe Harvey : fermée. L'église de Saint-Georges : censée être ouverte, elle, tout le temps, de jour comme de nuit. En tout cas, c'est ce que dit le curé.

Quand je serai grande, j'essaierai d'aller prier en pleine nuit, juste pour voir si c'est vrai. J'aimerais bien être seule avec le Seigneur, pour une fois, faire brûler un lampion dans son église tout en discutant librement avec lui, à haute voix. Je me demande s'il me répondrait.

Pour le moment, je ne peux que lui adresser une prière pendant que nous attendons le feu vert au coin de sa rue : « Seigneur, je pars dans le bois, là où vous seul pourrez me voir et m'entendre. Je vais au chalet, vous savez?... Au camp du lac des Îles. Vous vous rappellerez? Veillez sur les miens quand je serai loin. Mais gardez aussi un œil sur moi et sur grand-papa, au cas où... Merci, Seigneur! Merci!» Je fais semblant de me gratter le front, les épaules et puis je joins les mains. Le feu change. Nous redémarrons lentement, quand mon père a vérifié si tous les véhicules de la grande route que l'on croise, la 170, se sont bien immobilisés. C'est que, plus d'une fois, nous avons vu des semi-remorques arriver d'Alma, le piton sur la planche, et ne pas respecter le feu rouge. Mon père dit qu'il faut se méfier de ces boîtes à beurre comme de la peste. Pourquoi? Parce qu'il connaît le conducteur! Cinq camions en ligne à la lumière et un seul chauffeur : l'argent. C'est lui qui mène le meneur, qui appuie sur l'accélérateur pour faire le plus de voyages possible dans le moins de temps possible. Le temps, c'est de l'argent, semble-t-il. Et c'est très important!

C'est fou mais, qu'on brûle des feux pour acheter une bicyclette toute neuve à sa fille, je peux imaginer ça, en tout cas, je suis capable de me l'expliquer.

Par contre, cette remorque qui a fauché monsieur Deschênes la semaine dernière, à sept heures du matin, alors qu'il sortait de l'église où il va tous les jours, cette grosse poubelle, menée par l'argent, pourquoi a-t-elle été plus forte que le Seigneur posté juste en face? Ça je ne le comprends pas... Il a bien fallu que Jésus voie tout! Alors? Pourquoi avoir laissé faire ça? N'a-t-il pas tous les pouvoirs, toutes les puissances? Il aurait dû arrêter le camion d'un doigt ou, je ne sais pas, faire voler monsieur Deschênes jusque sur le trottoir de l'autre côté. Pourquoi avoir abandonné son ami? Pauvre monsieur Deschênes!...

Le cœur gros, je regarde le vieux assis tranquille à côté.

— Aurais-tu faim par hasard? me demande-t-il en fronçant les sourcils.

— Ben... je n'ai pas eu le temps de déjeuner...

— Je t'achèterai un petit pâté de viande avant de prendre le bois.

— Si vous voulez...

Il retourne à sa fenêtre sans rien ajouter. Papa ne parle pas non plus. Il fait un soleil de plomb. Pas un nuage dans le ciel. La radio annonce une vague de chaleur débutant aujourd'hui. Ça devrait se poursuivre pour au moins quatre jours sinon plus. Il fait déjà soixante-dix-huit degrés Fahrenheit. On crève dans la cabine.

VII

On finit quand même par traverser Jonquière puis Kénogami pour arriver enfin sur le sommet de la côte Desmeules, une énorme descente qui va nous faire un peu d'air. Le camion dévale la côte à fond de train. À partir d'ici, le voyage commence pour de bon. La circulation est presque inexistante et toutes les odeurs changent. La montagne de bran de scie accumulé devant le barrage de Shipshaw, juste en bas, dégage un parfum extraordinaire. J'ai toujours rêvé d'aller jouer sur cette butte brune, de me rouler dans la sciure, d'enfoncer mes bras dedans. Est-ce que c'est mou? Est-ce que c'est sec ou humide? Est-ce que c'est doux ou rêche? J'aimerais savoir, toucher, sentir la montagne de bran de scie. Mais c'est défendu. Les enfants ne vont pas jouer sur le terrain des usines. C'est un domaine d'hommes au travail, plein de dangers.

En face de la montagne qui sent bon, de l'autre côté de la route, il y a cet énorme mur couleur crème. Nous le longeons. Il est impressionnant. C'est le barrage, que m'a dit mon père, celui qui retient l'eau pour alimenter l'usine de pâtes et papiers d'Abitibi Price, le seigneur de la montagne. Drôle de nom pour un monsieur! Abitibi Price! C'est agréable à prononcer. Ça emplit la bouche comme une grosse guimauve. Monsieur Abitibi Price doit ressembler à Monsieur Michelin : un bonhomme tout dodu, qui sourit, qui sent bon, comme sa montagne.

Il doit aimer jouer également. Je dis ça parce qu'il s'est construit la plus belle des bebelles devant son usine : une immense dalle où il fait glisser les pitounes. C'est tellement beau! Je ne me lasse pas de regarder descendre les billots. J'aimerais monter là-dedans, faire le trajet à cheval sur un rondin et atterrir dans le lac, en bas, à travers les pitounes qui roulent!

On va passer le pont de bois du barrage. Lui, par contre, je ne l'aime pas. Il me fait peur. Les planches claquent sous les roues du camion. Faudrait qu'on passe à toute allure. Mais non! Bien au contraire! On doit rouler lentement, enserré entre les montants de fer rouillé qui se dressent de chaque côté. J'ai le temps de compter les poutres, de les détailler. Mes oreilles sont pleines de bruits peu rassurants. Je vois le courant de la rivière Shipshaw en dessous. Elle est mauvaise, farcie de rochers pas accueillants. S'il fallait que le pont lâche! On irait s'éclater sur les pierres comme des noix.

Enfin! On est de l'autre côté. Les bras de mon père se décrispent, ses jambes aussi. Il ne parle pas mais... il a peur du pont comme moi. Comment faire autrement? Le vieux, l'air de rien, avait serré les cuisses. Il reprend ses aises maintenant. Et de concert, les deux hommes s'allument une autre cigarette, un genre de célébration de leur victoire sur le pont. Moi, je n'ai même pas un bonbon pour fêter ça.

Le village de Saint-Léonard marque la prochaine étape. Chaque fois qu'on le traverse, je me pose la même question : quel plaisir peut-on trouver à vivre ici? Saint-Léonard, c'est une route, des voitures qui passent et des maisons qui les regardent passer. Aucun enfant nulle part : ils sont clôturés dans les cours, derrière les propriétés, à l'abri des conducteurs dangereux.

On descend une côte « Bienvenue à Saint-Léonard », on la remonte « Merci et au revoir ». C'est tout!... à part un terrain de camping à l'extrémité du village. Paraît qu'il est beau. Je n'ai jamais eu la chance de le voir : mon père ne veut pas. Les terrains de camping, pour lui, c'est un peu comme des endroits de perdition. Il nous raconte que, là-dedans, sous prétexte d'être en vacances, les parents se laissent aller et que les enfants sont livrés à eux-mêmes. Chacun profite de son bord sans vraiment s'occuper de l'autre partie. Les petits se lâchent lousse et les grands s'épivardent. Ça donne des tableaux remplis de canettes de Coke, de sacs de chips, de plats de pinottes, de tout ce qui s'appelle cochonnerie. Et je n'aborde pas le chapitre de la bière : c'est l'hécatombe, toujours selon mon père.

Il doit y avoir une part d'exagération là-dedans. Les campings ne peuvent pas être aussi terribles! Certaines de mes amies d'école n'arrêtent pas de me vanter les parties de baignade, les jeux de plage avec les voisins, les popsicles, les guimauves sur le feu, les roulottes pleines d'amis où on se raconte des peurs jusqu'aux petites heures du matin tandis que les adultes veillent à la belle étoile en prenant une bière. C'est loin de l'horreur, ça! Plutôt attirant même...

Il est certain que ce n'est pas le genre de mon père. Lui, les enfants qui s'énervent, qui crient, qui se baignent, qui mangent puis qui n'en finissent plus de se coucher, c'est de la chair à claques. Et pour ce qui est des parents qui boivent, vaut mieux ne pas lui en parler. Ça le met dans tous ses états. C'est que, il est président fondateur des « Tempérants du Saguenay–Lac-Saint-Jean »! Les Tempérants, ce sont des gens qui ne boivent pas d'alcool. Mon père les aime tellement qu'il leur a fait une petite gang et s'est nommé chef. Il a un local, juste au coin de la rue en bas. Les Tempérants se réunissent toutes les semaines. Ils sont bourrés d'activités : cartes, danse, bingo, carnaval, banquets, ça n'arrête pas! Le jeu, c'est de s'amuser comme tout le monde mais sans toucher une goutte d'alcool. Papa remet des diplômes à ceux qui réussissent. Certains ont de la misère à ce qu'il paraît. Pas mon père! Il n'a jamais bu de sa vie. Il dit que c'est une question de philosophie.

Je ne sais pas ce que c'est exactement que la philosophie, mais je ne crois pas qu'on en jase dans les terrains de camping. Il n'y aurait que mon père pour le faire. Et probablement qu'on rirait de lui. Alors il ne met pas un pied dans les campings. Il se tient ailleurs, bien loin, dans le bois, là où il établit ses propres règles, là où sa philosophie fait loi. Jamais personne n'apporte d'alcool sur l'île, jamais! Pourtant, Dieu sait qu'il en monte de la visite! Papa a beaucoup d'amis! Mais ils viennent tous en pêcheurs, pas en buveurs. S'ils consomment de l'alcool ailleurs, ils ne le font pas au chalet. C'est interdit.

Ainsi, quand ils repartent après la fin de semaine, ils ont pris de la truite, pas autre chose. Et ils sont fiers, n'en finissent pas de remercier, de dire jusqu'à quel point ils se sont reposés.

C'est comme ça au chalet. Les adultes arrivent fatigués, le teint grisâtre, et repartent transformés, quelque chose de rayonnant dans le visage. Le grand air, le fait qu'on n'ait ni électricité, ni téléphone, ni eau courante, tout ça repose les grandes personnes. Le poêle à bois fait fureur, surtout les toasts qu'on colle directement sur la fonte. Il y a également l'éclairage qui contribue au calme de l'atmosphère! Le soir, dans le silence, on n'entend que le souffle apaisant de notre fanal, pendu au centre de la pièce; on jurerait qu'il respire. Et quand le poêle commence à crépiter, les adultes se mettent à raconter des histoires de pêche, comme si l'ambiance faisait resurgir les souvenirs.

Ils nous parlent de voyages terribles qu'ils ont faits dans des coins perdus, des expéditions de misère où on portageait le canot sur des milles et des milles, à travers les souches et les mouches, à la recherche d'un lac poissonneux qu'on n'était jamais arrivés à trouver. Il avait fallu abandonner, ravaler sa déception et planter la tente en pleine obscurité, pour ensuite subir de violents orages, toute la nuit, en s'inquiétant du lendemain, de l'état dans lequel serait le petit chemin où on avait laissé le véhicule. La rivière aurait-elle emporté le pont douteux qu'on avait traversé à l'aller? On espérait que non tout en fermant les yeux pour ne pas voir les éclairs illuminer le ciel comme en plein jour.

Et tout ça pourquoi? Pour rien! Pas une truite! Que du trouble! achèvent-ils en sacrant. On est revenus plus fatigués qu'après une semaine d'ouvrage. C'est pas comme ici!

Et ils se mettent à vanter les mérites de notre coin, sa beauté, sa facilité d'accès, son poisson, l'avantage de dormir en pleine nature sous un toit, au chaud, le ventre plein de truites fraîches.

Eh oui! C'est chaque fois la même histoire, chaque fois que des amis satisfaits veulent partir avec la certitude qu'ils pourront revenir. Ils flattent mon père, le félicitent pour le choix du site, le choix du lac et, tant qu'à faire, le choix de l'épouse, la perle rare qui a si bien arrangé, nettoyé, rincé, enfariné et fait cuire le poisson qu'ils sont en train de digérer.

Après les flatteries, on sort les cartes. Tous les adultes se mettent à table et jouent. Moi, je les regarde avec mon frère Vincent. Nous sommes tous les deux allongés sur le lit d'en haut d'où nous avons vue plongeante sur la table. Interdiction de parler. Quant aux autres, ils sont couchés par terre, le long du mur du fond, à côté du poêle. Bébé dort sur le lit d'en bas, celui de mes parents.

De notre poste, nous voyons passer les plats de cacahuètes, de chips, de chocolats (autant de cochonneries que dans les campings...) Nous salivons. Viennent les verres de Pepsi pétillant! Nous, on crève de soif. La chaleur du poêle nous enveloppe : elle rebondit sur le plafond et redescend sur nous, comme une couverture.

Les pieds de Vincent se tortillent chaque fois qu'un

bonbon est développé, qu'un chocolat est englouti. Il rêve de bouger, de parler, de boire, de manger. Vient quand même un moment où il n'en peut plus. Alors, il se met à m'asticoter, à me donner des coups de coude, puis des coups de pied. Je le pince sournoisement. Il crie de douleur. Papa se fâche, l'accroche par un bras, le descend à côté du bébé endormi et c'est fini! J'ai ordre d'enlever ma face d'au-dessus de la table et de dormir moi aussi.

C'est ça, le chalet! Un paradis d'adultes, mais d'adultes seulement. Les enfants-camping ne comprendraient pas. Nous ne sommes pas en vacances comme eux quand nous montons dans le bois : nos parents le sont! Au chalet, pas plus de permissions qu'à la maison. C'est le même régime, mais transporté ailleurs, avec en moins nos chambres, nos jouets, nos amis et la télévision. Papa appelle ça : changer le mal de place.

Le seul à se sentir chez lui au chalet, c'est mon frère Charles, l'avant-dernier de la famille. Ça se comprend, il est maniaque des animaux. En ville, il se rabat sur les chiens et les chats. Par amour, il les séquestre dans des endroits pas possibles : tiroirs de commode, poubelles, puisards, c'est à l'avenant. Le but, c'est de les garder pour lui. Quand les animaux le voient revenir au bout d'une journée de noirceur, ils sont heureux et ça lui fait plaisir. Il les embrasse et défoule son envie de les serrer en mordant frénétiquement le côté charnu de son index droit. À force, il a une grosse balloune de corne. C'est pour dire combien le bois lui fait de l'effet. Les truites, les sangsues, les écureuils, les oiseaux, les lièvres! Tout le comble! Charles ne connaît pas l'ennui au chalet. C'est pas comme nous... Et si on a le malheur de dire qu'on trouve ça plat, qu'on n'a rien à faire, qu'on serait mieux en ville, papa répond : « Plus tard, quand vous serez assez intelligents pour apprécier, vous saurez me remercier... En attendant, fermez-la! » C'est ce que l'on fait, veut, veut pas, chaque fin de semaine de l'été.

Cette fin de semaine-ci, c'est exceptionnel. Papa entre travailler en plein samedi, quatre heures. Il remplace un ami qui a des noces. Alors, tout le monde reste en ville, sauf moi. Papa va redescendre sitôt qu'il va nous avoir installés, moi et le vieux. Et je vais rester seule, là-haut, avec le grand-père. Pendant ce temps-là, le gros Vincent va se la couler douce en ville. Il va prendre ma bicyclette, mon gant de base-ball, mes fusils de cow-boy. Il va fouiller dans mes affaires, en piquer, en briser! En arrivant, je le tue!

— Sens-tu l'odeur des pâtés de viande, ma pitoune!

— Eh?

— On arrive à Saint-Ambroise! Sors de la lune!

Le vieux commence à fouiller ses poches tandis que défilent les maisons du village. Ici, c'est le royaume de la patate frite! Quand on arrête à une cabane, on en a pour son argent, que dit papa. C'est pas comme en ville. On remplit les sacs à pleine capacité. Pas r'gardant le monde de Saint-Ambroise. On comprend pourquoi lorsqu'on se retrouve, passé le village, au beau milieu des champs de patates. Ils s'étendent de chaque côté de la route. C'est très beau, aligné à la perfection! Quel ouvrage ce doit être de faire autant de rangs, aussi droits et aussi longs...

À notre droite apparaît maintenant une grande bâtisse blanche, celle où on s'arrête toujours à la sortie de Saint-Ambroise : l'épicerie de Philippe Bouchard!

VIII

Papa met le clignotant et va poster le camion devant les pompes à essence.

— Tiens! me dit le grand-père en me tendant un billet de un dollar. Va t'acheter ce que tu veux.

— Wow! Une piasse au complet! Merci, grand-papa!

Je m'empresse de sortir derrière mon père.

— Passe pas une heure en dedans! m'avise-t-il en faisant le plein.

— Non, papa! Vous allez m'attendre, hein...?

— J'attends pas! Saute dans la boîte quand tu me verras passer.

Ça veut dire : grouille! C'est ce que je fais. Je cours jusqu'à l'épicerie et je me précipite à travers les rayons que je connais par cœur. Un dollar! Une vraie fortune! J'accroche un chip ordinaire Yum Yum, une Coffee Crisp, une Caramilk, un paquet de gomme Juicy Fruit. Vite! Qu'est-ce que je prends d'autre? Un rouleau de Life Savers. Je dois être rendue à cinquante sous! Quoi encore? Je retourne au fond de l'épicerie. Un autre chip Yum Yum ordinaire, une boîte de Cracker Jack. C'est assez! Papa doit avoir fini! Vite! À la caisse!

La caissière, dodue, rougeaude, me sourit. Elle est grosse!... Chaque fois que je la vois, elle l'est davantage.

— Tu vas manger tout ça, ma belle?

— Oui, madame!

Elle passe les choses une à une, tranquillement, en prenant soin, entre chaque article, d'aérer son visage au petit ventilateur installé à sa portée. Lente comme ça...

— Il fait chaud, hein? articule-t-elle entre les plis suintants de son visage boursouflé.

— Oui, madame...

Ses mains sont rondes, gonflées. Le jonc en or qu'elle porte est engoncé dans la chair de son annulaire. Chaque geste qu'elle fait pour enfoncer une touche de la caisse est une épreuve. Ses énormes bras ne peuvent aller ni plus bas que le comptoir, ni plus haut que le clavier. Elle est prisonnière d'un manteau de graisse qui fait la vague à chacun de ses mouvements.

— Autre chose, ma belle? finit-elle par demander.

La dame a la parole venteuse. Sa bouche est très petite... On dirait une prise d'air au milieu d'une énorme balloune.

— Non, merci, madame!

Elle me fait face, tout d'un bloc, s'éponge le front avec un mouchoir puisé dans son tablier, se penche en cherchant son souffle et sort un sac de papier brun. J'aurais pas cru qu'elle pourrait! Je m'étire le cou pour regarder par la vitrine derrière.

— Es-tu pressée?

— Bien... c'est parce que mon père...

— T'as peur qu'il te laisse?

— Non...

— Pauvre enfant! Voyons donc! Faut pas s'en faire pour rien comme ça!

Elle dit ça, rieuse, en dépliant calmement le sac, y enfonçant la main pour faire de la place. Elle n'a encore rien mis dedans que le camion de papa passe devant la porte. Maudit!

— Je te mets la Caramilk au-dessus! lésine-t-elle, inconsciente du drame que je vis.

Je vais à la porte et je cherche le camion des yeux. Rien! Que de la poussière, un nuage soulevé par le passage d'un véhicule...

— Vite, madame! dis-je en suppliant, sans lâcher la poussière du regard.

— Ça va faire soixante-quinze cents, ma belle!

Je vais en catastrophe jusqu'à elle, lui tends le dollar,

attrape le sac et me rue tête baissée vers la porte vitrée.
Paf! Je reçois la porte en pleine face et je tombe sur le
derrière, sonnée. À travers les bulles qui dansent dans
mes yeux, je découvre la silhouette floue de mon père.

— Câlisse de tabarnac! T'es-tu fait mal?

— Non! dis-je en me relevant.

— Regarde-moé!

Il tâte mon front avec le pouce, à la recherche d'une
bosse. Je n'aime pas qu'il me touche. Il n'est pas doux.
Il palpe ma tête comme si elle était en bois. Ça fait mal.
Je recule.

— C'est correct, papa! C'est correct!

Rassuré, il se met à me secouer comme une machine à boules. À l'ardeur qu'il met, je peux mesurer la
peur que je lui ai faite.

— Vas-tu apprendre à regarder où tu vas? Paquet
de nerfs! On se garroche pas dans les portes comme ça!

— C'est parce que je ne voyais plus votre camion. Je
pensais que...

— Innocente! Voir si je te laisserais!

— Bien... vous avez dit que...

— Faut pas croire tout ce que je dis! Sers-toé de ta
tête!

Il lâche ces derniers mots en m'amenant vers la
caisse. La grosse madame sourit.

— Pauvre petite fille! Tiens, ta monnaie!

Je perdais vingt-cinq sous dans l'histoire! Grosse
nouille de madame! Si elle s'était grouillée un peu!...

— Avez-vous besoin de quelque chose, monsieur
Harvey? demande-t-elle à papa.

— Non! J'ai à faire en arrière.

— Bien, faites!...

Elle recule, sort de sa guérite, et traîne les pieds
jusqu'à la cuisinette où elle s'engouffre. De son côté,
mon père se dirige vers le fond du commerce, là où se
tient le comptoir de boucherie. Il va aller placoter avec

le fils du propriétaire. Depuis le début, il savait qu'il entrerait. Ce n'est pas gentil. Je me sens humiliée. Devant la dame, j'ai eu l'air d'une enfant sans cervelle. Je déteste qu'on me traite comme ça. Je ne suis pas idiote. Et je ne ferai jamais comme mon père : je ne m'amuserai pas à faire passer mes enfants pour des caves. Ils n'auront pas l'air de chiens battus non plus. Je descendrai avec eux à l'épicerie. On ne me verra pas les brasser, les presser, leur donner des ordres pour faire ma fraîche! Je les respecterai et je pense qu'ils feront la même chose. Ils pourront porter la tête haute et moi aussi.

Quant au père que je leur aurai choisi, il nous accompagnera, plutôt que d'attendre dans le camion comme un petit boss. Il n'aura pas de ceinture à son pantalon. Il sourira. Il sera gentil, franc, plein de cœur.

Mon père revient en riant de toutes ses dents. Roger a dû lui en pousser une bonne!

— As-tu au moins une liqueur dans ton barda? lance-t-il sur un ton dégagé en regardant mon sac chiffonné.

— Non, papa! Je n'ai pas eu le temps de...

— Envoye! Va nous chercher trois Pepsi ben frettes dans le cole! Fais-ça vite! On est pressés!

Sans commentaire... j'ai tellement soif! Je me dirige rapidement vers le cole, je soulève le couvercle fumant et j'attrape trois bouteilles. Je reviens au comptoir en même temps que la grosse madame.

Papa lui présente un paquet de petits pâtés à la viande tout chauds. Je dépose les liqueurs suintantes sur le comptoir. Je me prends une paille. Papa sort son portefeuille et paye, tout en jasant température avec la grosse madame. Elle dit que la chaleur, c'est bon pour elle, que ça l'aide à fondre et qu'elle en a besoin. Puis elle rit de toute sa chair. Ni moi ni mon père ne savons comment réagir. Alors on se tait, on salue la madame, et on sort poliment, moi derrière, lui devant.

— C'est tout un paquet la grosse Noëlla, hein? me chuchote papa sur la galerie.

— Oui... mais elle est gentille! dis-je en scrutant les alentours, de peur qu'on l'ait entendu.

— Aussi gentille qu'elle est grosse! ajoute-t-il en ouvrant la portière.

J'enfile au plus vite. Il me fait honte! Le bonhomme est toujours à la même place. Malgré la chaleur écrasante, il reste stoïque. Je m'installe à contrecœur au centre de la fournaise. D'une main je prends le sac que me présente papa et, de l'autre, je cale le mien sous la banquette du mieux que je peux.

— T'as rien qui risque de fondre là-dedans? me demande papa avant de s'installer.

— Bien... j'ai des barres de chocolat...

— Tu fais exprès pour nous retarder, hostie! Donne-moé ton sac que je le mette dans le cole. Envoye!

Je ramasse mon sac en vitesse mais, avant de le lui passer, je veux au moins prendre un chip...

— J'ai dit : donne!

Il m'arrache le sac et disparaît avec. Y a jamais moyen de se faire plaisir avec lui. Le vieux me regarde.

— En haut, tu mangeras ce que tu veux, quand tu veux! me glisse-t-il.

Fais pas ton smatte, le bonhomme! T'es pas mieux que ton fils. Vous vous croyez tout permis, vous autres! J'vous hais!

Papa revient, claque la portière, et ordonne :

— Ouvre-nous une liqueur pis passe-nous un petit pâté! On décolle!

Les pneus soulèvent la poussière de la cour et nous nous retrouvons sur l'asphalte. On n'en a pas pour longtemps. Bientôt, nous quitterons le roulement doux de la ville pour celui de la nature.

Je prends l'ouvre-bouteille dans le coffre à gants et je me dépêche : un pchittt! pour grand-papa, un deuxième pour mon père et un dernier pour... C'est toujours à mon tour que les choses se gâtent! L'asphalte s'interrompt d'un coup et nous nous mettons à vibrer de tout notre corps. La route de terre, c'est quelque chose, mais la planche à laver...

Ma bouteille toujours bouchée s'active entre mes mains. Impossible de faire quoi que ce soit. Les hommes, ces grands gosiers, ont englouti la moitié de leur boisson avant que les secousses commencent. Ils sont désaltérés, bouteille à moitié vide dans la fourche. Moi, je sèche.

Je décide de distribuer les pâtés et d'attendre. On a à peu près cinq minutes de planche. J'enlève la pellicule plastique qui emballe les pâtés. C'est tout plein de vapeur d'eau tellement c'est chaud. Papa tend la main sans rien dire. Est-ce que je l'avertis que c'est bouillant? De toute façon, ses mains sont pleines de corne. Il ne sent jamais rien. Je lui passe un pâté.

Il en gobe une moitié d'un coup. Tabarouette! Il se met à la promener d'une joue à l'autre. La boucane sort de sa bouche. Sa main gauche maintient l'autre moitié à bout de doigts. Les vibrations de la roue secouent la viande qui saute par grains sur le plancher. Soudain, il craque. Le morceau qui lui cuit les doigts vole sur le carton, juste entre mes jambes.

— Tabarnac! C'est pas chaud ordinaire! fume-t-il en exhalant de la brume.

Le vieux se met à rire.

— Crache! lui dit-il.

Papa choisit plutôt d'éteindre le feu avec une gorgée de Pepsi. C'est tout juste si on entend pas grésiller la peau de sa langue.

— Vous êtes-vous brûlé, papa?

— Bien non! répond-il en se remontant sur son siège. Donne-moé l'autre moitié!

Il l'enfourne sans broncher. Qu'est-ce qu'il ne ferait pas pour m'impressionner? Je suis certaine que son gargoton est en train de cuire.

Le vieux regarde les pâtés sur mes genoux et, d'un clin d'œil, me fait comprendre qu'il va attendre un peu.

On quitte la planche. Bon! C'est plus tranquille. Le sol est en terre brune bien tapée. Le vieux tend la main. Je lui passe un pâté. J'ouvre ma bouteille, j'y glisse ma paille et je pompe le liquide qui descend dans ma gorge en picotant. Quelle agréable sensation! Quand je bois du Pepsi, j'ai l'impression de me nettoyer. C'est vrai! Ça travaille, ça gruge, ça décape toutes les saletés qui traînent dans les tuyaux. Parce que c'est comme ça que je me vois en dedans : un grand réseau de tuyaux qu'il faut décrasser de temps à autre pour l'entretenir. C'est logique! Certains adultes disent que le Pepsi n'est pas bon pour les enfants, que ça les excite! Et après? C'est mieux d'être excité que bouché! Il y en a même qui vont jusqu'à dire que la liqueur grignote l'estomac. Voyons donc! Aucune épicerie n'en vendrait! Des niaiseries tout ça!

Je déguste un petit pâté : délicieux! Il en reste un. Je m'informe :

— Vous en voulez un autre, papa?

— Non! Demande à ton grand-père.

— Vous, grand-papa?

— Oh non! Le porc, ça se digère mal! Vas-y, toé! À ton âge on a pas ces problèmes-là.

Je regarde papa une dernière fois.

— Vas-y! Bourre-toé les joues!

Je savoure en regardant le décor. Bien sûr, je connais tout par cœur, mais ça me plaît de revoir à chaque montée.

De temps en temps, on voit un petit chalet au bord du chemin. C'est signe qu'il y a un lac, un lac vide à ce que dit mon père. Tout ce qui était facilement accessible à la civilisation a été pillé.

Je trouve ça triste. Je suis contente que papa ait construit notre camp très loin, à l'abri des pêcheurs de fin de semaine.

Ces gens-là ne respectent rien. Ils foutent le feu avec leurs mégots ou leurs bouteilles vides qu'ils balancent n'importe où, sans se poser de questions. Ils abandonnent ici et là des carcasses de réfrigérateur, de cuisinière, de voiture même! Les précipices qui donnent sur les plus belles rivières en sont jonchés. Pour eux, la nature est un vaste dépotoir. Il n'y a qu'à choisir l'endroit à pourrir. C'est comme un sport. On gagne si personne ne nous a vus!

Chaque fois que j'arrive à la grande côte que nous montons en ce moment, mon cœur s'arrête. En haut, j'aurai droit au plus extraordinaire des spectacles : celui de la rivière aux gros bouillons.

La rivière aux gros bouillons, c'est une source intarissable d'inspirations cauchemardesques. Elle est abominable, violente. La chair de poule me vient chaque fois que je la vois. J'ai le loisir de la regarder à mon aise à tous les voyages. Papa fait toujours un arrêt en haut de la côte pour l'observer. Au débit de la rivière aux gros bouillons, il évalue la pluie qui est tombée en montagnes et se fait une idée approximative du niveau des lacs.

Nous arrivons au sommet. Je m'étire du côté du grand-père pour mieux voir. En temps normal, c'est ma mère qui est assise là. C'est pas mal plus agréable de me coller. En tout cas...

— Ouais!... jauge mon père, la face collée au pare-brise : elle est moins vigoureuse qu'à l'accoutumée, mais j'voudrais pas tomber dedans.

Campée au fond du précipice vertigineux, la rivière aux gros bouillons rage comme une démone. Ses rapides sont d'une force terrible. Mon cerveau se met en branle. Je me vois tomber dedans, le dos en premier. Les rapides me recrachent dans les airs, me retournent, m'avalent pour de bon et vont me fracasser sur la roche comme un chicot de bois sec. Ahhhh! Adieu, maman, adieu, papa, adieu, tout le monde. Je disparais pour toujours!...

C'est au plus fort de ce délicieux moment d'horreur, celui où je coule les yeux ouverts, que je vois cette maudite carcasse de Volkswagen!...

Elle casse tout! C'est choquant d'appartenir à la même race que ceux qui l'ont laissée là. Bande de sanscœur!

Comment peut-on leur faire comprendre que les enfants ont besoin de beauté pour grandir? Les enfants cherchent autour d'eux des splendeurs où poser les yeux, des images grandioses qui leur donnent justement des idées de grandeur. Peu importe que ces idées prennent la forme de rêves ou de cauchemars : l'important est qu'elles existent.

Je me mets à compter les sapins les plus fournis, tandis que le camion reprend sa route. Rien d'autre à faire de toute façon. Le bonhomme ne dit rien et mon père non plus.

Au bout d'une trentaine de minutes, on arrive à la barrière. Le gardien est assis sur la galerie avec sa femme.

— Passe-moé les papiers, demande papa.

Je les prends au-dessus du pare-soleil. Il sort, discute un peu avec le gardien et revient.

— Est-ce que je peux monter dans la boîte, papa?

— Non! Les chemins sont trop vilains.

Le gardien, de sa galerie, élève la barrière, un grand chicot pelé et peint en rouge. Nous passons doucement. Le chicot se rabat derrière nous. Nous sommes maintenant sur notre territoire : celui de la Petite Branche.

XI

Immédiatement, le chemin rétrécit. Les roches sont plus nombreuses, les virages, plus prononcés, les trous, plus profonds, les ponts, plus hasardeux. Comme papa m'a expliqué, ici, la ville ne paie plus pour l'entretien de la route; ce sont les membres qui le font. Alors on pare au plus pressant.

Nous débouchons face à ma montagne favorite. Elle est tout en rondeurs, tapissée de sapins et d'épinettes à la grandeur. Aucun trou, pas de plaques blanches ni de roussi d'incendie. Elle se répand devant nous, au bout de la grande ligne droite, comme si elle nous ouvrait les bras. J'aimerais tant l'escalader! C'est la seule qui ait un nom : la montagne des Conscrits. Il semble que, pendant la guerre, les hommes venaient se cacher dans ma montagne pour ne pas être envoyés au combat. Papa m'a raconté que, d'en haut, on a un panorama exceptionnel d'où on peut tout voir venir. Ça me fait drôle de penser à ça. J'aurais aimé être de ceux qui vivaient là. Comment s'organisaient-ils? Est-ce qu'ils avaient des caches? Chassaient-ils pour se nourrir? Pouvaient-ils faire des feux? Quand dormaient-ils? Avaient-ils peur la nuit? Étaient-ils seuls ou en groupes? Pendant combien de temps devaient-ils rester sur la montagne? Toute la guerre durant? Et qu'est-ce que c'était que cette guerre? Ça se passait où exactement? Qui tuait qui! Et pourquoi?

— Ayoye! Maudit maringouin! dis-je en balayant l'arrière de ma nuque.

J'en ramène un dégoûtant ramassis d'ailes et de pattes engluées de sang; les hommes rigolent. Pour eux, se faire manger par un moustique, c'est mauviette. Ça veut dire qu'on n'a pas « la peau d'un gars de bois ».

Le camion tourne à quatre-vingt-dix degrés au bout
de la ligne droite et ma montagne disparaît. À partir de
là, les côtes deviennent plus escarpées et mauvaises. Le
sol est mou, brun, humide en permanence. Il est grugé
par la pluie et, surtout, par l'acharnement des conducteurs malhabiles, la visite, ceux qui viennent une fois
l'an et grafignent dans les côtes comme des barbeaux.
Ceux-là, ils arrivent souvent aux différents chalets avec
des morceaux en moins à leur véhicule. Ceux qui atter-
rissent chez nous sortent toujours le même discours à
mon père : « Avec ce que ça va me coûter de garage en
redescendant, j'ai besoin de prendre de la truite icitte! »

Quand quelqu'un dit ça, il ne le sait pas mais... il
joue avec le succès de sa fin de semaine. Si la phrase est
lancée sur un ton qui exprime la joie d'être sur place,
malgré les petits désagréments de la montée, le visiteur
fera bonne pêche, sinon...

En général, les gens qui adoptent le bon ton sont
des hommes simples. Ils ont un vieux véhicule, des
bottes de caoutchouc noires avec le bout orange, une
chemise à carreaux et une casquette portant un sigle de
compagnie : Garage Munger et Frères ou Potvin
Bouchard Construction. Leur coffre de pêcheurs contient le nécessaire : un paquet d'hameçons, deux jeux
de mouches, des plombs éparpillés un peu partout, une
bobine de fil, une pince rongée et des bebelles comme
un mené en caoutchouc ou un appeau pour le canard.
Physiquement, ils ont toujours une particularité qui
surprend : soit de grosses lèvres, une énorme petoche,
des oreilles poilues, ou encore un œil qui louche. Mais
ils ont surtout des compliments plein la bouche à propos de tout ce qu'ils découvrent dans le chalet. Ils
entrent en jacassant. Avec eux, ils transportent une
glacière Coleman en tôle bleue. Elle est cabossée,
rouillée, mais elle est pleine! Ils la posent bien en vue
dans le solarium, en disant que « c'est là pour être

mangé », que « y a pas d'gêne à avoir ». Ils sont généreux. J'aime bien ces hommes! Mon père aussi d'ailleurs.
Ils parlent et distribuent de grandes claques dans le dos
sitôt qu'ils en ont l'occasion. Quand vient le temps
d'afficher leur bonheur, leur reconnaissance, ils y vont
comme ils le sentent. Ces gens-là feront bonne pêche.

Par contre, ceux qui dans leur façon de s'exprimer
ont l'air de mettre en doute, de critiquer, de défier le
propriétaire du chalet en insinuant, avant d'avoir pêché, que les résultats ne vaudront peut-être pas le dépla-
cement, ceux-là vont y goûter!

Ils sont faciles à reconnaître. Ils ont des bottes en cuir
lustré, un pantalon de camouflage comme dans l'armée,
une chemise kaki et un chapeau, soit de feutre, soit de
toile épaisse, auquel est accroché un leurre de couleur
éclatante. Leurs lèvres sont fines, serrées, leur visage
long et fermé. Ils ne sont ni bavards ni démonstratifs.
Aucun commentaire sur quoique ce soit, à part eux-
mêmes, les grands lacs qu'ils ont vus, les avions qu'ils ont
pris, les guides extraordinaires qu'ils ont connus, et
blablabla... On ne parle pas avec ces visiteurs-là, on les
écoute. Ils entrent dans le chalet sur le bout des pieds,
comme s'ils avaient peur de se salir. De suite, ils vont
ranger leur glacière minuscule dans un coin, le plus
éloigné possible de la circulation, pour être bien certains
qu'on ne pige pas dans leurs affaires. Par contre, leur
attirail, lui, est mis bien en vue. Ils réquisitionnent tout
ce qu'il y a de bancs et de crochets et s'étalent : une paire
de cuissardes, un ensemble ciré, une épuisette, un panier
en osier, un boîtier cylindrique en acier contenant leur
canne à pêche, et... un énorme coffre! Ils n'ont pas un
regard pour le chalet que mon père a construit de ses
mains. Ils sont là pour la pêche. Rien à faire des installa-
tions. Ils en ont vu d'autres! Ce qui les entoure ici est...
insignifiant.

Alors, sans demander quoi que ce soit, sans offrir

non plus, ils s'assoient en maîtres sur leur croupion sec et se consacrent tout entier à l'ouverture de leur coffre. Au beau milieu de la place, ils déplient une à une les sections pour bien exposer toute leur quincaillerie. Quand c'est fait, leurs doigts propres et longs s'affairent avec précision à la préparation des lignes. Peu importe que vous ayez des chaloupes à mettre à l'eau, des moteurs à installer, du bois à rentrer, la pompe à amorcer, de l'eau à charrier au seau... ils préparent leurs lignes... dans vos jambes, sans aucune gêne. Ils sont, malgré leurs grands airs, les gens les moins éduqués sur terre. Et cela, ils le paient très cher!

Mon père n'a aucune pitié pour ceux qui le prennent de haut. Au chalet, le roi, c'est lui, et personne d'autre. Si on l'énerve, il ne dit rien. Il se contente de suggérer un petit lac, éloigné peut-être mais... prometteur! Il ne peut pas garantir que ça va mordre! Ça dépend... des talents du pêcheur. Une chose est sûre : dans ce lac-là, quand la truite veut, ça fait peur! Voulez-vous vous essayer? O.K.! Il explique le plan de vive voix. Ce serait préférable qu'il le crayonne mais, vous auriez l'air de quoi si vous le demandiez? Alors, vous écoutez de toutes vos oreilles en faisant celui qui comprend. Mon père sait très bien que vous êtes stupide, parce que vous ne posez aucune question alors que vous le devriez. Vous voulez jouer au Ti-Jos Connaissant? Tant pis! Il oubliera sciemment une fourche dans l'itinéraire... Vous vous perdrez juste assez pour avoir des sueurs, pour vous faire bouffer par les mouches noires, pour gaspiller du temps. Mais vous finirez quand même par vous retrouver. Avez-vous besoin d'un canot? Il en a un à prêter. À moins que vous ne préfériez vous rendre allège et pêcher à pied sur les berges. C'est faisable! Il indique l'emplacement du gros cran sur lequel vous pourrez aller. Impossible de le manquer : il est énorme, noir, lisse, bien assis dans un renfoncement à la tête du lac. Le principal, c'est d'avoir de bonnes bottes pour vous rendre : vous êtes on ne peut mieux équipé! Alors une consigne encore : une fois installé, ne vous déplacez plus. Attendez patiemment. La truite viendra à son heure. Ça va comme ça? Parfait! Levez les pieds tout de suite. Bonne chance! On vous attend au plus tard à huit heures. Ne vous faites pas surprendre par la noirceur!

Et vous partez, pour vous retrouver, trois heures après, dans un nid à maringouins, à l'abri du vent, en plein soleil, au bord d'un lac éclusé par les castors. Vous n'aurez pas une touche de la journée. L'écluse a empêché la fraye et les poissons qui restent, des grosses truites avachies cherchant les profondeurs pour trouver de la fraîche, se tiennent dans un trou, quelque part en plein centre du lac, un centre inaccessible sans canot!

Vous rentrerez donc les mains vides, les joues et le nez brûlés par le soleil, l'arrière des oreilles, le cou et les tempes massacrés par les maringouins! « Pas un coup de la journée? » s'exclamera papa en vous dévisageant. Vous le sentirez mettre en doute vos compétences. Vous vous défendrez. « Ah! considérera mon père, une écluse de castors! Ouais... J'pouvais pas savoir! Mais pourquoi vous êtes restés? Ouais... c'est sûr que vous aviez fait une bonne marche pour vous rendre! En tout cas, c'est décevant mais, vous aurez pas tout perdu! Attendez! »

Il vous montrera alors les belles truites saumonées qu'il a prises, juste ici sur le lac, entre quatre heures et huit heures. Oh! Pas grand-chose! À peine une trentaine... et pas aussi grosses que celles que vous auriez pu prendre là-bas! Jamais! Mais elles vont quand même être bonnes tantôt dans le poêlon. Vous allez voir! Ça va vous retaper! Et demain, il vous amènera avec lui, sur son lac, à l'endroit qu'il aura choisi, à l'heure propice.

Vous hochez la tête pour approuver. Vous étiez gonflé

d'orgueil. Vous avez maintenant vos dimensions réelles...

C'est ça le chalet : le lieu de la vérité.

Le vieux commence à trouver le temps long et l'air rare. Il s'amuse nerveusement avec sa bouteille de Pepsi vide. Il y entre l'annulaire et l'en ressort avec un bruit de succion. Il est énervant. Si c'était moi qui avais cette manie, mon père me la ferait passer vite fait. Mais le vieux peut se permettre toutes les niaiseries : il est vieux.

Nous atteignons la fourche de la roche ronde. On s'arrête. À droite, c'est le chemin qui mène au camp des jobbers, à gauche, celui qui conduit au chalet. Juste devant, clouées à un grand bouleau, on peut voir des pancartes de bois où sont inscrits les noms des propriétaires du coin. Chacun y est allé de ses talents d'artiste. Le pire panneau, c'est le nôtre : il est gossé en forme de flèche. C'est mon oncle qui l'a fait, le frère de mon père. Il a dû mettre au minimum une pinte de peinture blanche sur ce petit bout de contreplaqué de dix pouces. Ensuite, il a nappé le tout d'un « J. C. Harvey » à peu près formé, de couleur rouge-orangé. Chaque fois que j'arrive à la fourche, la flèche m'arrache l'œil. Quand elle est apparue sur le bouleau, où, jusque-là, nous ne figurions pas, j'ai dit à papa : « Hein! Qu'est-ce que c'est? C'est vous qui avez posé ça là? » Il a simplement souri en répondant : « Mais non! Un cadeau de ton oncle. Y'a mis du temps là-dessus, du temps pis... de la peinture en hostie! »

Depuis ce jour-là, nous tournons le coin en essayant de regarder ailleurs, mais nos yeux restent accrochés au poteau.

Nous suivons donc la flèche et tournons sur la gauche. À partir d'ici, l'arrivée est une question de secondes. Le bonhomme se redresse d'un mouvement de reins. Il se met en position pour ne rien manquer.

X

Nous abordons le dernier virage et... le lac des Îles apparaît.

— Maudit qu'il est beau! fuse le vieux en frappant l'extérieur de la portière.

Il tape la tôle comme s'il labourait le flanc d'un cheval.

Mon père ralentit sa monture et arrête au beau milieu du pont. Je déteste les ponts! Mais celui-là est tout petit, à peine élevé à trois pieds au-dessus du sol, juste de quoi enjamber le filet d'eau qui coule de la bouche de notre lac.

De là, on a une vue d'ensemble, la plus belle vue en fait. Le bonhomme jubile, la broue aux commissures. Il arrête de marteler et sort un peu la tête pour admirer le paysage.

Sur notre droite, le lac s'étend, paisible. Sous les roues du camion, on entend roucouler la petite décharge. Au loin, les frédérics se répondent. C'est un autre monde.

Notre île, tout en longueur, est assise tranquille au centre du lac. Elle est coiffée d'un camp propret et tout blanc, le nôtre.

En contrebas, quasiment sur pilotis, une approximation de structure : le camp du vieux. Il est blanc, vert, bleu, rouge, jaune, orangé, ça dépend des fonds de peinture que mon oncle (celui de la flèche) a récupérés à l'Alcan. (Il travaille à la même place que mon père... comme Noé d'ailleurs, le plus jeune des frères de papa... au fond... tout le Saguenay travaille à la même place.)

— Il paraît bien, mon camp, hein, ma poulette? dit le vieux en se recalant dans son siège.

— Oui, grand-papa! Pour paraître, il paraît! Mon père sourit et repart. Nous gravissons une petite butte rocheuse. Sur le dessus, on stationne le camion en le serrant le plus possible sur le côté de la route. Mon père descend et vient de notre côté. Il extrait le bonhomme de la cabine. Pendant ce temps, je récupère les bouteilles abandonnées par les hommes sur le siège, je balaie quelques poussières de cendres éparses, je ramasse les grains de viande à pâté qui roulent entre les sillons caoutchouteux du tapis, je prends un sac de papier dans le rangement de la portière et j'y glisse les rebuts du voyage. Je ne veux pas que le camion ait l'air d'une poubelle quand maman le retrouvera. Je place le sac en vue sur la banquette pour que papa ne l'oublie pas. Et là, j'imagine mon père tendant le sac à maman en plaisantant : « Tiens! Un cadeau de ta fille! » Ma mère prend le sac, regarde dedans et dit en souriant : « Elle a fait le ménage! »

Je ferme les yeux pour conserver son image, le portrait d'elle qui pense à moi, même à travers un sac d'ordures. Ça me donne du courage pour la fin de semaine. Je débarque.

Le vieux se promène pendant que papa descend le cole. Dans la boîte du camion, il y a encore la poche du vieux, mon sac et un crate de Pepsi. Je fais un premier voyage avec mon sac et le crate.

Les marches qui descendent jusqu'au lac sont très dangereuses. En fait, ce n'est pas vraiment un escalier, plutôt des paliers de fortune. Et puis non! On ne peut pas parler de paliers non plus, c'est trop habillé comme mot. Je dirais tout simplement : trottoirs. Oui! Notre descente est constituée de dix petits trottoirs en planches brutes qui ont été mis là par mon oncle (celui de la flèche et de la peinture) pour nous faciliter la vie. Chacun est plaqué de façon plus ou moins bancale contre le sol spongieux. En fait, ce sont nos allers-retours qui les ont placés. Quand on met le pied sur l'un d'eux, il

71

s'enfonce légèrement en émettant un bruit de succion comme s'il mourait un peu. De temps en temps, un bout s'effrite et tombe sur le côté, tué par l'humidité. D'une année à l'autre, la situation se détériore. Certains trottoirs, qui jadis ont compté jusqu'à six planches, n'en présentent plus que quatre. Les deux du milieu, celles sur lesquelles on pose naturellement le pied, ont flanché. Il faut se rabattre sur les côtés du trottoir pour ne pas enfiler dans le trou béant qui se trouve en plein centre. On a intérêt à regarder où on marche. Et encore! Même en faisant attention, si les planches brunies ont le malheur d'avoir essuyé un orage, on dérape comme sur une nappe d'huile. Très périlleux! Tellement que le bonhomme ne peut plus descendre ici pour embarquer dans la chaloupe. Eh non! Jamais de la vie! Il défoncerait tout. Non. Ce que l'on fait : on descend le bagage, on met l'embarcation à l'eau, on installe le moteur et le réservoir d'essence, on charge, et on va prendre le bonhomme au pont, là où il s'est rendu à pied, sans aide, avec la plus grande fierté. Surtout, ne jamais proposer au bonhomme de le déposer directement au pont à l'arrivée! Jamais! Il aurait l'air de quoi, planté au bord du lac à ne rien faire pendant que les autres s'échinent à tout embarquer? Non. Le vieux doit toujours avoir l'air occupé, au cas où quelqu'un le regarderait. C'est une question de dignité. Alors, il se rend au pont, la tête haute, le thorax bombé, exactement comme s'il allait régler son compte d'électricité à l'hôtel de ville. C'est sa façon à lui de dire qu'il existe.

Après avoir descendu prudemment le sentier des trottoirs, je dépose mon sac et les Pepsi sur la petite marina. Mon père est dans la cabane à moteurs. Je remonte pour récupérer la poche du vieux et m'assurer par la même occasion qu'il a entrepris son pèlerinage. Du dessus de la butte, je le vois qui accentue la courbure de ses jambes pour freiner le rythme dans la pente. Le haut de son corps est raide, légèrement penché vers l'arrière, tandis que le bas fait le travail. Ses bottes nivellent le sol. Le vieux circule de la même façon que les machines de la voirie. Les pieds par en dedans, il avance en déblayant. Sur son passage, les cailloux dont on voit la tête sont carrément arrachés à la terre; ils vont valser sur les bords du chemin. Mon grand-père a une démarche que je dirais... excavatrice. Et il le faut : rien ne doit rouler sous sa botte, sinon il serait déstabilisé. Alors, il terrasse avec vigueur. Ses jambes sont extrêmement fortes, jusqu'à ce qu'elles décident de le lâcher, comme ça, sans avertir. Il appelle ça de la traîtrise. Mais il préfère le risque d'être trahi de temps en temps à l'assurance humiliante de sa canne. Il est comme ça, le vieux. Il aime vivre dangereusement.

Ses bras, bloqués en position de parenthèses, se détendent lorsqu'il atteint la zone plate du chemin. Tout va bien. Je vais au camion, j'attrape la poche à deux mains et je soulève. Qu'est-ce qu'il a mis là-dedans? C'est lourd! Je me rends péniblement jusqu'au sommet de la descente infernale. Là, j'hésite. Je pose la poche debout devant moi et j'évalue mes chances. Ce n'est pas la peur de tomber qui m'arrête mais celle de défoncer!

J'opte pour la répartition du poids. Je descends d'abord la poche en la poussant du genou puis, je vais la rejoindre, les jambes écartées, en me faisant la moins lourde possible. C'est dur pour le dos mais ça fonctionne. Je me rends ainsi jusqu'au quatrième trottoir, celui d'où mon père peut m'apercevoir de la chaloupe. Là, je ne sais pas vraiment pourquoi, il me vient comme un besoin de montrer à papa que je suis grande et forte. Je me balance la poche dans les bras et, une fois le choc assumé, j'avance à tâtons vers le prochain palier. C'est dans cette position à la fois précaire et téméraire que mon père me découvre.

— Câlisse de tabarnac! Es-tu folle, hostie? Grouille pus! Grouille pus!

En regardant par-dessus la poche, je le vois bondir de la chaloupe à toute vitesse. Ensuite, j'écoute. Je crois qu'il n'a touché qu'un ou deux trottoirs. La fureur lui donne des ailes.

D'un coup, son visage apparaît devant le mien, blanc.

— Combien de fois je te l'ai dit, tête de cochon? Tu descends pas les gros morceaux dans les marches pourries! Tu comprends pas que c'est dangereux? Qu'est-ce que je fais si tu te casses le cou en plein bois? Si tu te fractures le crâne? Icitte, ça pardonne pas! On prend pas de chances pour rien! On est à deux heures de l'hôpital! On a pas le téléphone! Les accidents graves, faut tout simplement pas qu'y en arrive! Parce qu'on a rien pour les réparer en urgence. Faut juste avoir le génie de les éviter. Comprends-tu ça? Tout ce qu'y me resterait si tu te fracassais la tête, ce serait les yeux pour pleurer, hostie! Pis la pire chose qui pourrait m'arriver dans la vie, ce serait de perdre un enfant par ma faute!

— Mais... Ce ne serait pas votre faute, papa... dis-je en sentant monter les larmes.

— Celle de qui, tu penses, dans ma tête à moé? Celle de l'enfant? Les enfants ne font pas de faute, ils ne font qu'essayer de bien faire... de la mauvaise manière. C'est pour ça, justement, qu'on doit leur enseigner les manières de faire! Et c'est pour ça, justement, qu'y doivent écouter et faire à notre tête plutôt qu'à la leur. Sers-toé de « ma » tête quand tu penses! Et ne me fais plus jamais ce que tu viens de faire, parce que la prochaine fois, si tu te manques, moé j'te manquerai pas! C'est clair?

Sur ce, il m'arrache la poche des bras, la lance sur son épaule et descend.

Je le regarde par-dessus mes lunettes. Il fait voler la poche dans le fond de la chaloupe et embarque.

— Envoye! Dégèle! me crie-t-il.

Je vais le rejoindre en vitesse.

— Détache la chaîne pis pousse-nous vers le large!

Je désentortille la chaîne qui nous amarre à un énorme sapin, je la lance dans la chaloupe, puis, les deux pieds appuyés contre le solide, je pousse le plus fort possible. La boue déglutit et lâche prise. Je me hisse sur la pince et la chaloupe glisse tout doucement le long de la marina. Beau départ! Je suis fière de moi.

Lorsque la profondeur d'eau le lui permet, mon père abaisse le pied du moteur et tire un grand coup sur le démarreur. Rien. Il essaie à nouveau. Moins que rien. Il se penche vers le réservoir d'essence et pompe la petite poire noire pour faire monter le jus. Il tire un grand coup sur le câble du moteur. Celui-ci se met à roter, à péter. Il s'ébranle en crachant une fumée bleue qui empeste. Papa le tient à deux mains, comme une bête dangereuse, et tourne la poignée d'accélération au maximum. L'engin meugle, pétarade. Papa joue de la poignée, pleins gaz, moyens gaz, pleins gaz, moyens gaz. Il tyrannise le moteur, si bien qu'il finit par se soumettre et répondre aux ordres.

Alors, quand la mécanique a été matée par le maître, quand la petite anse où nous flottons a été entachée d'un arc-en-ciel huileux par le maître, quand la petite fille assise dans la chaloupe ne dit plus un mot parce qu'elle a été semoncée par le maître, alors, on peut aller cueillir au pont le bienheureux maître du maître.

XI

Le vieux est debout sur la grève, mains dans les poches, très propriétaire. En nous voyant approcher, il se place de côté et se met à faire des mouvements de bras angulaires pour diriger notre accostage. Un paquebot rentrerait au port qu'on n'en ferait pas davantage. Il commande de corriger vers la gauche puis vers la droite puis vers la gauche. On fait le tour de chaque nénuphar, de chaque touffe de foin. Tout à coup, il fait semblant d'écraser je ne sais quoi des deux bras. Papa diminue la vitesse. Satisfait, le vieux se met de face, écarte les jambes, enfonce ses grosses bottes dans le sable et nous fait signe d'avancer. On s'amène avec une lenteur tellement exagérée que la chaloupe racle le fond et s'échoue à quatre pieds du bord. Lamentable! En temps normal, papa aurait donné un coup de gaz pour nous propulser sur la grève et le tout aurait été réglé. Mais non! Fallait laisser le vieux jouer au contrôleur de navigation. Sacré Spencer! Il rit.

— C'est pas un succès, ton affaire, dit-il en soulevant son chapeau.

— Grouillez-pas, le pére! J'arrive! répond papa.

Il enjambe le banc du centre, prend appui d'une main sur mon épaule et se hisse sur la pince. Il prend la chaîne, saute le plus loin possible sur la grève et tire.

— Venez, le pére!

Le bonhomme patauge jusqu'au banc du centre. L'eau monte à la hauteur de ses chevilles. Il enjambe le bord de la chaloupe aussi habilement qu'un gros crabe et s'assoit lourdement. Mon père pousse la chaloupe et grimpe en souplesse. Le moteur redémarre sans aucun caprice. C'est parti!

Le vieux se place le nez au vent, comme un orignal. Il inspire, expire, inspire, expire, jusqu'à ce que la toux jaillisse comme un geyser. Sa gorge se transforme en allée de quilles : on entend un roulement caverneux qui commence en force et s'éloigne. Et ça recommence. Maudit que ça m'énerve! Je me retourne. Face au lac, le vieux dans le dos, j'aimerais que la fin de semaine se passe comme ça, à ne voir que des arbres.

Après avoir remonté le long de la berge, du pont jusqu'à la hauteur de notre embarcadère, nous nous éloignons vers le large, cap vers notre île. Elle s'étale devant nous. Notre chalet couronne le point le plus élevé de son extrémité sud, celle par laquelle on arrive. Mis à part quelques dépendances situées à proximité, le reste de l'île est vierge.

Nous naviguons sur à peu près mille pieds avant d'emprunter, sur la droite, une passe qui sépare notre île d'une autre, beaucoup plus petite. Ici, on doit diminuer la vitesse car on voit très clairement le fond. Il faut passer en plein centre, pas ailleurs, sinon le moteur risque d'accrocher.

En sortant de la passe, barre à gauche en contournant le camp du vieux. Reste à accoster au quai du bonhomme, une espèce de passerelle qui aboutit directement à la porte de son antre.

— Arrête-nous! me crie le vieux en nous voyant rentrer au quai un peu vite à son goût.

Bien qu'il n'y ait rien d'alarmant, je réagis, question d'avoir l'air obéissant. Je monte sur la pince et étire une jambe en dehors de la chaloupe. Mon pied touche le pneu qui nous attendait et assume le choc léger de l'accostage, chose que la chaloupe aurait très bien pu faire elle-même. Il faut voir dans quoi on arrive : le camp du vieux est équipé pour recevoir le Titanic. Il y a des morceaux de caoutchouc cloués tout le tour de sa galerie et de son quai!

Je bondis sur la galerie, chaîne en main, et je maintiens l'embarcation. Papa attache l'arrière puis me fait signe que je peux y aller. Je contourne le poteau qui maintient la véranda du camp et j'y attache la chaîne. Mon père fait passer les bagages sur le quai et sort de la chaloupe. C'est au bonhomme de débarquer maintenant. Il utilise sa méthode de crabe : il rabat ses lourdes pinces sur le banc d'en avant puis tire pour se décoller l'arrière. Les fesses soulevées, il inspire et extirpe une patte. Puis, transfert de poids, légère inclinaison du tronc, élévation de la jambe qui reste à bord, passage au-dessus du rebord de chaloupe et largage. Le vieux se retrouve sur la terre ferme.

Il clapote jusqu'au petit escalier placé du côté de la passe. Il gagne le sol rocailleux, se penche, ramasse une capsule de Pepsi abandonnée, la glisse dans sa poche, se redresse en maugréant et empoigne le poteau de véranda qui se dresse à côté de son escalier. Question soutien, la véranda est soignée : elle compte six poteaux. Son rôle n'est pas tant d'abriter le vieux de la pluie que de tenir le camp debout.

En posant le pied sur la première des deux marches, le vieux s'immobilise et lève la tête. De là, il a une vue qui semble particulièrement lui plaire. Il parcourt les planches de sa véranda, comme s'il les comptait, puis il descend les yeux sur la devanture, dessine les contours de la grande fenêtre et finalement ceux de la porte. Ensuite, il s'assure de la solidité de son escalier. Il joue de son poids en essayant de l'ébranler. Rien ne bouge. Et pour cause! La structure de fer est une section de trois marches que l'on a découpée dans un escalier de secours, rien de moins. La première marche est plaquée contre le sol en guise d'assises. Les deux autres, grillagées comme la première, offrent un support on ne peut plus sécuritaire : naturellement irriguées, elles sont antirouille, antidérapage, et même anti-feu; du vrai calibre à bonhomme. Les montants de l'escalier sont rivés à une bordure de fer qui enserre le côté de la galerie sur toute sa largeur. La bordure est elle-même fixée à la galerie à raison d'un boulon par planche. Du travail d'artiste, du définitif : la touche de mon père. L'escalier est sa seule contribution au camp du vieux. Tout le reste est l'œuvre conjointe du bonhomme et de son autre fils, mon oncle (celui de la flèche, de la peinture et des trottoirs).

Ça donne un tout improvisé, approximativement mesuré. Papa n'a rien à voir là-dedans. En bon fils, il s'est contenté de dire oui quand mon grand-père a voulu se construire une petite cabane, juste en bas, au bord du lac.

Au début, le vieux venait toujours à notre chalet. Il mangeait avec la famille, dormait avec la famille et tout! A-t-il eu l'impression de gêner à un certain moment? Y avait-il trop de bruit, trop d'enfants à mesure que notre clan grandissait? Devenait-il de plus en plus mal à l'aise ou de moins en moins supportable? Je n'en sais rien, j'étais trop petite.

Tout ce que je sais, c'est qu'un beau jour, mon oncle (celui de...) est venu avec le vieux pour construire un genre de petite chambre où le bonhomme pourrait se retirer quand il en aurait envie. Puis, une chose en entraînant une autre, ma mère a vu se greffer des trucs autour de la petite chambre : un petit bout de quai, un petit bout de galerie, un petit espace pour faire un petit feu. Le bonhomme et son fils faisaient les abeilles, l'air de rien, sans demander quoi que ce soit. Et la grève, la seule place où l'on pouvait s'amuser, devenait progressivement une zone protégée. On avait de moins en moins le droit d'aller jouer autour. On dérangeait. Il ne fallait pas trop crier, pas lancer d'eau, pas toucher la canne à pêche installée en permanence sur le petit bout de quai qui, curieusement, s'allongeait, s'allongeait...

Nous devenions des embarras sur notre propre territoire. On sortait de la ville chaque fin de semaine pour avoir la paix des voisins (surtout des Joyal qui rouspétaient tout le temps parce qu'on débordait dans leur cour) et on se retrouvait avec des consignes d'autant plus astreignantes qu'elles étaient injustes : contre un envahisseur de notre âge, on aurait mené une guerre d'enfer, mais devant le grand-père, on ne pouvait que se soumettre. Fallait le regarder profiter de notre terrain de jeux sans rien dire.

Le seul qui pouvait faire quelque chose, c'était notre père. Contre le bonhomme Joyal, en ville, il avait réagi! Tellement qu'on était tous gênés pour mourir.

Le bonhomme Joyal avait eu le culot de se plaindre à ma mère parce qu'on jouait « chez eux », qu'on salissait son bel asphalte neuf en faisant rouler notre ballon dessus. Pauvre bonhomme Joyal! Deux semaines plus tard, sa belle entrée neuve était percée de huit poteaux en bois brut destinés à l'établissement d'une clôture qui réglerait une fois pour toutes la question du « chez vous, chez nous ». Ça m'avait tellement fait mal au cœur. J'avais assisté à tout. Un bel après-midi, deux grands colosses étaient arrivés avec un camion chargé de poteaux. Un à un, ils les avait enfoncés à coup de masse dans la chair molle de l'asphalte qui se lézardait de cicatrices; certaines couraient jusqu'à deux pieds plus loin que les poteaux. Une job de boucher! Mais le pire, c'est que les poteaux s'alignaient en diagonale. Quand le dernier avait été posé, il ne restait plus au bonhomme Joyal qu'une portion de sa belle entrée, juste de quoi passer sa voiture dans l'embouchure, et encore, fallait faire attention à la peinture. Le soir, en rentrant du travail, mon père s'était appuyé à un des poteaux et avait dit au bonhomme Joyal qui regardait le triste spectacle : « J'ai réglé le problème, monsieur Joyal! Mes enfants ne vous dérangeront plus! C'est promis!» Monsieur Joyal était ravagé. Il avait dit à mon père que ça n'avait pas de sens d'avoir fait ça. Mais mon père était bel et bien dans son droit. Il avait tous les papiers pour le prouver. Fallait pas le pousser à bout. Dommage qu'il n'ait pas été aussi sévère avec mon grand-père. Il devait le respect à son papa. Alors, il ne disait rien, il ne défendait pas notre cause! « Vous irez jouer en bas quand votre grand-père sera sur le lac! disait-il. Montez icitte pour le moment!»

Mais le bonhomme partait pêcher à quatre heures du matin et revenait à huit! On n'avait pas mangé nos toasts qu'il était déjà soudé sur le quai à nous empêcher de vivre. Il nous disait parfois bonjour, d'autres fois pas. Ses humeurs étaient aussi changeantes que la température. On ne savait jamais sur quel pied danser, surtout mon frère Vincent.

Celui-là, le vieux l'avait à l'œil constamment. De temps à autre, il lui balançait une claque derrière la tête, un coup de pied au cul, ça dépendait du bout qui se présentait en premier. C'était choquant qu'on laisse le bonhomme imposer sa loi jusqu'ici, dans ce qu'on considérait être notre lieu, celui où on avait le droit de s'énerver.

Enfin, cette situation a duré un petit bout de temps, le temps que mon oncle suggère à papa d'agrandir la cabane, question de... je ne sais pas, d'accommoder le vieux, de soulager notre famille ou de faire de la place à l'oncle lui-même qui avait idée de venir plus souvent... avec sa femme et ses enfants.

Étant donné que la conversation s'est tenue en tête-à-tête entre mon père et mon oncle, impossible de savoir exactement comment les choses ont été présentées. Mais mon père a dit oui.

C'est ainsi que, un certain printemps, papa est monté, sans nous, pour faire l'ouverture du chalet. Avec lui, il y avait le vieux, mon oncle, et des amis de mon oncle. En tout, huit hommes et quatre camionnettes. Chaque véhicule était lourdement chargé. Il y avait de tout dans les boîtes : des planches de dimensions et de couleurs variées, une grande porte jaune, écaillée, deux fenêtres en sandwich entre une paire de matelas pas ragoûtants. Il y avait des seaux remplis de clous, pour la plupart rouillés, des coffres cabossés débordants de vieux outils, des marteaux, des égoïnes, des scies mécaniques. Tout puait l'huile et la gazoline. À regarder le convoi et son chargement, on pouvait vraiment croire que chaque homme y était allé de toutes les cochonneries qu'il avait pu ramasser au fond de son hangar.

Mais la médaille, je la donnerais à celui qui souriait fièrement derrière le volant de son pick-up mauve refait au pinceau. Celui-là était stationné devant notre porte où il klaxonnait pour qu'on le remarque. Au dos de sa cabine, il avait ficelé un poêle à bois, probablement blanc à l'origine, mais auquel la graisse adhérait comme une seconde peau. L'engin était coiffé d'une tête à miroir, un miroir tapissé de pétassures de steak tellement croûtées les unes par-dessus les autres qu'elles se dégageaient de la glace comme des verrues. Tout le dessus du poêle était ravagé par une sorte d'acné, en particulier les deux ronds. « Beau morceau! s'était exclamé mon grand-père en voyant son équipement de cook. Après une couple de sablages pis un bon huilage, ça va faire les meilleures toasts, ce poêle-là! »

Je regardais le vieux, subjuguée. Il était content pour de vrai! Je n'en revenais pas. J'essayais de l'imaginer en train de coller une tranche de pain là-dessus. Berk! Du coup, je m'étais précipitée à la maison. Ma mère, qui m'avait envoyée en reconnaissance, attendait à la cuisine.

— Et puis? s'était-elle empressée de me demander.

— Il y a plein de camions, plein d'affaires dans les boîtes et ils sont prêts à partir.

— Ça y est, on est cuits! On ne sera plus jamais tranquilles sur l'île. Les enfants de ta tante vont pleurer ou le bonhomme va cogner du clou ou ton oncle va jouer de la scie mécanique ou les chaloupes à moteur vont se promener. Il y aura tout le temps quelque chose pour nous rappeler qu'on n'est pas seuls.

— Ça ne nous empêchera pas de faire notre vie.

— Non! Mais il y aura toujours un œil posé dessus et ça, c'est assez pour la limiter, notre vie.

— Quand même! On les connaît tellement bien...

— Mais tu n'as pas pensé que, à un moment donné, ils vont inviter de la visite? La gang de chums qui sont dehors, tu penses qu'on ne les verra pas débarquer un jour? Tu as envie de les côtoyer, ceux-là?

— Pas du tout!

— Ben moi non plus! Mais je sais qu'on va les revoir. Le service qu'ils rendent aujourd'hui, ça se paye! Les fins de semaine où ta tante ne montera pas, ton oncle va avoir l'idée de nous laisser respirer, tu crois? Jamais dans cent ans! Il va en profiter pour venir avec sa gang, pêcher à son saoul et jouer aux cartes. Je vais être prise avec des étrangers, des hommes en vacances, sans femmes, qui se lâchent lousse, ne se ramassent pas, ne se rasent pas, ne se lavent pas et qui, en plus de nous envahir, vont aller chier dans notre bécosse. Tu crois que je vais laisser mes enfants s'asseoir sur le même banc que ces crottés-là sans d'abord le désinfecter? C'est tout ça que va nous apporter la charité de ton père : du barda, du monde, pis du torchage. Si au moins il s'était contenté d'accorder sa permission pour la petite chambre, on aurait vu l'heure de s'en sortir : plus de grand-père, plus de chambre.

— Comment ça, plus de grand-père?

— Bien... les gens ne sont pas éternels. Le vieux va nous quitter un jour.

— Je n'aime pas que vous parliez comme ça, maman. J'ai peur que ça porte malheur.

— Voyons donc! On ne tue pas le monde à penser qu'ils vont mourir! Je veux simplement dire que, un coup le vieux parti, la chambre aurait pu partir aussi. On aurait récupéré le bas de l'île et... terminé. Mais avec un chalet accroché à la chambre, et une famille dans le chalet, on ne pourra plus rien faire. À la mort de ton grand-père, ton oncle prendra simplement la relève, l'air de rien, et la bâtisse deviendra sa propriété. Nous serons faits. Tous les beaux projets que j'avais pour vous aménager la berge, envolés.

— Qu'est-ce que vous vouliez faire, maman?

— Tellement de choses... J'aime mieux ne pas en parler, ça me fait trop mal au cœur.

Là-dessus, j'étais sortie pour regarder le convoi quitter le quartier avec son chargement. Pendant que les camions descendaient la rue, j'essayais d'imaginer ce que le matériel qu'ils charriaient pourrait donner comme produit fini. Comme on ne fait pas du neuf avec du vieux, mon cerveau suivait la logique et ne construisait que de vieilles bâtisses. Leurs formes étaient variées mais elles avaient toutes quelque chose en commun : la grosseur. Elles étaient toutes énormes. Elles prenaient le bas de l'île en entier.

Dans mon scénario de l'avenir, moi, mes frères, ma sœur, croupissions dans notre solarium tandis qu'une bande d'enfants inconnus s'amusaient dans un énorme carré de sable, aménagé juste sous nos yeux. Les enfants mangeaient des barres de chocolat qu'ils tendaient dans notre direction avant de les engouffrer en se moquant de nous. Nous salivions, le nez écrasé dans les moustiquaires, interdiction formelle de mettre les pieds sur le terrain du voisin. C'était dramatique.

Tout ce qui restait du vieux, c'était une énorme photo placée dans un cadre ovale qu'on avait accroché

au mur extérieur du chalet. Le cadre avait une vitre
bombée, tapissée de chiures de mouches. Sur la vitre,
les méchants enfants avaient peint un gros X en rouge.
Ils nous le montraient du doigt pour nous signifier que
le règne du vieux était terminé et que le pouvoir leur
appartenait.

Mes craintes étaient si grandes que j'ai cauchemardé
là-dessus pendant deux semaines. Jusqu'au jour où nous
sommes enfin montés au lac.

Le vieux avait hâte de nous montrer sa nouvelle
demeure. Moi, j'étais angoissée au maximum. Assise
dans la chaloupe, de dos à la marche, je regardais
partout sauf en direction de l'île. Je pliais la corde de la
chaloupe, je déboutonnais ma veste, la reboutonnais,
tout pour m'occuper.

Pendant ce temps, mes oreilles fonctionnaient
comme des radars. Je captais les exclamations de mes
frères. Ils piaillaient comme jamais. Ma mère, elle, restait muette.

C'est quand le moteur a décéléré pour l'accostage
que je me suis retournée pour affronter la scène. La
bâtisse se dressait en face de moi, pas si grosse que ça,
pas si laide que ça. J'étais soulagée. J'ai souri en regardant maman. Elle ne souriait pas. J'ai même senti qu'elle
me reprochait de sourire. Cela m'a refroidie. J'avais le
droit d'être soulagée mais pas celui de le montrer. Il
fallait avoir le même air que ma mère : neutre.

On est débarqués sans excitation, on a visité sans
exclamation, puis on est montés chez nous.

Ma mère a pesté toute la fin de semaine, enfermée
dans le chalet. Je l'ai écoutée tant que j'ai pu, approuvée
tant qu'elle a voulu, mais il y avait quand même des
limites! Quand elle divaguait, je sortais sous prétexte de
surveiller les enfants. Elle poussait trop loin. Elle me
faisait mal. Mon oncle avait peut-être bien des défauts,
mais il possédait une qualité inestimable : il nous aimait!

Malgré la place que son chalet prenait, j'étais contente de le savoir à nos côtés. Pour moi, on ne perdait pas du terrain, on gagnait un oncle. Il parlait fort, bégayait, travaillait sans arrêt, mais je l'aimais. Et j'aimais ma tante, mon cousin, ma cousine, justement parce qu'ils étaient les miens. Ma mère n'avait pas la même vision, pas le même attachement. Était-ce normal? Je ne savais pas. Je ne pouvais pas penser comme elle parce que je n'étais pas elle. Je n'avais ni son vécu ni ses craintes. Je me contentais d'être ce que j'étais : une petite fille de dix ans bien contente de partager son île avec des membres de sa famille. Je ne prêtais à mon oncle aucune autre intention que celle de se faire plaisir en se rapprochant de nous.

Non. Vraiment, ma mère déraillait. Sa colère prenait le dessus sur son bon sens. Et ça me faisait peur. Elle qui avait bon jugement en temps normal, se pouvait-il que la colère soit un déclencheur, qu'elle réveille un genre de folie cachée en elle? Je me le demandais avec une réelle inquiétude.

Ma mère était tout pour moi et toutes ses paroles, toutes ses caresses se collaient à mon cœur comme des petites fleurs. Elle jardinait en moi, embellissait mon intérieur à mesure que je grandissais.

Jamais je ne l'avais vue, une hache à la main, comme je la voyais maintenant. Elle était capable de méchanceté, pouvait couper des arbres en moi. Mon oncle était un chêne auquel elle s'attaquait, une pièce majeure installée depuis toujours dans mon décor et qu'elle tentait d'ébranler. Pourquoi? Elle ne se rendait sûrement pas compte de ce qu'elle faisait... Elle était folle, momentanément. Et elle risquait de le devenir en d'autres occasions. Je devrais donc la fuir chaque fois que ce genre de déséquilibre s'installerait en elle. Il faudrait que je me retire, que je refuse d'écouter ses délires. Parce que c'était vraiment ce qu'elle faisait : délirer.

J'en ai la preuve aujourd'hui. Deux ans après sa crise à propos de ce que le chalet de mon oncle était censé apporter de terrible dans notre vie, il n'y a toujours rien! On a seulement vu apparaître des chaloupes, des bouts de quai, une corde de bois, un petit hangar à outils, le nécessaire quoi! La famille d'en bas s'est équipée! Normal!

Quant à Jean et Christine, mon cousin et ma cousine, rien à redire contre eux. Au contraire! Nous, les cousins d'en haut, sommes plutôt fiers de leur performance. Par leur détermination d'enfants, celle qui pousse à jouer coûte que coûte, en tout temps et en tout lieu, ils ont réussi un coup de maître : ils ont évincé le grand-père. Eh oui! À force d'être là, ils ont fini par décourager le bonhomme d'y être.

Il faut dire que Jean a travaillé en expert. À lui seul, il a mené un train d'armée : entre et sort du chalet à tout bout de champ en faisant claquer la porte, fouille dans le cole et mange les gâteries du vieux, embarque dans la chaloupe, tire la chaîne du moteur jusqu'à le noyer pour la journée, court d'un quai à l'autre en ébranlant la marina, attrape la canne du vieux sitôt qu'il s'absente et la lance en emmêlant le fil comme un artiste, coupe le fil, déniche le coffre du bonhomme et lui pique ses plus belles mouches pour monter un nouveau gréement, lance à nouveau la ligne mais, en plein milieu de la passe, là où la première chaloupe qui s'amène l'accroche et la sectionne pour de bon en laissant l'attirail dispendieux au fond du lac.

Chapeau, Jean! Tu nous as bien fait rire, nous les cousins aux mains liées. Chaque fois que tu faisais un bon coup, on se disait : le vieux va le tuer! Mais non! Jamais il ne t'a touché. Tu étais trop fragile. On ne s'en prend pas à un petit garçon chétif et asthmatique! Ta mère veillait à ce que personne ne le fasse, en particulier le bonhomme.

Alors, petit à petit, le vieux a abdiqué. Il est resté de plus en plus souvent en ville pour éviter d'avoir à te supporter.

Dans l'affaire, nous, on a regagné notre terrain de jeux. Il y a bien ton chalet dessus mais qu'importe. Aucune bâtisse n'envahira davantage notre espace qu'un simple regard du vieux. Ses yeux étaient à ce point inhospitaliers... il reprochait à mes frères et à ma sœur d'exister. Il les boudait sciemment. Et je ne connais rien de pire que le sentiment d'être malvenu. Ça fait beaucoup de peine.

Moi, il ne m'a jamais regardée de la sorte. Normal. J'étais sa ramasseuse de billes. Je foutais les enfants dans une poche pour la fin de semaine et je les empêchais de rouler jusqu'à son quai. Je le servais trop bien pour qu'il me haïsse.

Contrairement aux autres, j'avais droit à des récompenses. J'étais utile. Je collectionnais les paquets de gommes, les barres de chocolat, les boîtes de Cracker Jack. Je les mangeais en cachette. Quoi faire d'autre? Tout jeter? Bien voyons! Les partager avec les autres? Impossible. Le vieux m'avait intimé de garder le secret. Il aimait les cachotteries et moi, les gâteries. Alors, j'ai profité, tout en éprouvant un petit sentiment de traîtrise.

Puis, le temps et les événements ont eu raison de nos échanges. Le vieux s'est fait de plus en plus rare et j'ai pu vivre honnêtement sur l'île.

C'est en ville que je lui rends des services maintenant. Là-bas, aucune gêne. C'est le royaume du troc. Les règles sont différentes. Tout se paye et il est juste d'attendre son dû au vu et au su de tout le monde. D'ailleurs, ce n'est pas en bonbons qu'on négocie, mais en argent sonnant.

Il y a dans le tintement des sous quelque chose qui m'ensorcelle. Et plus ils sont nombreux, plus la musique qu'ils jouent a du pouvoir sur moi. Le soir, dans mon lit, je m'amuse parfois à vider ma banque pour faire danser les pièces. Leur chant me transporte dans un pays magique. Là m'attendent des objets merveilleux : des fusils de cow-boy aux garnitures étincelantes, des bicyclettes chromées, des poneys à crinière de miel. C'est mon lieu de la beauté!

Quand on est petit, l'argent permet tous les rêves mais il n'en réalise aucun. La dernière fois que j'ai vidé ma tirelire, j'étais pleine d'espoir. Ma mère est venue au magasin avec moi. Je me suis précipitée au rayon des rêves, celui où étaient exposées les bicyclettes, trottinettes, Express, et compagnie. J'ai tout détaillé en fabulant. Ma mère m'a laissée faire un long moment. Puis, sans brusquerie, elle m'a tirée par la manche. Du rayon des rêves nous sommes passées au rayon du possible.

J'ai dû me contenter de ce que mes économies pouvaient m'offrir : une tête de cheval en plastique montée sur un manche à balai. C'était le meilleur compromis entre la bicyclette et le poney.

Pourtant, le vieux m'avait assurée que j'étais riche! Il m'avait dit, après avoir soupesé ma tirelire, que le gérant du magasin allait me traiter aux petits oignons. Je l'avais cru... je n'avais que dix ans.

En arrivant à la maison, je m'étais réfugiée dans ma chambre pour vivre ma déception en paix. J'avais fait semblant d'être heureuse pour ne pas faire de peine à ma mère mais... Je pleurais d'énormes gouttes. Je regardais mon semblant de monture appuyé au mur. J'étais malade de déception et de rancune. J'en voulais au vieux. J'avais envie de monter l'assommer à coups de tête de cheval. C'était tout ce qu'il méritait : qu'on lui éclate son vieux crâne rempli de menteries.

Puis, je me suis consolée et j'ai réfléchi. Après tout,

le bonhomme avait peut-être été sincère. Il avait peut-être cru que j'aurais de quoi combler mes plus grands désirs. C'était possible puisqu'il ne les connaissait pas. Jamais il ne m'avait posé de questions. Le vieux ne parlait aux enfants que pour donner des ordres ou passer ses farces plates. Aucun échange avec lui. Il ne savait donc à peu près rien de nous.

Eh bien, il était temps qu'il se réveille! Ses petits enfants avaient des aspirations pas mal moins ordinaires que les siennes! En tout cas moi, à dix ans, j'avais dépassé le stade des chevaux en plastique. Par contre, mon frère lui, à huit ans...

Je m'étais mouchée en catastrophe et j'étais sortie avec le cheval entre les jambes. Vincent jouait dans le sable au milieu de la cour. Il avait fait des chemins partout et ses petites voitures se tamponnaient chaque fois qu'elles se croisaient. Son plus grand plaisir, c'était de faire des accidents pour amener ensuite une ambulance cabossée sur les lieux. À tous les coups, le véhicule de secours manquait de freins et emportait tout sur son passage. C'était le carnage. Il criait des « Jos » par-ci, des « Jack » par-là! Tous les petits bonshommes s'affairaient à réparer les dégâts, ramasser les blessés. Mon frère savait animer les scènes. On y croyait.

Je l'avais regardé un moment, le temps que le calme revienne dans sa ville et qu'il puisse se rendre compte de ma présence. Les genoux terreux, la morve au nez, il m'avait alors découverte, cavalière solitaire retenant par la bride ma monture fougueuse.

Ses yeux s'étaient agrandis de deux pouces. On n'en voyait que le blanc.

— Hein! avait-il lâché, béat d'admiration. C'est ça que t'as acheté au grand magasin?

— Ouais... avais-je répondu en tapotant la joue de mon cheval.

— Esprit qu'il est beau!

— Ouais... C'est le plus beau et le plus cher de tous ceux que j'ai vus.

— Tabarouette! Je peux le toucher? avait-il supplié en essuyant les mains sur ses cuisses.

— Ouais... mais attention de ne pas le salir.

Je l'avais laissé caresser la tête reluisante de mon pur-sang. Pour lui, c'était une créature de rêves. Dans son lieu personnel de la beauté, ce cheval avait une place de choix. Je le voyais dans ses yeux, à la façon particulière qu'il avait de passer la main sur les rondeurs de la bête. Il faisait du charme au plastique. Je n'avais pas besoin d'en savoir davantage.

— Tiens! lui ai-je dit en descendant de mon étalon. Prends-le... il est à toi!

— Es-tu folle, toé? a-t-il postillonné en remontant son pantalon.

— Pantoute! C'est un cadeau. Tu le veux ou pas? ai-je insisté.

— Arrête! Je le sais que tu fais ça pour rire de moé!

— C'est justement le contraire : je fais ça pour que plus personne ne rie de toi dans le bout! Avec ce cheval-là, tout le monde va courir pour être ton ami.

— J'comprends que tout le monde courrait!

— Ben, qu'est-ce que t'attends? Tu l'essayes? Faut voir s'il te fait bien.

— Je peux pour vrai? a-t-il fini par demander, les yeux dans l'eau.

— Envoye!

Il s'est approché en me jetant des regards mêlés de reconnaissance et d'incrédulité. Je lui ai tenu le cheval, exactement comme s'il était vrai. L'extrémité du manche à balai calée contre mon pied, je tirais sur la bride du pur-sang pour qu'il se cabre d'impatience.

— Wô! ai-je crié. Wô!

— Tiens-le bien, hein! a avisé mon frère avant de l'enfourcher.

91

— Wô! Va falloir que tu le domptes! Il n'est pas encore habitué à se faire monter, ai-je ajouté en maintenant la bête à pleine poigne.

— Oui... a sifflé mon frère une fois assis. Il a l'air pas mal sauvage!

— C'est pour ça que tu vas l'appeler Rage.

— O.K., c'est un beau nom!

— C'est Edgar à l'envers, mais sans le « d ».

— J'comprends pas...

— C'est aussi bien comme ça! Envoye! Hue! ai-je crié en filant une claque sur la fesse de mon frère.

Il a détalé en tempête, probablement plus de douleur qu'autre chose. Sitôt l'effet de la claque passé, il s'est mis à trotter, tout doucement, une main sur la bride de caoutchouc noir et l'autre sur le manche rouge.

— Envoye! lui ai-je ordonné. Cours!

— Non, non... pas tout de suite! Il faut qu'il me connaisse avant.

— Qu'il est nouille! ai-je ajouté pour moi-même avant de m'asseoir sur le bord de la galerie.

Il se promenait en trottinant, s'arrêtait, parlait à l'oreille du cheval, repartait, faisait une nouvelle pause, tapotait les joues, faisait jouer la crinière dorée entre ses doigts.

Il était beau ce cheval après tout. Entre les jambes de mon frère, il avait fière allure.

— Mais vas-y! Fais-le galoper que je voie! ai-je lancé au bout d'un moment.

— Pas encore! Il n'est pas prêt! a répondu mon frère en passant devant la galerie. Il faut qu'il boive avant.

— Ah! bon...

Il s'est dirigé vers le carré de sable. Il y a choisi le moins pourri des seaux. Puis, il a clopiné vers le boyau d'arrosage, a lavé le seau, l'a empli d'eau fraîche et a fait boire son cheval.

À voir tout le cirque qu'il faisait, j'ai compris qu'il

n'avait pas envie de faire courir sa bête. Il ne voulait pas la malmener. Il y faisait tout simplement attention!

C'était très surprenant. En temps normal, il débâtissait tout ce qui lui tombait entre les mains. Mais là, c'était différent. Il respectait Rage au même titre qu'un être vivant. La bête respirait, pouvait avoir chaud, soif, mal... comme lui. Il l'aimait!

— Bon! Maintenant qu'il a bu, tu vas le faire manger, je suppose? ai-je questionné sur un ton résigné.

— Ouais! Ouais! a-t-il approuvé avec enthousiasme. De la pelouse, est-ce que ça ferait pour le nourrir?

— J'imagine...

Il est disparu sur le côté de la maison. Là, je l'ai entendu crier.

— Venez voir! Aïe! Venez voir!

Il appelait je ne sais qui, sans doute une gang qu'il avait repérée à travers les lattes de la clôture.

— Qu'est-ce que tu veux, le baveux? a répondu une voix de garçon.

— Va chier! a crié une autre.

— Venez voir mon cheval! a habilement lancé mon frère.

J'ai entendu arriver la troupe, quatre ou cinq flots, à l'oreille. Je me suis approchée du coin de la maison et, sans me faire voir, j'ai espionné. Les autres s'étaient appuyé le visage contre la clôture. Je ne voyais que des nez et des doigts déborder de notre côté.

— Regardez ça! a fièrement annoncé mon frère. C'est Rage, mon cheval à moé!

Pendant qu'il exhibait son pur-sang, trottant en cercle pour le montrer sous tous ses angles, les autres croupissaient d'envie derrière les lattes. Les commentaires étaient plus élogieux les uns que les autres.

— Tabarnac!

— Câlisse!

93

— Hostie d'hostie!

Faut dire que la plupart des admirateurs étaient plus vieux que mon frère, dix ans en moyenne. En fait, c'était ma gang à moi qui salivait honteusement de l'autre bord. Ils étaient donc impressionnés par le cheval? Pourtant, à leur âge!

— J'gage que c'est même pas à toé, maudit bretteux!

— Ouais... Ça doit être à ta sœur!

— T'es ben trop cave pour avoir un beau cheval comme ça!

Quand chacun a eu fini de l'insulter, mon frère a fait les mises au point.

— Premièrement, je ne mens pas. O.K.? Le cheval, c'est à moé. Mais je vais vous dire encore mieux que ça. C'est ma sœur qui me l'a acheté! Avec son argent! De sa banque. Elle est riche ma sœur, très riche! Et très fine!

— Pourquoi elle te l'a acheté? C'est ta fête?

— Pantoute!

— Pourquoi d'abord?

— Parce que... point final!

— J'vas te le mettre dans la face, mon point final, moé!

— Viens t'essayer! a répondu Vincent.

Les autres se sont mis à crier, agrippés à la clôture.

— Envoye! Sors de ton enclos qu'on t'arrange le portrait!

— Vous voudriez bien que je vienne pour me prendre mon cheval, hein? Vous êtes jaloux, hein? Ben, mangez tout' d'la marde!

Il est revenu dans la cour et a tourné tout l'après-midi. Jamais il ne m'a demandé pourquoi je lui avais acheté ce cheval. La question lui brûlait les lèvres, mais je crois qu'il préférait imaginer le meilleur.

Bien sûr, je ne lui aurais jamais avoué que ma

générosité était une vengeance. De toute façon, ça ne l'était plus. Le plaisir que j'avais fait à Vincent avait tout transformé. Je trouvais la vie belle, le vieux beau, l'argent extraordinaire et le bonheur facile. Je me sentais habitée par quelque chose de grand. Ça emplissait tout mon être. Je me voyais comme éclairée de l'intérieur. J'étais persuadée de ressembler au bébé à ce moment-là. Le bébé projette ce genre de lumière. Son corps est attirant, magnétique. J'ai toujours envie de me coller à lui et de le toucher, comme si ça me redonnait des forces. C'est une source d'énergie, le bébé.

Qu'est-ce que grand-maman disait de lui déjà? Qu'il rayonnait! C'est ça! Je rayonnais, comme le bébé! Et qu'est-ce qui fait rayonner les gens? À l'église, on dit que c'est la joie.

J'étais donc habitée par la joie. Ce sentiment dormait quelque part en moi. Mon geste généreux l'avait brassé, comme le savon à vaisselle qui repose au fond du bassin. En trois coups de lavette, j'étais gonflée de mousse, de bulles et ça sentait bon de partout maintenant.

Du coup, je suis montée voir le vieux, sourire aux lèvres, pour lui vanter mon achat.

— Sortez sur la galerie, grand-papa. Venez voir ce que j'ai choisi au grand magasin avec l'argent de vos commissions!

Il s'est soulevé de son fauteuil de cuirette et m'a suivie. Il était excité. Je me suis accoudée à la balustrade et j'ai sifflé mon frère. Du fond de la cour, il est apparu.

— Approche qu'on te voie comme il faut! lui ai-je demandé.

Il s'est amené en trottant et a immobilisé sa monture sous nos yeux.

— Fioui! Fiouoii! a sifflé mon grand-père. Tout un

étalon! D'valeur que le cow-boy vaille pas de la colle! a-
t-il ajouté en me prenant à partie.

Mon frère, qui jusque-là affichait toute la noblesse
du chevalier, a reniflé profondément et s'est poussé à
l'abri de nos regards.

J'ai dévisagé le vieux. Il ricanait. En trois mots, il
venait d'abîmer la fierté de mon frère. Qu'est-ce qui lui
donnait le droit d'être si méchant? Son âge? Et nous là-
dedans, on en avait des droits?

— Vous savez, grand-papa... le cheval...
— Ah! Il est vraiment beau! a-t-il lancé en tournant
les talons. Rien à redire contre ton choix! Seulement,
grouille-toé d'aller l'enlever à ton sans génie de frére
avant que...
— Je lui ai donné! ai-je balancé avant qu'il attrape la
poignée de la porte.

Le vieux est revenu comme un élastique.

— Hein?
— C'est à lui.

Il est passé du jaune au vert et s'est penché sur moi
en serrant la mâchoire.

— Tout mon bel argent est là-dedans, pis tu l'as
donné?
— J'avais le droit de faire ce que je voulais, c'était
plus votre argent.

Ça, ce n'était pas une réponse à faire. Le vieux est
sorti de ses gonds.

— Ben tabarnac! J'vais t'en faire des « j'avais le
droit », moé!

Comme le grand-père m'adorait, il ne s'en est pas
pris à moi. Il est descendu dans la cour.

— Viens, garçon! a-t-il dit à mon frère. Viens me
montrer ton cadeau...

Le ton du vieux était tout miel. Vincent s'est approché. Il regardait par terre, gêné que le grand-père
s'intéresse à lui. Il ne savait pas comment réagir.

— Débarque pis passe-moé ça un peu! a demandé
le vieux en lorgnant le cheval.

Mon frère n'a pas bougé, juste frémi. Il n'avait
aucune envie de lui confier l'animal.

— Envoye! Descends! a ordonné le grand-père. C'est
moé qui l'a payé! J'peux ben le voir!

Mon frère a senti le coup fourré. Il m'a lancé un
regard inquiet. J'ai répondu par un tout petit mouvement de sourcils vers la droite. C'est exactement la
direction qu'il a prise pour foutre le camp!

— Reviens icitte, mon espèce de... a rugi le bonhomme dans un nuage de poussière!

Je regardais Vincent faire lever la terre tandis que le
vieux toussait ses poumons. J'avais envie de rire mais il
ne fallait pas.

— Va me le pogner! m'a ordonné le vieux entre
deux crachats bruns.

— Je ne serai pas capable, grand-papa! Il va trop vite!

— Envoye! T'as des ben meilleures jambes que lui!
a-t-il pesté en me poussant dans le dos.

— Moi j'ai les jambes mais... lui a le cheval!

Le vieux était tellement insulté par la réponse stupide que je venais de lui faire! Il n'a rien ajouté et est
remonté sur son perchoir. Salut, Edgar!

Il ne m'a pas parlé pendant deux semaines. Dur! Il
a refilé mon contrat de commissionnaire à la petite
fille du voisin, juste pour me faire suer. Je la déteste,
celle-là. Je la regardais sautiller dans l'escalier du traître, la paume pleine de sa paye. Elle faisait exprès pour
faire tinter la monnaie. Le vieux avait dû lui demander
de m'agacer au maximum et elle ne se gênait pas. Elle
me détestait elle aussi.

Mais leur alliance s'est rompue le jour où le bonhomme lui a crié de venir et qu'elle a répondu : « Non! »
Il a demandé : « Comment ça? » Elle a répliqué : « Ça
ne me tente pas! » Tout simplement.

Voir le vieux retraiter lentement vers sa porte en vérifiant que personne n'ait assisté à la scène humiliante, ça valait cent piasses!

Je suis montée dix minutes plus tard, l'air de rien. J'ai dit que je descendais à l'épicerie pour maman et que si jamais il avait besoin de quelque chose... Il m'a répondu que non, mais que, puisque je l'offrais, il prendrait un paquet de cigarettes, pour demain.

Aye! Pour demain! Vieil hypocrite! Les cigarettes, ça n'attend pas. Tout peut attendre, mais pas ça.

Je lui ai ramené ses Mark Ten et, sans m'adresser un regard ni un merci, il a mis vingt-cinq sous dans ma main. C'était beaucoup plus que d'habitude et ça parlait sans dire. Il me pardonnait le coup du cheval et abandonnait l'idée de se mêler de mes achats.

Un seul « non » avait suffi à lui faire réaliser l'importance de ma fidélité. Mes « oui, grand-papa, j'arrive! » valaient bien plus que de l'argent. C'était ridicule de croire qu'on pouvait les payer à leur juste valeur. En fait, il me rémunérait au geste commis mais... le cœur que j'avais pour lui, l'attention que je mettais à devancer ses besoins, tout ça, ce serait toujours impayable. Il me laisserait peut-être un héritage à sa mort!...

En attendant, la vie continue. Le bonhomme vieillit tranquillement. Il en demande de plus en plus. Il aide de moins en moins. Depuis que nous sommes accostés, il a fait trois choses : ouvrir le cadenas, enlever son chapeau et disparaître dans la chambre pour aller chercher son moteur de chaloupe. Bien oui! Il couche avec. C'est un vieux, comme lui, un vieux Johnson de quatre forces, son bébé.

— Tu me l'installes? demande-t-il à papa en se présentant dans le cadre de porte, la tête de l'engin entre les mains.

— Charriez pas ça, hostie! Vous allez vous donner un tour de reins.

LE BONHOMME

Papa prend le Johnson. J'ouvre la moustiquaire en grand pour qu'il puisse passer. Le pied du moteur entre les jambes, il se dirige vers la seize pieds du bonhomme. La chaloupe est presque entièrement montée sur la grève. Pas d'eau dedans, signe qu'il n'a pas plu ou presque depuis une semaine. Papa fixe le moteur. Il se rend ensuite au hangar pour prendre le réservoir d'essence qu'il branche.

— Touche plus à rien. Je m'occuperai du reste! lance le grand-père.

— Diguidou! répond papa.

Le vieux retourne à sa chambre, satisfait. Il se met à farfouiller. Il doit jouer dans ses gréements de pêche. Enfin...

Pendant ce temps, moi et mon père nous occupons du bagage et de la mise en train. Papa a placé le cole dehors, juste à côté de la porte, et l'a abrié d'une couverture épaisse. Le bac à bois, à côté du poêle, est plein. De toute façon, avec la chaleur qu'il fait, on ne chauffera sûrement pas cette nuit. La pompe à eau est amorcée. Je vais vérifier notre réserve de vers. Je change la vieille mousse pour de la fraîche. La boîte à beurre est maintenant grouillante et saine. Le petit hangar à bois attenant au chalet contient tout ce qu'il faut. Mon oncle est un écureuil. Il y a un réservoir d'essence à moteur, un gallon de naphta pour le fanal, quatre ancres équipées de cordes toutes neuves, et les jouets du vieux : des gallons de peinture, des pinceaux, un marteau, un seau de clous, une égoïne, une énorme hache et... la scie mécanique... ça, c'est de trop. Je la soupèse. Elle est pleine.

— Papa?

— Parle-moé pas! Attends un peu.

Il est en train d'installer une poche neuve au fanal.

— La poche était défoncée?

99

Pas de réponse.
— Voulez que je vous aide?
— Hein?
— Je suis peut-être capable de...
— Veux-tu te taire pis attendre!
Je m'approche pour bien suivre l'opération. Les petits doigts de mon père triturent maladroitement. En temps normal, les poches, c'est l'affaire de ma mère.
— Je peux essayer?
Pas de réponse.
— Bon! Je l'ai eu! finit-il par soupirer.
J'avance un peu plus pour voir le travail achevé.
— Tasse-toé! Je ne veux pas que tu t'approches de ça. C'est dangereux. J'ai changé la poche pour être certain qu'elle ne vous lâche pas pendant la soirée. Avec celle-là, pas de tracas. Quand ton grand-pére allumera, tu sortiras du chalet, au cas où... Avec ces bebelles-là, pas de chance à prendre. O.K.?
— Oui. Mais si jamais la poche se brise? Qu'est-ce qu'on fait?
— Vous faites rien! Avez-vous compris ça, le pére? lâche-t-il en direction de la chambre.
— Compris quoi? répond le vieux sans sortir de son trou.
— Venez voir!
Il s'amène en ronchonnant.
— Qu'est-ce qu'il y a?
— Le fanal de Jérôme est plein et la poche est neuve, explique mon père. Si jamais vous avez de la misère, insistez pas. Il y a la grosse lampe à huile sur la tablette. Vous vous contentez de ça comme éclairage. Surtout, vous ne sortez pas votre antiquité de la chambre.
— Mon antiquité?...
— Votre vieux fanal rouge!
— Han...! Il en vaut quatre comme celui-là!

— Il n'est plus en ordre et je ne veux pas que vous vous en serviez.

— Correct... correct... répond négligemment le grand-père en regagnant son antre.

Papa soulève le fanal et le pend au crochet, juste au-dessus de sa tête.

— Tiens! Le pére n'aura qu'à le pomper et à présenter l'allumette.

— O.K., papa!

— Bon! ajoute-t-il en se frottant les mains, je pense que vous avez tout ce qu'il faut. Vois-tu autre chose?

— La glacière naturelle, on peut monter mettre les liqueurs dedans?

Il se prend le menton.

— Tu seras capable de rabattre le couvercle sans te blesser?

— Je le fais tout le temps quand vous êtes là.

— Oui, mais je suis là justement.

— Le Pepsi ne refroidira pas dans l'eau du lac, papa. Il fait trop chaud! Je vais faire très attention si...

— O.K.! Correct pour la glacière naturelle. Tu mettras ta liqueur dedans en prenant bien garde de ne pas t'échapper le couvercle sur les pieds. Viens par ici un peu, ajoute-t-il à voix basse.

Il me prend par le cou et m'entraîne à l'extérieur. Nous avançons sur le quai. De son air le plus solennel, il recommande :

— Faudra que tu fasses très attention. Ton grand-pére pense qu'il a ta garde, mais au fond, c'est toé qui as la sienne. Je veux que tu le surveilles, que tu l'aides. Si ses plans n'ont pas d'allure, tu le dis, respectueusement. Tu lui fais comprendre que je t'ai donné des ordres, qu'il y a des choses interdites et que tu ne les fais pas parce que tu obéis à ton pére, point final!

— O.K., p'pa.

— Si jamais t'as un problème, tu prends la chaloupe, tu traverses et tu demandes à n'importe quel membre des chalets de t'aider. Y va sûrement monter du monde par ce beau temps-là.

— Oui...

— Une chose très importante, m'avise-t-il en pointant l'index sous mon nez : je vais te laisser ma chaloupe et mon moteur. C'est pas pour jouer. Pas question d'aller te promener avec sur le lac. La chaloupe reste au quai, au cas... comme une ambulance : les ambulances ne se promènent pas en ville pour voir s'il y a des malades, elles sortent quand il y en a. Clair?

— Oui, p'pa.

— Vous vous servez de l'embarcation du pére seulement. Si t'as à faire au bord, tu prends son paquebot et... tu rames! Pas question de toucher son moteur. Y a que lui qui arrive à le faire marcher. Je me suis bien fait comprendre?

— De toute façon, je ne suis pas capable de le démarrer.

— Parfait! Je vais te laisser la clé de notre chalet au cas où t'aurais besoin de quelque chose. Mais n'y va pas inutilement et veille à bien refermer si tu entres. Tiens! me dit-il en tendant son trousseau de clés. Tu le rangeras dans ton sac.

— O.K., p'pa! Il y a une autre chose que je voulais vous demander...

— Envoye, shoot!

— Dans le hangar de Jérôme, il y a la scie mécanique... Elle est pleine d'essence, prête à servir!

— Oh! Tabarnac! Ça, il faut que ça disparaisse!

Il se dirige vers le hangar.

— Guette! me chuchote-t-il.

Je me poste près de la porte du chalet tandis que papa ouvre le hangar. Il prend la scie.

— Allez-y! dis-je, en m'assurant que le vieux est occupé.

Sitôt, il s'éclipse vers le haut de l'île, coupant à travers les bouleaux et les sapins. Il marche vraiment comme un homme des bois : de larges enjambées pleines d'assurance, aucun déséquilibre, pas de bruit. Quand il s'enfonce dans la forêt, c'est comme s'il se transformait en bête.

J'entre pour aller ranger le trousseau de clés.

— Ça va, grand-papa?

— Ouais... répond-il en surgissant de son trou. Où est-ce qu'est ton pére?

— Je ne sais pas...

— S'il peut arrêter de taponner pis sâprer son camp, dit-il à voix basse. On va pouvoir faire à notre guise!

Papa revient, sourire aux lèvres.

— Bon ben! Tout est beau! Il me reste plus qu'à redescendre en ville astheure.

— Déjà? s'exclame le vieux en me faisant un clin d'œil.

— Faut c'qu'y faut!

Papa jette un dernier regard dans la pièce et conclut :

— It's a go! Viens me mener au bord, ma fille.

XII

Nous partons tous les deux. C'est moi qui conduis le moteur. Papa m'a initiée à la mécanique l'année dernière. Avant, je ramais.

J'ai pagayé mon saoul pour mériter ma promotion. J'ai commencé avec ce que mon père appelle un teteu. C'est carré, pas ramable, une fabrication maison de mon oncle (...). Le teteu ne fendait pas l'eau, il la poussait. J'avais l'impression de traîner le lac avec moi. Ensuite, j'ai gradué sur la chaloupe de seize pieds, un mastodonte vert et rouge, très lourd. Là-dedans, plus de rames : une paire de talais et deux bras qui doivent s'habituer à travailler égal. Au début, je tirais toujours sur un côté, le droit, celui de mon bras le plus fort. Il a fallu que je modère ma droite pour laisser une chance à mon bras gauche sinon, je revenais toujours au bord plutôt que de prendre le large. Ça fait débutant! Mais j'ai fini par m'ajuster et me diriger en droite ligne. Alors, je faisais ma fraîche tout le tour du lac, exhibant ma technique devant les jeunes des autres chalets, surtout le clan des Savard, installé au bord, juste à côté de notre débarcadère.

Je les ai bavés un bout de temps, les trois Savard, le temps que leur père achète un canot d'aluminium muni de deux énormes flotteurs en forme de torpilles. Ça rutilait au soleil : un bijou! Les Savard se sont mis à se pavaner sous mes yeux, trois navigateurs équipés pour la compétition : canot comme un poisson d'argent, rames lustrées couleur caramel et ceintures de sécurité rouge vif, une pour chacun.

Moi, je n'ai jamais eu de ceinture. On n'en porte pas chez nous. Pourtant, personne ne sait nager. Mon père voit la sécurité comme une affaire de prudence et non d'équipement. Il dit que quand on a une tête, on n'a pas besoin de ceinture. Alors il nous apprend à faire attention, c'est tout. Pour le reste, j'imagine qu'il fait confiance au Seigneur. Faut se fier à quelqu'un!

Quand j'ai vu passer le canot des Savard pour la première fois, je suis vite allée rapporter la nouvelle à papa. Il est venu me rejoindre devant la moustiquaire du solarium. Sa première réaction a été d'enlever ses lunettes pour se masser l'os du nez. C'est le signe qu'une réflexion s'amorce.

— Il est beau, hein, p'pa? ai-je soupiré au bout d'un moment.

— C'est pas parce que ça brille que c'est brillant... a-t-il répondu en me regardant de travers.

Il a continué le massage jusqu'à ce que son cerveau soit bien irrigué puis il a remis ses lunettes avant d'attaquer.

— Ça, c'est le genre de citron qu'un bon vendeur est capable de passer à un innocent comme Savard. Faut être cave en baptême pour se gréer d'une cochonnerie de même.

— C'est pas un bon canot?

— Ça, ma fille, c'est pas un canot, c'est une canisse, un paquet de tôle qui flotte.

Il a remis ses lunettes, satisfait du jugement qu'il venait de porter. Je me suis reculée un peu. C'était fou, mais le canot me paraissait différent. J'avais l'impression de voir dériver une boîte de stew. Tout bien réfléchi, papa avait raison. Il était ridicule ce canot, et les arguments n'ont pas tardé à venir.

— Tu vois les flotteurs?

— Oui...

— Remarque comme ils empêchent les enfants de ramer. Ils s'enfargent dedans un coup sur deux.

— C'est vrai!

— Tu les entends cogner?

— Oui.

— Et ça, c'est rien! Imagine-toé en train de pêcher là-dedans. T'arrives pour swinger ta perche, tu pognes la torpille d'en arrière. Tu viens pour ramener ta ligne, si t'as la chance d'en avoir encore une, tu t'enfirouapes dans le flotteur d'en avant. Un vrai mange-gréements! Vois-tu comme c'est idiot?

— Ouais! Mais monsieur Savard l'a peut-être acheté seulement pour la promenade, pas pour la pêche...

— Aïe! On est pas sur la Côte d'Azur icitte, hostie! Les promeneux, on n'a pas besoin de ça! Quand on est installé sur le lac en train de pêcher, on veut pas d'écornifleux qui font le tour de notre chaloupe pour voir c'qu'y a dedans! Les enfants qui virent sur les plans d'eau en menant du train, c'est des enfants qui ont un innocent comme pére, un imbécile qui n'est pas capable de les élever comme du monde, pis qui connaît rien à la pêche, pis qui achète n'importe quoi de n'importe qui, comme c'te cochonnerie de canot. Vous autres, vous avez pas un pére de même!

— Ah non, p'pa!

— Pis comptez-vous chanceux. Quand je dépense, c'est pas pour des niaiseries, c'est pour du solide, du pratique, du durable. J'ai pas les moyens d'être inno-cent, moé. Grand bien vous fasse!

Eh! qu'il savait parler mon père! Convaincu! Con-vaincant! J'étais fière de lui. En quelques phrases, il m'avait gonflée d'orgueil, armée pour me moquer des Savard. J'avais les mots, les arguments, l'assurance. Il n'y avait que le canot qui me manquait! Mais ça... c'était devenu secondaire : n'avais-je pas, en contrepartie, le plus extraordinaire des pères?

À preuve, le canot des Savard, aujourd'hui, c'est une épave. Il jonche la grève, tout cabossé. C'est ça, l'alumi-nium! Pourtant, il n'a que trois ans. Tandis que le nôtre, celui que mon père a acheté d'un particulier au printemps suivant, un canot presque neuf, au tiers du prix des magasins, celui-là, c'est du stock. Tout en bois, tout rouge. Il glisse sur l'eau dans le plus parfait silence en laissant derrière lui un frisson en forme de V. Un poème de le voir aller lorsque le lac est d'huile!

Dommage qu'on ne puisse jamais l'utiliser... Il est monté sur un gros X en bouleau et trône au bord de l'île derrière le chalet. De la moustiquaire, on voit son ventre rouge, plus ou moins abrité du soleil par une talle d'épinettes. Les Savard l'ont en pleine face! Moi aussi. Je fais comme eux : je le regarde. Interdit aux enfants, trop facile à verser. Il sert quand on reçoit de la visite importante. Pour l'occasion, mon père le met à l'eau et monte pêcher dans les passes à la tête du lac. Il ramène toujours beaucoup de truites de là-bas. Un jour, j'irai seule avec lui, quand je serai assez forte pour portager le canot. En attendant, je me fais les bras sur la seize pieds et je conduis le moteur de temps à autre, quand il y a des commissions à faire au bord, des gens à aller chercher.

Je ne peux pas dire que j'aime le moteur. Ça fait du vacarme, ça pue l'essence et on ne passe pas n'importe où avec ça. Faut faire attention à la pine. J'ai toujours peur de racler le fond et de perdre l'hélice. J'en mangerais toute une! Alors je fais attention au maximum, tellement que... j'irais plus vite à la rame.

Ce que je crains le plus, c'est d'accoster ici au débarcadère. Le fond est vaseux et à vingt pieds du bord on commence à voir des troncs d'arbre apparaître en dessous. Avec l'ondulation de l'eau, on dirait qu'ils bougent. C'est comme des grands bras maigres qui essaient d'agripper le moteur. Plus on approche de la rive, plus ils grossissent et menacent la chaloupe. Paniquant! J'éteins toujours le moteur trop tôt et mon père m'engueule parce que le devant de la chaloupe va se vautrer dans la boue.

— Câlisse! Faut que tu donnes un coup de gaz avant de fermer! Combien de fois va falloir que je te le dise! Regarde ça, ciboire! La pince est calée jusqu'au cou! Envoye! Passe-moé la rame que je pousse!

Je m'empresse de lui donner ce qu'il demande. Il sacre. La palette de la rame s'enfonce dans la vase. On est pris solide. Rien à faire.

— Tasse-toé! Emplâtre! me balance-t-il en me tirant de mon banc.

Je vais vite m'asseoir au milieu. Il remet le pied du moteur à l'eau et tire le démarreur. Il passe violemment la marche arrière et nous nous extirpons du sol maréca-geux. Il met pleins gaz vers l'avant et voilà! On est accostés convenablement cette fois.

— Tu vois comment il faut faire?

— Oui, p'pa!

— Envoye! Viens reprendre ta place.

On se croise. En passant il me file une claque sur les fesses.

— À demain, quatre heures! Pis fais attention! O.K.?

— Oui, p'pa!

Il donne une grande poussée à la chaloupe. Je démarre, fais demi-tour, et me retourne pour lui en-voyer la main : il n'est plus là...

Alors, mon cuir chevelu se met à picoter et un courant électrique escalade ma colonne vertébrale : et si je ne revoyais plus mon père... si quelque chose de grave arrivait à la maison!

Tandis que les petites vagues clapotent contre la chaloupe, un scénario se construit dans ma tête. Mon oncle arrive au chalet en catastrophe et me somme de le suivre sans poser de questions. Nous partons en abandonnant le vieux. Mon oncle conduit son camion à tombeau ouvert. Il est pâle, a les yeux creux. Arrivés chez nous, la maison est noire, fumante. Je cours ouvrir la porte. Assis à table, je découvre sept cotons secs, tout calcinés. Mon oncle me dit, entre deux sanglots, que c'est l'orage, que tout le monde a été foudroyé en plein repas, mort sur le coup à cause des ustensiles qu'ils tenaient à la main. Au bout de la table, à ma place, c'est le coton de ma grand-mère que je reconnais à la petite croix qu'elle porte au cou. Quelle horreur!

Je secoue la tête et chasse vite ces idées folles. C'est débile de penser à des affaires de même! Je diminue les gaz et passe entre les deux îles. Le vieux m'attend au bout du quai : ma fin de semaine va commencer pour de vrai...

XIII

— Slack! Slack! me crie le bonhomme en gesticulant.

J'effectue un accostage en douceur.

— T'es blanche comme un drap! As-tu vu l'ours?

— Non!... J'ai un peu mal au cœur.

— C'est la chaleur qui fait ça. Rentre dans le chalet.

— Je vais aller mettre les liqueurs dans la glacière avant.

J'amarre solidement la chaloupe tandis que le vieux charrie ses cannes sur le quai, sans trop s'occuper de moi. Le crate de Pepsi m'attend juste à côté. Je prends les six petits Pepsi et je pars.

Je passe de la galerie du bonhomme à notre quai. Les deux sont reliés par une passerelle étroite. En posant le pied de notre côté, je me sens plus en sécurité. Je ne sais pas pourquoi... Ben voyons donc! Je sais très bien pourquoi! De notre bord, le quai ne se promène pas à chaque fois qu'on fait un pas. Les poteaux sont plantés dans le dur, comme des grosses jambes noueuses. Quand on se penche, on voit très bien les cages de bois qui les maintiennent. Elles sont assises sur le sable, et paquetées de roches.

Le bonhomme, lui, ce n'est pas un quai qu'il a, c'est un radeau. Tout bourlingue. Ce n'est pas un problème de poteaux, c'est une question de fondation. Mon père l'a expliqué cent fois à l'oncle : « Ça sert à rien de grossir les poteaux, hostie! Faut que tu raccourcisses le quai! T'avances trop loin dans le lac, tes cages glissent. »

Malgré les explications, l'oncle s'entête à garder l'avancée de son quai. Sa logique est celle-ci : plus le quai est long – plus il peut pêcher au large – plus il se rend au large – plus il va dans la profondeur d'eau – plus l'eau est profonde – plus la truite est grosse! Ça se défend comme théorie...

N'empêche que le bout du quai est pratiquement à l'eau, surtout du côté droit, là où la chaise du grand-père est installée. Quand le vieux tangue trop, l'oncle consent à remonter la structure.

Je parcours notre quai sur toute sa longueur, à peu près vingt pieds je crois, mais je suis nulle pour mesurer... Contrairement à celui du grand-père, notre quai est parallèle à la grève. C'est un genre de promenade où on peut s'installer à plusieurs pour pêcher. On s'appuie à la grande épinette plumée que papa a placée devant, en guise de garde-fou, on lance et on attend. Souvent, on va s'asseoir en laissant notre canne là, accotée à l'épinette. Derrière, deux grands bancs qui viennent de je ne sais où. Ils sont rudimentaires mais chef-d'œuvrés sur le modèle des bancs d'église. Papa les a vissés dans le quai, inébranlables. Comme ça, les enfants sont à peu près protégés, je dis bien à peu près. En tout temps, faut être vigilant et les jeunes sont frappés d'une interdiction formelle : celle d'aller sur le quai sans être accompagné d'un grand. En cas d'accident, papa a accroché une bouée de sauvetage à chaque extrémité du quai. Elles sont pendues à d'énormes clous et reliées aux poteaux par des câbles. Chaque fois que je les regarde, je frémis. L'idée que l'on puisse avoir à s'en servir un jour me terrifie.

Je prends la montée qui mène au chalet d'en haut. C'est un long trottoir en bois, fabriqué d'une seule venue. Du quai, on aboutit au petit escalier de trois marches qui donne accès à la galerie de notre camp. La pente est assez prononcée pour donner des tiraillements dans les cuisses. En montant, je regarde le boyau de caoutchouc noir qui jonche le sol. Il part du lac pour aller disparaître dans la terre, quelque vingt pieds plus haut (toujours selon mon œil). Ce long serpent amène l'eau du lac jusqu'à notre pompe. Je trouve ça génial parce que je comprends comment ça fonctionne. C'est le même principe qu'une paille : la pompe tète, ça vient; plus elle tète fort, plus ça vient dru.

C'est pas comme en ville. Là-bas, l'eau arrive par un robinet, je ne sais trop comment, et repart dans le trou du lavabo, pour aller je ne sais où. Aucun tuyau nulle part. Pas de piste.

Ça m'achale, moi! Papa dit qu'on est connectés sur un réseau d'aqueduc et qu'on a le tout-à-l'égout. Il a beau me dire, je n'arrive pas à me faire une image du tout-à-l'égout.

Est-ce que toutes les eaux de vaisselle, tous les pipis, toutes les crottes, tous les morceaux de papier de toilette de tout le monde peuvent prendre le même chemin et s'en aller dans un seul tout-à-l'égout? Et ça a l'air de quoi ce tout-à-l'égout? C'est une énorme gueule? Un gigantesque gosier qui avale sans arrêt? Et ce qu'il engloutit, ça s'en va où? Il doit obligatoirement y avoir un immense marécage quelque part? Où est-elle cette mer d'excréments? Ça doit sentir méchant! À moins que le savon à vaisselle suffise à masquer l'odeur! Ça se peut... En tout cas, ça ne doit pas être beau à voir : une soupe de boudins de merde enrobés de mousse. Beurk!

Nous, ici, on sait où nos crottes vont s'échouer : directement sous notre cul, quatre pieds plus bas, par-dessus un tas d'autres crottes. Quand ça commence à puer, on prend une boîte de tabac vide, on l'emplit de chaux et on balance ça sur la butte. Ça sent encore fort mais, au moins, on ne voit rien. Et quand la butte s'approche trop de nos fesses, papa déménage la bécosse un peu plus loin sur l'île. Le tas, lui, il reste là. On l'enterre et des petites bebites s'en occupent. Je ne les ai jamais vues mais d'après mon père, elles sont assez nombreuses pour venir à bout d'une montagne de caca.

Pas croyable quand même! C'est bien fait la nature. On chie et ça fait le bonheur de quelqu'un. Je monte l'escalier de notre chalet pour aller jeter un œil. Le cadenas de la porte est barré. Je regarde par la fenêtre de droite : le solarium est impeccable. Je me hisse à la fenêtre de gauche : sous le nez, j'ai l'évier tout blanc et la pompe déchargée. Au fond, la table est relevée et maintenue au mur par son loquet de bois surplombé d'un crucifix sans Christ (mon père n'était pas capable de le faire). Les quatre chaises sont abandonnées à leur sort. Au fond, les deux grands lits superposés : celui du haut est chargé de trois matelas. Par-dessus, les oreillers de toutes grosseurs sont empilés, pêle-mêle. Tout est au repos.

Je regarde la tablette installée à hauteur du deuxième lit. C'est toujours là que je mets mes lunettes avant de dormir. Dessus, toutes les couvertures de laine pliées et, à côté, le sleeping de chacun des enfants, proprement roulé. Le mien est bleu, satiné. Dedans, c'est tout imprimé de canards rouges et verts avec des becs jaunes. J'adore les regarder avant de dormir.

Mes doigts s'engourdissent. Le crate de Pepsi me coupe le sang. Je redescends l'escalier et me dirige vers l'arrière du chalet.

Au fond, perdu à travers les arbres, il y a notre hangar à bois. Papa l'a mis loin, en cas de feu. La route est longue pour charrier les bûches mais on se fait les muscles! Moi et mon frère, on prend des concours : celui qui amènera la plus grosse brassée sans en échapper. Je gagne tout le temps. Le problème de mon frère, c'est qu'il en prend trop. Il ne comprend pas la tactique. Il se charge comme une bête et perd la moitié du bois en chemin. Moi, tranquille, j'en mets deux fois moins, mais je ne perds rien. Il dit que je triche. Pauvre Vincent!... Je me demande ce qu'il fait en ce moment. Il ne me manque pas! Non! Pantoute! C'est juste que je pense un peu à lui... question d'occuper mon esprit... rien d'autre à faire!

Je parcours les quelques pieds de trottoir qui mènent à la bécosse. Ça sent le fauve dans le coin, comme au zoo. La chiotte ressemble à un kiosque d'information. Elle est haute et étroite. Sur sa tête, une large tôle, en pente vers l'arrière, qui déborde tout le tour, comme un chapeau d'avocat. Quand on va pisser par mauvais temps, le toit est assez avancé pour qu'on ne se fasse pas mouiller les jambes par la pluie. C'est important. Surtout quand on a un gros besoin à faire : des fois ça prend du temps. J'ai vu certaines bécosses... en revenant dans le chalet, on se demandait si on avait pissé dans la chiotte ou si la chiotte nous avait pissé dessus.

De notre bécosse, bien assis en train de faire ce qu'on a à faire, on a vue sur le chalet d'en bas. On peut suivre les gens qui sortent, depuis la porte du camp jusqu'au bout du quai. De temps à autre, je m'installe pour espionner. Je ne vois jamais grand-chose de suspect, mais ça m'amuse. La grosse épinette qui prend racine en contrebas fait office de persienne.

Je saute du trottoir pour me retrouver sur la mousse de l'île. Papa appelle ça de la tourbe. C'est brun, spongieux, et ça déséquilibre un peu. La glacière naturelle est quatre pieds plus bas. Je descends. La glacière, c'est un gros trou, à l'ombre, bien abrié par un couvercle de bois qui fait quatre pouces d'épaisseur. Il n'y a pas de poignée au couvercle. Faut glisser les doigts en dessous, le soulever, et l'envoyer se rabattre le long du mur de mousse derrière. C'est dur pour le dos et les reins.

Je soulève un peu et j'assure ma prise. Mes mains ne sont pas assez grandes pour enserrer l'épaisseur du panneau. Je l'appuie sur mes cuisses, je plaque mes paumes sur le revers et je pousse en soulevant. Le mastodonte se dresse et va s'échouer contre la paroi du trou.

J'inspecte la glacière. C'est une cuve de laveuse, blanche tachetée noir. Au fond, il y a un orifice. Là-dedans, il fait plus froid que dans notre réfrigérateur en ville. C'est extraordinaire! Dehors, en plein été, à quatre-vingts Fahrenheit, un petit endroit tout frais, creusé dans le cœur de l'île. Papa m'a expliqué que c'était à cause du « permafrosse ». Paraît que si on essaie de creuser, on tombe sur un fond dur comme pierre. Impossible de traverser le « permafrosse » à moins d'amener des marteaux piqueurs. C'est l'hiver à vie sous notre île. Ça m'impressionne...

En tout cas, c'est pratique en maudit quand on aime le Pepsi froid. J'enlève les brindilles et les mottons de mousse qui traînent au fond de la glacière et je dépose délicatement mes Pepsi, un à un.

Il faut maintenant que je referme. La règle de base pour conserver la fraîcheur de notre installation, c'est de l'ouvrir le moins souvent possible et de la refermer bien étanche.

Le couvercle est vraiment lourd, mais ce n'est pas pour rien : son épaisseur empêche la chaleur de pénétrer tandis que son poids décourage les petits mulots et les visons. Suffit de bien replacer pour couvrir parfaitement la cuve.

J'écarte les jambes au-dessus de la glacière et je fais descendre le panneau en douceur. À mesure qu'il se rabat, je recule. Lorsqu'il est à deux pieds du sol, je lâche tout. Bouf! Le son est étouffé. Je vérifie derrière, on voit le rebord de la cuve. Je m'accroupis et je pousse pour couvrir correctement. Je vérifie encore. Tout est beau. Dans le bois, il n'y a pas de précautions, que des obligations. Guette tout car tu ne sais pas tout ce qui te guette! C'est papa qui le dit. Il me fait peur d'ailleurs quand il parle comme ça!

Je redescends voir le vieux. Il est au bout du quai, sa longue canne appuyée au garde-fou.

— Irais-tu me chercher un beau gros ver, ma pitoune?

— Seulement un?

— Ouais! C'est juste pour tendre une perche.

S'il se met à me faire charrier les vers un par un, la fin de semaine va être longue!

Je vais au petit hangar et je lui apporte son ver.

— Wow! Tout un steak! s'exclame-t-il en découvrant la bête grouillante.

Il le coince maladroitement entre le pouce et l'index. Pauvre ver! Il ne sait pas sur qui il est tombé. Il se tortille un peu puis s'abandonne sur toute sa longueur, comme s'il cherchait le sol. C'est visiblement une technique d'évasion. Le vieux se fâche.

— Maudit malavenant! Tiens!

D'un coup sec, il lui écrase la chair contre l'hameçon. Sitôt, le ver remonte comme un ressort, se durcit, se contorsionne et fout le camp dans l'eau.

— Câlisse de gaspillage! jure le vieux en regardant couler son appât. Un repas gratis! Va me chercher un autre ver, ma fille!

Je le savais! Je repars. Je reviens. Le vieux est assis cette fois. Sa canne à pêche est appuyée devant lui, sur un support fabrication maison, une planche avec un V au centre.

— Passe-moé ça! Tu vas voir que celui-là me fera pas le coup du plongeon!

Il plaque le ver sur sa cuisse et l'immobilise en rabattant sa grosse paume dessus.

— Tiens, mon twisteux! Essaye de danser astheure!

Il approche la belle mouche jaune qui trône en haut de son gréement et la plante dans la tête du ver. La victime tente une échappée : il la sectionne au tiers et passe à la seconde mouche. De l'ongle du pouce, il recoupe son ver et laisse sur la mouche du centre un bout de chair blafard scié aux extrémités. Dans la paume de sa main, il garde précieusement, tout ratatiné dans ses anneaux, le cul de la victime, une masse ferme et bourgogne. Je dis le cul, c'est peut-être la tête après tout. En tout cas, le bout qui reste est destiné à l'hameçon du bas. Le bonhomme tente de le coincer. Le moignon roule dans sa main.

— Envoye, hostie! Laisse-toé faire!

— Voulez-vous que je vous aide, grand-papa? dis-je en me penchant sur sa main.

— Non! J'vais en venir à boutte! Tu vas voir.

Il arrondit sa paume en forme d'arène, approche l'hameçon et se met à charger le ver en essayant de le piquer. C'est une corrida. Le vieux fou darde à l'aveuglette. Il accroche la chair de sa main à chaque attaque mais continue quand même, comme si la main ne lui appartenait pas.

À mon avis, le système nerveux du bonhomme doit être en train de se débrancher. C'est peut-être comme ça quand on vieillit. Probablement que la prise qu'on a dans le cerveau, celle qui relie la tête au reste du corps, doit sortir progressivement des trous, sans qu'on s'en rende compte. On continue à fonctionner quand même mais on est de moins en moins sensible à la douleur, aux odeurs, aux goûts, aux sons.

Il marche exactement comme ça, le bonhomme! Rien ne lui fait mal; il n'entend pas grand-maman quand elle lui demande des services; il met la poivrière dans sa soupe pour qu'elle goûte quelque chose. Il se déconnecte, c'est sûr.

Sûr aussi que ce n'est pas sa faute, que c'est la nature qui veut ça : on se débranche tranquillement jusqu'au jour où... clic! Plus de courant! On est mort!

— Tiens, cibole! jubile le bonhomme en achevant de pousser le boudin sur l'hameçon. Je t'avais dit que je l'aurais!

Il attrape sa canne et fait voler le gréement loin

devant. Zizzzzzzzz! J'aime le son des moulinets qui lâchent leur fil.

— Bon! dit le vieux en s'extirpant de son siège, laissons dormir.

Il dépose la canne, se dresse et contemple le paysage :

— Le paradis, ma fille, si ça ressemble à ça, j'ai hâte d'y aller! À quoi tu penses qu'y'ressemble le paradis, toé?

— Je pense que ça ne ressemble à rien qu'on connaît, puis que c'est plein de beau monde!

— En autant que personne ressemble à ta grand-mére dans l'tas!

— Elle est belle, grand-maman!

— Tu trouves?

— Ben... C'est sûr qu'elle a déjà été plus jeune...

— Ça veut pas dire qu'elle a déjà été plus belle!

— Ah! grand-papa! Vous dites ça pour me faire parler!

— Ben oui! Qu'est-ce que tu veux! Je trouve que tu parles ben! Tout le portrait de ton pére! Y'a toujours été intelligent comme un singe. Premier de classe, comme toé!

J'aime bien qu'on me compare à papa, question intelligence. Par contre, qu'on le fasse du point de vue physique, ça me plaît moins. Et il paraît que là aussi je lui ressemble. Je préférerais qu'on me dise que je suis belle comme maman. J'aimerais me sentir grande, douce, souriante, coquette. Pas du tout! Je suis petite, sèche et je donne des ordres à tout le monde. J'ai l'air d'un général : démarche rapide, volontaire, déterminée. Pour ce qui est de la coquetterie, je déteste. Je n'aime pas me coiffer. Mes cheveux ne sont pas souples comme ceux de ma mère, mais frisés, rebelles. Je n'ai pas une tête à soirées ni à petites barrettes. Je suis faite pour les journées plein air où on court la couette dans le vent, sans sac à main, en shoeclaque et en jeans. J'ai l'impression de ne pas être la fille que ma mère aurait voulue. Elle m'achète des robes à frisons, des petits collants en peau de pet. Faudrait que je mette ça et que j'aie l'air content. Je ne peux pas! Je me sens ridicule, déguisée. Je ne veux pas ressembler à une poupée. Je veux mener le bal, pas tourner dedans. Je veux être à l'orchestre, une baguette à la main, tout en sueur, décoiffée, pendant que les autres filles se pavanent sur la piste. Je ne suis pas comme elles. J'ai en poche toutes les qualités de mon père et, sur les épaules, toutes ses préoccupations. Je suis très chargée comme enfant, extrêmement lourde d'aspirations, de questions, de peurs. Aucune robe ne peut habiller ça. Les froufrous rose bonbon seraient un mensonge sur moi et je ne veux surtout pas être une menteuse. Je n'ai pas envie d'avoir l'air, je veux être. Est-ce que c'est faisable pour une fille? Est-ce que c'est normal?

Pourquoi je n'arrive pas à croire maman quand elle me dit que je suis belle? J'ai le sentiment qu'elle essaie de m'en convaincre. Papa, lui, quand il me dit que je suis brillante, que je suis forte, que je cours plus vite que tout le monde, je le crois! C'est vrai! Mais jamais il ne m'a dit que j'étais belle! Il l'aurait oublié? Faudrait être stupide pour le croire. Il ne me l'a pas dit parce qu'il ne le pense pas! Et comme c'est un homme, il est mieux placé que ma mère pour juger de la beauté d'une femme. À preuve, il a marié maman. Il a beaucoup de goût, mon père. Il est fier, honnête aussi, trop franc pour essayer de faire croire à sa fille qu'elle ressemble à Raquel Welch ou Esther Williams ou Betty Grable, toutes ces belles qu'il regarde à la télévision. Non, faut pas s'illusionner.

— Qu'est-ce qu'on fait maintenant, grand-papa?

— Viens!

On entre dans le chalet.

— Assis-toé à table pis attends, dit-il en se dirigeant vers sa chambre.

Je l'entends fouiller. Il revient les mains pleines et s'installe à table devant moi.

— Tu vois ça?

— Oui...

— Qu'est-ce que c'est?

— Bien... votre vieux moule à cigarettes.

— Pis ça?

— Une lame.

— Et ça?

— Du papier à rouler.

— Parfait! Qu'est-ce que je me prépare à faire, d'après toé?

— Des cigarettes.

— O.K.! Qu'est-ce qu'il me manque pour le faire?

— Du tabac.

— Ben, j'en ai pas de tabac!

— Vous l'avez oublié?

— Non! Je me suis monté des faites.

— Pourquoi vous sortez votre moule alors?

— Si je te disais que j'ai envie de faire une chose qui me tente depuis longtemps?

— Ah ouais?

— Va me chercher un beau gros ver, ma fille!

Encore? Je décolle. Qu'est-ce que le vieux va inventer? Je lui ramène une pièce de choix.

— Tenez, grand-p'pa.

— Diguidou! s'exclame-t-il en attrapant le ver. Astheure, on va faire une essaye.

Il allonge le ver au-dessus de son moule, le cale dans la lisière réservée au tabac et donne un petit coup de rouleau. La toile se rabat, juste ce qu'il faut pour immobiliser sa victime.

— Parfait! On va l'empaqueter maintenant! lance-t-il en se frottant les mains.

Il prend un papier, le lèche, l'installe et... chla-chlac! Les rouleaux font leur ouvrage. Une cigarette sombre apparaît à l'avant du moule. Le bonhomme éclate de rire.

— Regarde! Tu vois? Y bouge même pas! Il approche la lame et coupe l'excédent de papier à chaque extrémité. En temps normal, on obtient cinq cigarettes. Lui n'en a qu'une, mais tout une!

— Pas pire, hein? dit-il en appuyant au centre de la cigarette. Touche!

J'avance l'index et je tâte. C'est mou et froid. On sent très bien la chair à travers le papier.

— Si on coupait en deux? propose-t-il, l'air maniaque.

Il sectionne, en plein mitan du boyau. Le ver se tord, fait éclater le papier et répand toutes ses entrailles dans le moule. C'est à vomir!

— Hassh! Faudrait nettoyer avant qu'il y en ait partout!

— Non, laisse. C'est rien!

Le ver patauge dans son jus à travers les lambeaux de papier détrempé.

— Je vais nettoyer, grand-p'pa! O.K.?

— Ouais! Si ça te fatigue tant que ça! Vas-y!

Il s'adosse et allume une cigarette. Je vais balancer les restes de ver au bout du quai, je rince le moule et je rentre. Il fait très chaud, dedans comme dehors. Le vieux a le front qui dégoutte. Moi aussi je crève.

— Avez-vous remarqué qu'il n'y a presque pas de maringouins, grand-papa?

— Sont comme nous autres : ils se cachent de la chaleur. Plus c'est sec, moins on en voit!

— Crime de bonne affaire!

— Si on veut. Le problème, c'est que les truites font pareil. Plus c'est chaud, plus elles se cachent dans le creux d'eau pour trouver de la fraîche. Va falloir pêcher à la ligne morte pis être patients.

— On y va quand?

— Demain matin, quatre heures pile, on s'installe au « Ruisseau fret », à la tête du lac, dans le trente pieds de profondeur. Ça va nous prendre des bonnes ancres avec de la corde en masse.

— Mais aujourd'hui, qu'est-ce qu'on fait?

— Rien, ma poule! On n'est pas obligés de faire quelque chose! As-tu faim?

— Pas vraiment...

— On peut s'occuper de nos ancres tout de suite, ce sera fait.

— O.K.!

— Va dans ma chaloupe pis montre-moé ce qu'il y a dedans.

Je m'exécute. Je soulève les deux ancres qui dorment à l'arrière.

— Trop légères pis... pas assez de corde après ça... On va s'équiper comme du monde. Attends...

Il passe de la galerie au garage. J'enlève les ancres. Je les dépose sur le quai. Le bonhomme s'amène péniblement, une pine au bout de chaque bras.

— Grand-papa! C'est trop lourd, ça!

Les pines, ce sont deux gros poids en fer, de forme cylindrique. J'ignore à quoi ces choses servaient avant que papa soude des anneaux dessus pour les convertir en ancres. Un fait est : quand on les a balancées au fond du lac et qu'elles se sont enfoncées dans la boue jusqu'à l'anneau, il faut des sacrés bons bras pour les ressortir, des bras que moi je n'ai pas.

— Papa ne voudrait pas qu'on prenne les pines, vous savez!

— Ton pére, y'est pas là! répond-il en balançant une pine sous mon nez. Tasse-toé que j't'écrase pas un pied!

Il laisse glisser l'ancre jusqu'au fond de la chaloupe et jette le rouleau de corde par-dessus. Il se dirige vers l'avant en titubant.

— Attendez, grand-papa. J'arrive!

Je bondis mais... trop tard. Le vieux se met à canter et pour éviter de faire un plongeon dans la chaloupe, s'accroche au poteau de la galerie. Du coup, il lâche l'ancre qui vient atterrir de tout son poids dans le fond de l'embarcation.

— Tabarnac!

— Vous vous êtes fait mal?

— J'pense pas! dit-il en faisant tourner son épaule. Tout a l'air de marcher.

Il lâche le poteau de la galerie et s'inquiète :

— Ma chaloupe, elle? Enlève la pine pour voir...

Je prends le mastoc par la corde et je le hisse de peine et de misère aux pieds du bonhomme.

— Tout a l'air beau, grand-papa, pas de trou!

— Ben, voyons! Je le savais! C'était pour faire travailler tes biceps! Prends la petite ancre de tantôt pis mets-la en avant. Ça va suffire.

Je ramène l'ancre du départ. C'est plaisant de vivre avec quelqu'un qui sait ce qu'il veut.

— Bon! Déroule la corde pis fais-la passer dans la poulie.

— Pourquoi? Pas besoin de votre organisation pour remonter l'ancre. Je vais être là, moi.

— Passe la corde dans la poulie, pis tais-toé!

Maudit! Papa ne serait pas d'accord... J'obéis ou pas? La poulie est devant moi, vissée sur la pince de la chaloupe. Le vieux a inventé ce système pour jeter l'ancre de l'avant sans avoir à se lever.

— Envoye! Qu'est-ce t'attends? me presse-t-il.

Si je ne le fais pas, le vieux va se mettre à bouder. Je passe la corde.

— O.K.! Tire! Faut haler la corde sur toute sa longueur, jusqu'à ce que l'ancre vienne accoter sur la poulie. Parfait! Tiens l'ancre en haut pis rends-toé en arrière avec la corde. O.K.! Bande la corde pis attache-la au papillon à côté du banc. Laisse pas de lousse!

Je serre, je croise autour du papillon de fer, je fais tout ce qu'on me dit, comme d'habitude.

— Bon! Diguidou! Comme ça, si tu dors demain matin...

— Vous allez partir tout seul?

— Ben, tiens! Penses-tu que je vais te réveiller pis attendre que tu t'habilles, que tu pisses, que tu manges? Pas ta mére, moé!

— Vous n'aurez pas besoin de me réveiller!

— Ah! On verra!

— Papa va être fâché si vous allez pêcher tout seul.

— Fâché après qui, tu penses?

C'est vrai ça... Mon père ne chicanera jamais le bonhomme. C'est moi qui vais prendre la claque si je rapporte que le vieux est parti en solitaire. Ce sera ma faute : j'aurai dormi sur l'ouvrage!

— Envoye! Débarque de la chaloupe. On a pas grand-chose à préparer, au fond. Les ancres sont là, le moteur pis la tinque sont installés, les vers nous attendent au frais. Il reste à aller dîner! Qu'est-ce que t'en penses?

— O.K.!

Le vieux déambule jusqu'au cole, retire la couverture de pulpe grise et ouvre.

— Qu'est-ce que c'est ça? demande-t-il en soulevant mon sac de gâteries.

— C'est à moi! Vous savez, ce que je me suis acheté à l'épicerie, avec l'argent que vous m'avez donné.

— Ouais, ouais. Ben je vais le serrer, que tu ne te bourres pas de cochonneries entre les repas. J't'en donnerai d'temps en temps.

« Rendu en haut, tu pourras manger ce que tu veux quand tu veux! » qu'il disait... Menteur! Vieux menteur!

Il dépose mon sac entre ses pieds et fouille dans le cole.

— Regarde tout ce qu'on a, dit-il en soulevant les choses avec fierté : des œufs, du beurre, du lait, des p'tits concombres, du baloné Maple Leaf ciré, du lard salé, un pain! C'est en masse non?

— Oui...

— Si j'avais écouté ta grand-mére, on s'rait montés avec un dix roues.

— Qu'est-ce qu'elle voulait nous donner?

— De la soupe aux légumes, de la sauce à spaghetti, du macaroni au fromage, de la tête fromagée, de la confiture, des galettes, du ketchup aux fruits! Tout ce qu'elle avait à la maison!

— C'était fin de sa part...

— C'était fin? Ah bon? T'aurais préféré que ce soit ta grand-mére qui s'occupe du lunch? T'apprécies pas le mien? C'est pas assez *fancy* pour toé?

— Je n'ai pas dit ça, grand-p'pa...

— Le bois, c'est pas l'hôtel, hostie! Vous avez don' ben peur de pas manger, vous autres, les femmes!

— J'ai pas peur, c'est juste que...

— C'est juste que tu comprends rien, comme les autres femelles.

Il referme bruyamment le cole, m'écrase le pain sur la poitrine et passe devant moi, baloné sous le bras. Il est insulté...

— Dans le bois, on mange selon ses talents, m'avise-t-il en s'asseyant à table.

— Ça veut dire quoi?

Il fouille dans la poche de son pantalon, sort son canif et en expose la lame brillante.

— Ça veut dire, poursuit-il en passant la lame sous mon nez, que si on n'a pas de talent, on vit maigre!

Il charcute le bout du baloné, plante son canif dedans et approche le moignon de mon visage.

— Je t'ai amenée parce que je pensais que t'étais une fille de bois, une vraie squaw. L'été, les squaws fouillent pas dans le cole pour trouver du macaroni tout fait, elles pêchent! Si elles savent se débrouiller pour attraper du poisson, elles mangent, si elles n'ont pas le talent qu'il faut, elles vont quêter les hommes, comme tu fais en ce moment à ma table.

Il donne un petit coup de poignet et le trognon ciré vole sur moi.

— Tiens! Gruge!

Le chicot roule et va atterrir sur mes cuisses.

— Merci, grand-p'pa... dis-je en jonglant avec ma pitance.

Il ouvre le pain, l'abandonne au milieu de la table et se plonge à la fenêtre, boudeur. J'attaque le trognon de baloné sans même enlever la cire. C'est'y assez squaw pour lui, ça? Je fais exprès pour me graisser la face. Je veux avoir l'air d'une vraie sauvagesse.

Pendant que j'essaie de l'impressionner, le bonhomme fait semblant de m'ignorer. Il regarde dehors. Que c'est pénible les gens qui boudent!

— Avez-vous un travail pour moi après-midi, grand-p'pa?

— Pas d'ouvrage pour les branleuses! répond-il en se levant. Tu iras tricoter des bas su'l'quai en suçant des boulezailles. Ça, c'est une occupation de femme!

La moustiquaire claque fort derrière moi. Le vieux est sorti. Il fait sa crise. J'aurais aimé qu'il m'évite ça en fin de semaine, mais c'est raté. J'entends son pas éléphantesque tonner plus fort qu'à l'ordinaire sur les planches. Il en met, pour me montrer qu'il n'est pas de bonne humeur. Et plus je vais le laisser attendre, moins il va l'être. Il est comme ça, le vieux : je ne sais pas exactement ce qui se passe dans sa tête, mais quand on l'insulte, il nous laisse et part argumenter avec nous en cachette. Il se fournit question-réponse et continue la chicane sans notre participation. C'est étrange! Ses lèvres bougent, ses mains gesticulent, ses yeux regardent le vide, comme s'il était habité. On est vraiment avec lui. Il faut réagir vite avant qu'il nous fasse dire n'importe quoi.

Sans bruit, je vais remettre le pain et le baloné dans le cole. Le bonhomme, à mi-chemin sur le quai, murmure des choses. Je l'entends chuinter. Je fais exprès pour marcher fort. Il a un léger mouvement de tête et les chuintements s'arrêtent.

— Grand-p'pa?

— Han?

— Voulez-vous jouer aux cartes?

— Nan!

— Faire des mots mystères?

— Nan!

Il s'accoude au garde-fou et sort son paquet de cigarettes. Je m'approche.

— Le baloné était très bon!

— Force-toé pas.

Il allume et aspire profondément.

— Pourquoi le monde fume, grand-p'pa? dis-je pour parler.

— Parce que c'est plaisant.

— C'est plaisant où?

— En dedans!

— En dedans où?

— T'es don' ben tannante avec tes questions! Tiens! dit-il en ouvrant son paquet. Fume si tu veux le savoir!

Il me tend une cigarette et l'agite sous mes yeux avec insistance. Je souris, mal à l'aise.

— Non, merci, grand-p'pa...

— On remercie quand on a pris. Envoye! insiste-t-il sur un ton ferme.

— Je ne peux pas.

— Ta maman ne veut pas, je suppose? ajoute-t-il en se moquant de moi.

— Mon père non plus.

— Ton pére? Penses-tu qu'il a des conseils à te donner, ton pére? Il fume comme un trou! Envoye!

Ce n'est plus une proposition mais un ultimatum. Si

je ne fume pas, le bonhomme va m'en vouloir pour la fin de semaine. C'est le prix à payer pour avoir osé lever le nez sur son cole.

Je prends la cigarette du bout des doigts et je la porte à mes lèvres. Je regarde le bonhomme, en espérant qu'il va partir d'un grand rire et me l'enlever. Pas du tout. Il sort son « use-pouce » et fait jaillir le feu.

— Hale! dit-il en approchant la flamme.

J'inhale et je recule pour expulser lentement l'espèce d'ouate chaude qui m'emplit la bouche. Le bonhomme croit-il qu'il assiste à une première? Faut jouer le grand jeu pour qu'il n'en puisse douter. Je m'étrangle volontairement et crache à pleins poumons.

Il éclate et s'étouffe dans le bouillon de son rire. Pauvre vieux! Il me prend vraiment pour une beigne. S'il savait qu'il a lui-même fourni mes premières cigarettes! Celles-là, c'est vrai que je me suis étouffée avec. Mais plus maintenant!

— Vas-y! me brave-t-il. Une vraie touche si t'es capable!

Pour me montrer comment faire, il tire une grande bouffée de la sienne. Le bout rouge s'allonge, devient pointu et crépite en s'approchant du mégot. Quand il n'en peut plus, le vieux inhale profondément en envoyant valser le top dans le lac. Il se gonfle, s'imbibe de boucane en faisant une tête de bienheureux, puis il laisse ressortir lentement une traînée blanche, consistante, parfaitement droite.

C'est beau de voir fumer un vrai fumeur. Il y a une image de puissance dans le geste, de supériorité, de contrôle; comme si la cigarette était votre esclave. À tout moment, vous pouvez décider de la griller : elle n'a rien à dire! Et vous le faites selon votre bon plaisir. Vous pouvez la regarder mourir à petit feu si ça vous chante ou l'éliminer en trois puffs pour faire passer vos nerfs. C'est un beau défoulement!

Le bonhomme attend. J'hésite... Sûr que je ne peux

pas l'accoter question respiration! La nicotine doit lui descendre jusque dans le fond des bas. Mais je peux quand même respirer un peu, lui montrer que je suis capable sans m'étouffer. Qu'est-ce qui lui ferait le plus plaisir? Que je rate mon coup ou que je réussisse.

— Je ne peux pas respirer, grand-papa... je vais avoir mal à la tête!

— O.K.! Donne-moé ça! dit-il en prenant ma cigarette! C'était un test!

— Un test?

— Ouais! Pour voir si t'étais hypocrite. À ton âge, c'est pas rare que les enfants fument en cachette pis qu'y fassent les niaiseux devant le grand monde.

— Pis?

— Pis quoi?

— Mon résultat?

— T'as passé avec cent pour cent, ma fille! V'là ton prix! dit-il en me lançant son paquet de Mark Ten. T'es cent pour cent hypocrite!

— Mais je ne fume pas, grand-papa!

— Tant mieux! Y va te durer longtemps!

— Je n'en veux pas, grand-papa. C'est dangereux la cigarette. Je ne veux pas fumer! J'ai seulement essayé quelques fois, pour voir.

— Seulement quelques fois? Pis ça t'a pas donné le goût? Tu me le jures?

— Je vous le jure!

— Redonne-moé c'te cochonnerie-là d'abord! dit-il en remettant le paquet dans sa poche.

Il me prend par la fosse du cou et me colle à son ventre dur. Ma casquette tombe sur le quai. Je voudrais me pencher pour la ramasser mais il me tient, bien serrée contre lui. Mes lunettes me font mal au nez.

— Es-tu contente d'être avec moé? demande-t-il en m'écrasant le menton sur sa boucle de ceinture.

— Moui!...

— As-tu peur que je ne sache pas m'occuper de toé?

— Non...

— À soir, j'vas t' faire mon omelette spéciale avec des beaux chapeaux de pape rôtis dans le poêlon. Tu vas voir! On va se trancher deux petits concombres, un chacun, pis on va manger ça, ben assis à table, en guettant nos bouchons sur le lac. On va être aux petits oiseaux, ma crotte!

J'ai les yeux grands ouverts, la mâchoire disloquée, et j'attends. Sa main inoccupée atterrit sur ma tête. Elle frotte un peu. Puis il la plaque dans mon dos et me rive à lui. C'est pas plaisant pantoute! Je le sais qu'il m'aime! Mais maudit!...

Il me tient là, quasiment étouffée. J'ai chaud, mon cœur bat vite. Mais je ne veux pas l'insulter, alors je fais semblant d'être bien. À mesure que les secondes s'écoulent, son emprise se relâche, jusqu'à la libération.

Sitôt que ses deux mains sont retirées, je me redresse. Je me sens un peu titubante. J'ajuste mes lunettes puis je récupère ma casquette. Il me regarde en ricanant.

— Toute une poigne, le bonhomme, hein!

Il accroche le garde-fou, se donne un air d'aller et part en piaffant vers le chalet.

— Grouille-pas de là! Je r'viens! Tchèque ma perche en attendant.

Je m'assois sur le fauteuil du vieux et je mouline sa ligne. Son gréement est tellement chargé! Toujours l'impression de traîner quelque chose quand on ramène. Quand le « swivel » apparaît, tout clinquant, je soulève l'attirail qui pend en dessous. Tout est intact, sauf le ver du bas au bout duquel une sangsue est accrochée. Sûr qu'avec ça, le vieux ne prendra jamais rien. Papa dit que les truites ont peur des sangsues. Elles sont comme moi, les truites; moi aussi j'ai une maudite peur de ces bebites-là! Assez que... le bonhomme va s'organiser avec! Je me dépêche de relancer la ligne avant qu'il revienne. Je pose la canne.

— Pis? As-tu tchèqué? lance le vieux en ouvrant la porte.

— Oui! Tout est beau, grand-p'pa!

— V'là ton sac de cochonneries, dit-il. Si t'as des affaires qui fondent, remets-les dans le cole au plus sacrant.

Je prends mon sac, heureuse, je vais déposer les barres de chocolat au frais. Ça, c'est la preuve que le bonhomme ne m'en veut plus.

— Je peux manger un chip, grand'p'pa?

— Tu manges c'que tu veux, quand tu veux; en autant que t'aies bon appétit pour les repas. T'as faim, là?

— Oui!

— Ben, mange!

— Merci, grand-p'pa!

— Pis arrête de m' dire merci!

— Je m'excuse!

— Excuse-toé pas non plus! Ça me tombe sur les nerfs! Tais-toé pis mange! C'est toute!

Il vient s'asseoir dans sa grosse chaise. Je sors mon chip.

— J'ai une surprise pour toé! dit-il en soupesant sa canne.

Je remets mon chip dans le sac.

— Ah oui?

— Ouais!

Il allonge sa jambe et va fouiller dans la poche de son pantalon. Il en sort une feuille jaune qu'il déplie soigneusement avant de me la donner.

— Tiens!

— Qu'est-ce que c'est, grand-p'pa?

— Tu sais lire?

— Oui... ça ressemble à un plan.

— Ça fait pas juste y ressembler, c'en est un.

La feuille est épaisse, presque de la toile. Le contour
a été brûlé. Dessus, les indications de points cardinaux
et, au centre, une île.

— C'est notre île, grand-p'pa?

— Ouais! Et dessus, il y a ça! dit-il en pointant du
doigt un coffre aux trésors soigneusement dessiné.

— Un vrai trésor?

— Certain!

— C'est vous qui l'avez mis là?

— Moé en personne!

— Quand?

— Pas de tes affaires!

— Vous avez dû le cacher là quand vous êtes venu
au printemps, hein?

— Peut-être que oui, peut-être que non...

— Je suis sûre que c'est au printemps...

— Veux-tu te taire pis t'occuper de le trouver plutôt!

Je regarde la carte. Elle est vraiment bien faite,
comme dans les films de pirates. Il y a des petits
pointillés, des flèches, des traces de pas, des croix, des
X et ce coffre, ce beau coffre doré, qui, en regardant
bien, n'a pas été dessiné mais découpé et collé. Il y a
beaucoup de travail dans cette carte. Voir que le vieux
s'est donné tout ce mal pour moi, ça me touche. Je suis
à la fois reconnaissante et excitée.

— C'est un vrai trésor, grand-p'pa?

— Ben, tiens! Si tu lis ta carte comme il faut, tu vas
le trouver, pis y va être à toé.

— Wow! Merci!

— Qu'est-ce que je t'ai dit tantôt?

— C'est vrai... Je m'ex... O.K.!

— Envoye! Prends la pelle dans le garage pis va-t-en!
Tu vas en avoir pour une bonne secousse. Amène ton
sac de cochonneries pis prends-toé un Pepsi dans la
glacière. Tu peux te servir de mon petit packsack pour
mettre ton stock. Y' est accroché dans le chalet.

— O.K., grand-p'pa!

Je détale à la glacière, reviens au garage, entre, prends le packsack. Je me plante devant le bonhomme, carte en main, parée pour la chasse au trésor.

— Prête? me dit-il, radieux.

— Oui, grand-p'pa!

— Ben, go!

Je viens pour prendre mon élan lorsqu'un mauvais éclair me traverse l'esprit.

— Mais vous, grand-p'pa, qu'est-ce que vous allez faire pendant ce temps-là?

— Ah! J'vais rentrer faire le ménage de mon coffre. Il fait trop chaud sur le quai. J'en ai pour l'après-midi.

— Vous n'irez pas sur le lac?

— Nan, nan!

— Vous ne travaillerez pas dehors non plus?

— Veux-tu lever les pieds pis me sacrer patience!

— Si vous avez besoin de quelque chose, vous allez m'appeler?

— Je te lâcherai un siffle.

— Fort?

— Comme ça, tiens.

Il met les petits doigts aux coins de la bouche et me lâche un puissant « fiouwit! ». J'aimerais être capable de faire ça!

— Vous sifflez fort en crime, grand-p'pa! dis-je, admirative.

— Je claque fort aussi! ajoute-t-il en levant la main vers moi. Envoye à la chasse si tu veux pas t'en prendre une sur les fesses! Un détail important avant de partir...

— Quoi?

Il met la main dans sa poche.

— Sans ça, tu pourras pas ouvrir le trésor.

Je m'approche pour prendre la petite clé dorée.

— Nan! dit-il en refermant le poing. C'était juste pour te la montrer. Tu m'apportes le coffre et je te

donne la clé. Je veux que tu découvres le magot devant
moé.

— Correct, grand-p'pa! dis-je sans regimber. J'y vais!

Je suis partie lentement malgré ma hâte. Je voulais
m'assurer que le bonhomme ne reste pas sur le quai.
Cette chaleur, en plein soleil du midi, n'était pas bonne
pour lui. Elle pouvait lui causer des étourdissements.
Alors, je l'ai espionné du haut de l'île. Il est bel et bien
entré dans le chalet, comme il l'avait dit. Je pouvais
donc partir en confiance...

XIV

Pendant les premières minutes, je demeurais quand même préoccupée. Les paroles de mon père revenaient me hanter, comme des fantômes. Il m'avait bien ordonné de guetter le bonhomme, tout le temps. Je ne pouvais pas m'amuser tranquille dans ces conditions. De temps à autre, je m'arrêtais pour tendre l'oreille, percevoir le bruit de la moustiquaire qui s'ouvre ou du moteur qui étouffe au démarrage, tous ces indices alarmants qui auraient signifié que le vieux était en mouvement hors du chalet.

Et puis, en suivant les indications de la carte, je me suis éloignée vers la pointe de l'île. À mesure que j'ai pris de la distance, mes oreilles ont abandonné tout naturellement l'idée d'essayer d'entendre. De toute façon, elles ne le pouvaient plus.

Alors, l'inquiétude s'est estompée et les fantômes se sont tus. Plus rien ne me concernait puisque j'étais trop loin pour le savoir. Je n'étais disponible qu'aux cas de force majeure, ceux qui feraient résonner le sifflet du vieux. Le reste, ce n'était plus mon problème. J'ai donc oublié le grand-père.

Sa carte était géniale, tellement que j'ai décidé, par respect pour son travail, de prendre mon temps, de ne pas gaspiller ni mon plaisir ni ses efforts. Après tout, il m'avait dit en avoir pour l'après-midi avec son coffre. Je le croyais volontiers : son attirail de pêche était imposant, tout viré à l'envers, un paquet de petites bebelles que ses gros doigts malhabiles auraient du mal à dompter. Le vieux avait vraiment de quoi faire! Et de quoi sacrer pour un bout de temps.

J'ai franchi à peu près la moitié du parcours et je me

suis installée pour luncher, tout à fait à l'extrémité de l'île, là où mon oncle (...) a bâti un petit quai pour sa femme. Assise au bout du quai, les jambes pendantes au-dessus de l'eau, j'ai ouvert mon chip et sorti mon Pepsi. Il n'était plus très frais, mais j'avais tellement soif! Il serait quand même bon! Il aurait pu l'être!... si je n'avais pas fait la bêtise d'oublier le débouche-bouteille. Maudite niaiseuse!

J'ai quand même dégusté mon chip. Ensuite, j'ai bu l'eau du lac, directement dans le creux de mes mains, comme une vraie chasseuse de trésors. Après tout, ça faisait plus « aventure ». Il me restait à reprendre ma pelle, mon sac et ma route.

Cette route, le bonhomme ne pouvait décidément pas l'avoir parcourue et balisée tout seul. Certaines indications étaient placées dans des endroits périlleux que moi-même j'avais du mal à atteindre.

En effet, quelqu'un était descendu dans la boue aux abords du lac pour tailler une branche d'arbre en biseau. Une pierre bien ronde et bien blanche avait été déposée dans un trou de mousse marécageuse qu'il fallait approcher avec prudence. Un arbre était marqué d'une croix, à dix pieds de haut! M'avait fallu grimper pour trouver!

Non, vraiment, le vieux n'était pas capable de telles prouesses. Il avait pensé la chasse mais quelqu'un d'autre avait exécuté le travail. Et ça ne pouvait être que (...).

J'ai bien passé deux heures à aller, venir, fouiller, compter les pas, les recompter. Les moustiques ont eu le temps de me repérer et le loisir de me manger. S'il n'y en avait pas en terrain découvert, c'était autre chose au milieu de l'île. On aurait juré qu'ils n'attendaient que moi. Ils me levaient pratiquement de terre!

C'est d'ailleurs eux qui m'ont sortie du bois. J'aurais pris plus de temps, mais je n'en pouvais plus de me battre pour chasser les vampires de mon cou et de derrière mes oreilles. Ils passaient entre les boutons de ma chemise, piquaient même à travers mon pantalon. C'était devenu insupportable. Alors je me suis activée, question de survie!

Le trésor du vieux dormait sur l'ancien site de notre bécosse. Ça c'était bien une idée de son cerveau tordu. Il me fallait creuser dans ce que je savais être une fosse à merde!

La première couche, ça allait : du sable que mon père avait pris au bord du lac et jeté sur le tas. La deuxième, de la sciure de notre hangar à bois, nauséabonde. C'était plus pénible, surtout que les moustiques avaient l'air d'apprécier. Ils me dardaient méchamment, excités par l'odeur pourrie. Plus je pelletais, plus il en venait. Le party!

Quand j'ai atteint la couche blanche de chaux, j'ai hésité. La merde n'était pas loin et je le savais. Maudit bonhomme! Il se moquait bien de moi dans l'histoire. Pensait-il vraiment que je m'abaisserais à fouiller jusqu'au fond pour de l'argent? Non!

Résolue à préserver mon honneur, je me suis reculée et j'ai lancé ma pelle ronde sur le tas : « Mange de la marde, le vieux! » que j'ai crié – pas trop fort quand même...

En touchant le sol, ma pelle a fait « ping! » et est tombée sur le côté. Wow! Comme dans les films! Je me suis précipitée à genoux et me suis mise à racler avec le flanc de la pelle. Il y avait quelque chose! Ce n'était pas gros mais... je voyais un couvercle, arrondi comme celui des vrais coffres à trésor!

Sous le coup de l'émotion, j'ai lâché la pelle pour y aller franchement, avec mes doigts, peu importe ce qu'il y avait en dessous. Merde ou pas, j'avais trouvé ce que je voulais et je me faisais plaisir!

J'ai extrait le coffre sans difficulté : il était beau! Tout à fait la réplique d'un vrai, mais en beaucoup plus petit. Il n'était pas couleur or comme sur la carte mais brun sale, pareil à ceux des pirates. Deux bandes métalliques piquées de rivets rouillés ornaient le couvercle bombé. Et devant, un cadenas minuscule pendait, tel une breloque. J'ai tiré un peu : il était bien verrouillé. Très soigneusement, j'ai essuyé le coffre avec la manche de ma chemise, puis je l'ai déposé derrière moi. Il me restait à enfouir le site pour que rien n'y paraisse; mon père ne serait pas content de voir ce trou. Je me suis donc mise à l'ouvrage. J'avais chaud, et soif, et je languissais de me rincer à l'eau fraîche pour décrasser mes ongles et décoller les croûtes de sang séché qui crépitaient dans mon cou.

Bien que légère, ma corvée en était une vraie! Le temps m'a semblé long. C'est toujours comme ça quand on a mieux à faire.

Le remblaiement complété, j'ai vite ramassé mes petits et, coffre sous le bras, je suis repartie vers le chalet. J'étais heureuse, fière de moi. J'avais une sacrée hâte d'arriver devant le vieux!

XV

En atteignant le trottoir de la bécosse, j'ai sauté dessus à pieds joints et j'ai poussé un appel de gloire :

— Grand-p'pa!

Je n'ai pas eu de réponse, et je n'en attendais pas non plus. C'était juste pour me défouler. J'ai parcouru le trottoir à grandes enjambées et dévalé la descente de bois jusqu'au quai.

— Grand-p'pa! Je l'ai!

Le bonhomme n'a pas donné d'écho. C'était normal : la radio jouait à tue-tête en dedans. Tout un homme de bois, le vieux! Il ne pouvait pas se passer de ses nouvelles. Sans plus d'égards, je me suis précipitée vers le chalet et j'ai ouvert la moustiquaire en grand.

— Regardez, grand-p'pa! J'ai le trésor! me suis-je exclamée en présentant le coffre à bout de bras.

— Chut! a-t-il ordonné sans me regarder.

Il avait fait un de ces *free for all*! Le lit, le comptoir, les chaises, la table, le bord de la vitrine, tout était plein d'agrès de pêche. Et le bonhomme, assis à table, n'avait d'intérêt que pour sa radio à piles. Il l'avait placée sur la tablette du châssis, à dix pouces de son oreille. Elle croassait comme une flopée de corneilles. C'était entêtant et surtout... insultant! Ma réussite n'avait aucune importance à ses yeux, du moins, si elle en avait une, ça passait après les informations de trois heures. Le vieux malavenant était bien le père de mon père : « Chut! Attends! Pis farme ta gueule en attendant! »

Ce cassage de bonheur dont ils avaient le tour tous les deux, c'était pire qu'une claque en pleine face. Ça griffait là où la chair se lacère d'un rien. Quelque part en dedans, une petite plaie s'ouvrait, et son suint âcre remontait jusque dans ma bouche, pareil à de la bile : je ne digérais pas qu'on m'ignore, qu'on me traite comme une moins que rien. Ça me faisait mal. Pourquoi les stupidités comme la météo existaient-elles encore quand j'avais besoin qu'on m'écoute, qu'on me réponde, qu'on m'accorde de l'attention?

Je haïssais tous ceux qui me faisaient attendre. Je les détestais parce qu'ils n'étaient pas logiques : il n'y avait que les bonnes choses qui pouvaient patienter, jamais les mauvaises. La vaisselle, le ménage, les devoirs, ça pressait! Par contre, la télévision, un tour de bicyclette, une gomme, c'était pas une fracture! Tout ce qui disait travail disait « go! » Tout ce qui disait plaisir disait « wô! »

Papa disait que savoir attendre, c'était une question de respect. Supporter sans mot dire que les autres décident des moments où vous pouviez profiter de la vie, c'était ça être respectueux? D' la colle! On supporte ça quand on est petit, parce qu'on n'a pas le choix. Tout ce qu'on apprend là-dedans, c'est à avoir hâte! Hâte de grandir pour se venger, pour que ce soit notre tour de faire attendre les autres!

Quand je regarde le vieux, tout plissé, tout voûté, tout croche, qui fait le maître à côté de sa radio, c'est pas le respect qui m'empêche de l'envoyer promener, c'est la peur de manger une volée, rien de plus.

Je m'assois devant lui, sans faire de bruit, je dépose le coffre sur la table et j'attends. J'ai les oreilles chaudes; on dirait qu'elles battent au rythme de mon cœur. Ce sont les piqûres de moustiques. Je dois en avoir un tas. Faut que j'aille vérifier. Je me lève.

— Chut! me rassoit le vieux.

— Ça ne sera pas long, j'veux juste...

— Assis!

J'obéis. Maudit que ça me démange dans le cou!

— Arrête de te gratter, fatigante!

Et puis j'ai soif sans bon sens.

— Finis de ravaler, tu m'énerves!

Et j'ai hâte de savoir ce qu'il y a dans le coffre.

— Pis cesse de te tortiller sur ta chaise, hostie! Tu le fais exprès?

Je ne sais plus quoi faire pour ne pas mal faire. Faut que les nouvelles finissent!

— Bon! lâche enfin le bonhomme en éteignant le poste. T'es pas capable d'attendre deux minutes sans parler pis sans grouiller, toé? T'as-tu des vers dans l' derrière?

— Mais non, grand-p'pa!

Il pose sur moi un premier vrai regard.

— Tabarnac! dit-il en se soulevant un peu de sa chaise, t'es ben boursouflée!

— Y'avait des mouches en masse là où j'ai déterré le trésor.

— J'appelle pus ça en masse là! Hostie! Y'étaient toutes sorties! ajoute-t-il en venant carrément à moi. Montre comme il faut!

Il me tourne la tête pour voir de chaque côté, me rabat les pavillons, inspecte l'arrière des oreilles et de la nuque en soupirant de découragement.

— Ça n'a pas de sens commun! Comment t'as fait pour te laisser manger de même? Tu t'sens pas? T'es quasiment estropiée!

— C'est si pire que ça, grand-p'pa?

— Si pire? Défais le bouton de ton col pour voir.

J'ouvre ma chemise pour exposer le cou.

— Y t'ont fait un collier gratis! Va te voir! Ça parle au crisse!

Je vais au petit miroir de la pharmacie. Tabarouette! C'est vrai qu'ils m'ont eue. Les mouches noires, ça fait des ravages en peu de temps. On ne se rend pas vraiment compte qu'elles piquent. Elles vous enrobent comme un nuage. Vous sentez que ça chauffe, sans plus. Mais ça donne tout un résultat!

— Tiens! Lave-toé comme il faut avec ça, dit le vieux en sortant une bouteille d'alcool à friction. Y a des débarbouillettes en dessous du lavabo. Après, tu vas prendre une aspirine.

— Pourquoi?

— Ça va calmer les démangeaisons pis empêcher la fièvre.

— J' fais pas de fièvre!

— J' veux pas que t'en fasses non plus! Prends!

Il sort une bouteille d'aspirines de sa poche. Il en a toujours une sur lui. Avec ça, il soigne tout et quand il n'a mal nulle part, il s'en enfile deux, au cas où. Ma mère dit qu'il se ruine l'estomac. Pas grave! Il boit quelque chose de blanc contre les brûlures. Ça goûte ce que ça sent : le plâtre.

Je me rince comme il faut, je décolle toutes les croûtes. Il me reste un tas de plaques rouges qui ne suppurent pas mais font comme une ligne de feu autour de mon visage. Les mouches noires étaient en train de me redessiner. Je ne comprends pas comment j'ai pu me laisser avoir de la sorte. Je devais être trop excitée par ma découverte, je n'ai pas réalisé.

Je m'essuie et je regarde l'aspirine qui m'attend sur le bord du lavabo.

— Vous savez, grand-p'pa... maman ne veut pas trop que je prenne de pilules. Les aspirines, des fois, ça me fait saigner du nez!

— Radotage de meméres! Envoye! Ça va rien que te faire du bien!

Pas certaine de ça! Quand je dis que les aspirines me font saigner du nez, c'est pas une farce. J'ai une espèce de faiblesse dans les veines. Je saigne souvent : quand il fait trop chaud, quand il fait trop froid, quand je cours trop, quand je reçois un coup. Il paraît que j'ai le sang clair et que l'aspirine l'éclaircit davantage. J'en prends seulement quand j'ai un gros mal de tête, ce qui m'arrive régulièrement, on ne sait pas pourquoi.

— Grand-p'pa, quand je saigne, vous savez, ça s'arrête plus!

— Je t'arrêterai, moé! J'ai un don pour ça. Tu l'savais pas?

— Non!

— Ben, là tu le sais! Avale ta penune pis fie-toé sur moé.

J'ignorais que le vieux arrêtait le sang. La grand-mère de mon amie Jocelyne le fait, mais lui, c'est les premières nouvelles que j'en ai. Il m'a déjà acheté deux verrues, ça c'est officiel! Une cenne chacune. La semaine d'après, les verrues étaient disparues. Magique! Les dons, c'est comme ça : pas d'explication, que des résultats qui vous laissent admiratif. Si ça marche avec le sang, parfait!

Je prends le cachet, je le croque et j'avale avec un verre d'eau.

— C'est fait, grand-papa! J'ai pris la pilule. On ouvre le coffre maintenant? dis-je en m'asseyant à table.

Il va puiser la petite clé dorée au fond de sa poche et me la présente tout de suite, avec son plus beau sourire. Mes piqûres ont dû l'attendrir.

— Tiens, ma pitoune! Ouvre-le, ton trésor!

Je lui rends son sourire et regarde la clé. Dans le puits de sa paume, elle paraît si minuscule!... Ça lui donne l'air encore plus précieux. Je la prends et, délicatement, je l'introduis dans la serrure : « Clic! » Je lève les yeux vers le vieux. Il réagit aussitôt.

— Beau p'tit cadenas, hein? dit-il fièrement.

— J'comprends, grand-p'pa!

— Envoye! Ouvre!

Je fais glisser le cadenas hors de l'arceau métallique et je remonte la charnière. Elle émet un semblant de grincement. Je ricane. C'est de la nervosité plus qu'autre chose mais ça enlève la tension. Je soulève enfin le couvercle du coffre.

Je ne sais pas ce qui vient en premier, le rire du

vieux ou la vision du contenu, mais tout se ligue d'un coup pour irradier mon cerveau comme un flash de Kodak! Je ne sais plus rien, que la honte d'être là, un sentiment puissant qui rend sourd et aveugle. Je ne souhaite que disparaître pour ne pas avoir à parler.

Au fond du coffre, scotchés sur un mouchoir à carreaux, deux dentiers dorment côte à côte. Ils sont gigantesques, jaunes et repoussants.

— Pis? s'esclaffe le vieux. Contente de ton héritage? Faisait une secousse qu'ils traînaient dans le fond de mon tiroir de secrétaire. Ça me coûtait de les jeter, au prix que je les avais payés; j'ai pensé te les léguer. Moé pis ton oncle, on a ben ri quand on les a paquetés pour toé dans le petit coffre! C'était une bonne idée, non? En tout cas, ça t'a occupée pour l'après-midi!

Je ne peux arracher mon regard des deux horreurs.

— Aïe? insiste le vieux. Tu r'mercies pas ton grand-pére? Y avait de l'ouvrage dans cette chasse-là!

Je dois resurgir de ma déception et répondre quelque chose, sans aucune larme dans la voix.

— Merci, grand-p'pa... c'était...

— Non! Force-toé pas! J'vois bien que ça fait pas ton affaire! Vous êtes de même, vous autres, les jeunes : si y a pas de bonbons ou de cennes au bout de ce que vous faites, ça valait pas la peine!

— J'ai pas dit ça, grand-p'pa!

— Pas besoin de le dire! C'est écrit dans ta face!

Sur ces mots, il se lève et m'arrache le coffre des mains.

— Les dentiers, ça s'appelait une farce! Le vrai trésor, c'était le coffre, avec son cadenas pis sa clé.

— Ah!... O.K.!...

— Comme t'as pas eu l'air de comprendre, on va revirer ça : Tiens! dit-il en lançant les dentiers sur la table. V'là ton butin! Quant au coffre, tu viens de le perdre.

Il sort de table, en furie, exige la clé et le cadenas au passage et disparaît avec mon coffre dans sa chambre. Je ne bouge pas. J'écoute et j'attends. Il revient au bout de quelques secondes.

— Astheure, grouille tes fesses, t'as de l'ouvrage.

La meilleure façon de me faire pardonner, c'est de la fermer et de travailler. En fait, le vieux m'ouvre une porte.

— Qu'est-ce que vous voulez que je fasse, grand-p'pa? dis-je en levant comme un ressort.

— Premièrement, va me chercher un Pepsi dans la glacière.

— Je peux en prendre un pour moi?

— Pas question! Avec ton aspirine, ça pourrait être dangereux. Si t'as soif, bois de l'eau!

Je pars en trombe vers le haut de l'île. La glacière est bien fraîche et le Pepsi à point. J'en calerais tellement un! Il y a toujours quelque chose pour m'empêcher de vivre! Maudite aspirine! Maudit vieux! Maudite glacière pleine de maudit Pepsi que je ne peux pas boire! Pis va chier, toi, maudit couvercle pas fermable!

Je referme le panneau en le tirant de toute ma force. C'est trop! Il vient se rabattre, six pouces plus avant que prévu, directement sur le bout de ma botte de robbeur.

— Ayoy! Ayoy!

Je soulève un brin pour dégager mon pied, repousse le panneau et sors du trou en boitillant. Je ne regarde même pas dans ma botte. J'aime autant ne pas voir. Mon gros orteil a accusé le coup et ça m'élance comme une otite. Il ne faut pas que le vieux me voie boiter! Il rapporterait tout à mon père : «Elle est partie à la grande course, comme d'habitude. Normal qu'elle se blesse, elle fait tout trop vite.» Je fais des efforts pour corriger ma démarche. Je finis par me rendre.

— Tenez, grand-p'pa!

Pas de merci. Connaît pas ce mot-là, le vieux! En tout cas, pas avec les moins de trente ans. Il attrape la bouteille, l'appuie au bord du comptoir et, d'un petit coup de paume, la décapsule.

— Comment vous faites ça, grand-p'pa?

— Pas pour les enfants, ma technique! Toé, tu te sers du débouche qui est là, ajoute-t-il en empoignant le gros ouvre-bouteille de restaurant vissé devant le comptoir.

Il engloutit le Pepsi d'une traite et lâche un gros rot venteux. Ça me dégoûte, mais je reste quand même admirative devant la façon qu'il a de descendre une bouteille.

— Bon! Ça fait du bien, ça! conclut-il en me tendant la vide.

Je vais la ranger dans la caisse et je reviens.

— Maintenant, tu vas serrer tous les gréements dans mon grand coffre.

Je regarde autour. C'est décourageant, mais faut avoir de l'entrain.

— Comment voulez-vous que j'organise ça, grand-papa?

— T'organises rien pantoute! Tout est trié pis classé. Ce que t'as à faire, c'est suivre mon ordre.

— Qu'est-ce que c'est votre ordre?

— Sur le premier étage, tu mets ce qu'il y a icitte, sur le deuxième...

Il m'explique son système au complet et termine en annonçant qu'il va piquer un somme. Il avale deux aspirines et me laisse.

XVI

L'ouvrage ne m'a jamais fait peur. Ce sont les gens qui m'effraient. Je ne sais jamais sur quel pied danser avec les adultes. Le bonhomme, c'est le pire de tous : il a des idées de bébé dans un vieux corps. Franchement! Sa vieille paire de dentiers! C'est niaiseux à mort. Il aurait fallu que je trouve ça drôle? Mais ça ne l'était pas! Il m'a déçue! Je me suis fait mourir pour trouver ce trésor. Je comprends que le coffre est beau, mais la boîte de mon cadeau de Noël est belle, elle aussi. Ça n'empêche pas que je m'attende à trouver quelque chose à l'intérieur.

Non vraiment, c'est bien plat un grand-père! Ça veut mais... ça ne peut plus être drôle. Le pire c'est que ça essaie quand même et qu'on est pris pour endurer.

Je range, je place, je dispose, j'astique même; je m'applique à ce que le coffre du bonhomme, étage par étage, soit un modèle d'ordre et de propreté. Je déteste les choses sales et je ne supporte pas les fouillis. Je ne sais pas pourquoi. Peut-être que je suis née comme ça. Ou bien, j'ai appris! Possible puisque ma mère est maniaque du frottage.

Chez nous, pas un doigt noir après les murs. Le plancher : de la tuile blanche, lavée, cirée et polie tous les vendredis. Les coins, les dessous de tringles, tous les endroits que la laine d'acier douce n'atteint pas sont grattés au petit couteau, le moindre grain de sable étant déniché avec acharnement. Les ronds de poêle : démontés et rhabillés d'aluminium chaque semaine. Les fenêtres sont invisibles, même pas une peluche de guenille dessus. Quant aux meubles et aux rares bibelots, le danger qui les menace, c'est pas la poussière, c'est ma mère. Papa n'arrête pas de chicaner : « Lâche le mobilier, ciboire! Tu uses les choses à force de les frotter! »

C'est vrai qu'elle exagère parfois : dévisser les ampoules au plafond pour gratter les crottes de mouches qui sont cuites dessus!... Mais elle est comme ça. Elle grimpe partout pour chasser la crasse. Moi, ma seule peur là-dedans, c'est qu'elle tombe. Le reste, c'est correct. Et je suis comme elle. Peu importe que ce soit de naissance ou par habitude, c'est ainsi. On a toutes les deux la hantise de la saleté. C'est comme une guerre des nerfs : là où on est, la crasse doit débarrasser, sinon, on se sent mal.

C'est pareil pour grand-maman. Le vieux lui fait ses commentaires. Il dit que les femmes sont toquées du plumeau mais que, pour leur plus grand malheur, Dieu est un homme et qu'il retourne tout en poussière. Tu parles d'une réflexion stupide! Me demande où il va chercher ça...

Je continue de ranger la quincaillerie du vieux. Ça se fait très bien. Pour éviter de me promener inutilement, je trimballe ma chaise là où je dois emplir une section du coffre. Quand j'ai terminé, je vais m'installer à l'endroit suivant. Faut que je ménage mon orteil un peu.

Tout est calme. J'entends les frédérics; un grand huard pousse parfois sa gueulante de la tête du lac. C'est bien, le chalet, quand on peut avoir la paix, quand aucune voix ne vient casser l'écoute de la nature.

Après avoir fait alternativement la table, le comptoir et le lit, le coffre est rempli et la pièce a retrouvé sa clarté. Il est quatre heures. Je dépose le coffre à l'entrée de la chambre du vieux. Je n'entends rien, sauf son souffle asthmatique, régulier, endormi. Et si j'en profitais pour regarder mon pied...

Je m'assois sur le bed et je retire ma botte. J'ai peur de voir du sang. Ma chaussette de laine n'est pas tachée.

Parfait! Je la retire pour voir en dessous. Ma chaussette de coton ne présente pas de trace de sang non plus. Je tire un peu au bout du gros orteil. Ce n'est pas collé. Ça va! J'enlève.

Washhh! C'est mon orteil, ça? Je regarde ailleurs! J'ai la gorge nouée et je cherche de la salive à avaler. J'avance les mains vers mon pied et je tâte. Mon orteil est gonflé au centre. Là où je devrais sentir un os, il y a un coussin mou. J'appuie dessus. Ayoye! Je fixe mon orteil et je lui ordonne de plier : rien ne bouge. Maudit!

La panique me gagne. Ça commence comment la gangrène? Un petit bout se brise, on ne le soigne pas, il faisande, se corrompt et contamine le reste du corps?

C'est sûrement ça le chemin. Qu'est-ce que je fais? Je ne veux pas mourir! Pas du pied! Pas ici!

— Grand-papa!

Le vieux ne réagit pas.

— Grand-papa-aa!

Criminel! Va falloir que j'aille. Sur un pied, je saute jusqu'à la porte de la chambre. Là, je m'appuie au cadre et j'appelle, doucement :

— Grand-p'pa!

Je suis incapable de parler plus fort : j'ai peur de réveiller les hommes. Ils dorment durement et se lèvent en tueurs, comme s'ils nous en voulaient. Mon père est comme ça et je suis certaine que le bonhomme l'est aussi.

Par crainte d'être reçue avec un « câlisse de crisse! » je ne dis plus rien, je m'approche plutôt. En un saut, je me retrouve au bord de la couchette, toujours sur un pied. Le vieux est sur le dos, la tête tournée vers le mur du fond. Faut que je le touche quelque part, mais où? Ses grosses mains sont jointes sur son ventre. Elles montent et descendent au rythme de sa respiration. Je pourrais en effleurer une mais... j'ai pas envie de toucher directement la chair du vieux. Je choisis plutôt l'épaule, tranquille, ronde, habillée de plusieurs couches de vêtements.

Je pousse un petit peu du bout des doigts. Rien! J'y vais de la main entière. Pas plus de résultat! Je fais une pause.

La chambre est laide, sombre, étouffante et... puante. Qu'est-ce qui sent comme ça? Je cherche des yeux le seau du vieux, celui dans lequel il fait ses gros besoins. Il est là dans le coin. Le banc de toilette posé dessus est relevé, ce qui indique que le seau est vide. Alors, qu'est-ce qui dégage cette mauvaise odeur?

Je me penche un peu vers le vieux et je hume sa chemise! Sent l'homme, rien de plus. À ce moment le bonhomme tourne brusquement la tête et rugit.

— C'tu fais là, toé?

Tous les poils de mon corps se dressent tandis que l'odeur suspecte me parvient à l'état pur : c'est la gueule du vieux qui embaume. Une haleine de bison!

Je recule de dégoût.

— Je ne fais rien, grand-p'pa! Il faut que je vous montre quelque chose.

— Tu pouvais pas attendre que je me lève, hostie? dit-il en s'asseyant.

— J'aurais pu mais... regardez! dis-je en soulevant le genou. Ça fait mal pis c'est pas beau.

— Saint-chrème!

Il prend ses lunettes sur la tablette et me fait signe de monter le pied vers lui.

— Accote ton talon sur mon genou.

Il tire ma jambe vers lui.

— Attention, grand-p'pa! Ça fait mal partout.

La douleur s'est répandue depuis tout à l'heure, comme si le fait d'avoir enlevé ma botte l'avait libérée. Elle gagne maintenant ma cheville.

— Veux-tu me dire comment t'as fait ton compte pour t'arranger de même?

— Ben...

— Fallu que tu t'échappes quelque chose sur le pied, manquablement.

— Oui... Le couvercle de la glacière...

— T'es montée chercher un Pepsi en cachette pendant que je dormais?

— Non, grand-p'pa! C'est quand je suis allée pour vous tantôt.

— T'avais ça avant que je me couche pis tu ne m'as pas averti?

— Je ne pensais pas que c'était grave.

— Essaie de plier ton orteil!

— Je ne suis pas capable, grand-p'pa...

— Montre! dit-il en immobilisant mon pied pour le palper.

— Non! S'il vous plaît, grand-p'pa! Touchez pas!

— Montre que j'te dis!

D'un mouvement volontaire, il force ma jambe à se tendre, attrape mon pied, le cale entre ses cuisses et serre. Je suis dans un étau.

— Astheure, grouille pus! ordonne-t-il en remontant ses lunettes. Le docteur va sonder ça.

— Vous ne le plierez pas, hein, grand-papa?

— Ben non! Juste le tâter un brin.

— Seulement un petit peu, hein? Promis? Pis vous allez m'avertir avant de toucher, hein? Que je me prépare!

— T'as peur vrai! À cinq, j'y vais. Envoye! C'est toé qui comptes.

— O.K.!

Je crampe tous les muscles de mon corps, j'agrippe ma cuisse à deux mains et je commence :

— Un...

Quelques secondes passent. J'ai beau vouloir dire deux, rien ne sort.

— Ben envoye, hostie! s'impatiente le grand-père.

— O.K., grand-p'pa! J'étais pas vraiment prête. Là, j'y vais! Bon! O.K.!

J'entre les ongles dans ma cuisse.

— Un...

Je prends une respiration. J'avale. Je renifle.

— Aïe! On va coucher là?

— Non! C'est correct maintenant. Un!... Deux!... Le trois n'a pas la chance de sortir; il meurt dans ma gorge, enterré par un hurlement de douleur.

Le vieux tyran a imposé à mon orteil un mouvement de haut en bas. J'ai senti les croquants de mes os se pousser les uns contre les autres pour trouver de la place. C'était si insupportable que, sans le vouloir, j'ai balancé une claque au vieux.

— Hostie! crache-t-il en essayant de me gifler.

Il ne trouve pas ma joue mais mes lunettes sont éjectées par le balayage de sa main. Elles volent au mur pour aller choir je ne sais où. C'est la catastrophe!

L'orteil douloureux, le nez blessé, les larmes dégouttant sur mes joues, je regarde le vieux.

— Je m'excuse, grand-p'pa! J'voulais pas...

— Ta gueule! répond-il en se soulevant. Claire-toé!

Il me repousse. Je tombe assise sur le bed.

— Trouve tes barniques au plus crisse pis arrive l'autre bord! Tu vas voir comment j'contrôle ça, moé, une énarvée!

Pas si pire. Je croyais qu'il ne me reparlerait plus de la fin de semaine. Oser lever la main sur son grand-père! C'est grave! Pendant qu'il essayait de me soigner en plus! Quand mon père va savoir ça, je vais en manger tout une!

Les yeux pleins d'eau, j'essaie de voir par terre. Mes lunettes ont dû atterrir par là, dans le coin de la chambre. Je ne distingue pas bien les formes. Tout se ressemble sans mes verres. S'il faisait plus clair dans cette chambre, ça me donnerait une chance... Maudite caverne d'ours! J'éponge l'eau dans mes yeux avec la manche de ma chemise. C'est plus net... un peu plus net. Ça y est, je crois que je les vois, sur le plancher, entre le classeur de tôle et le mur. Oui! Ce sont elles! Elles ont l'air entières! Il faut qu'elles le soient, sinon, c'est pas une volée qui m'attend en ville, c'est la mort! Je saute jusqu'au classeur, me penche, attrape un branchon de la monture et retourne vers le lit. Drôle de bruit sous ma botte au retour. Je m'en sacre! D'abord que j'ai mes lunettes, le reste...

Assise, je touche l'os de mon nez avant de remettre mes verres. J'ai mal. J'aurai probablement un petit bleu. Pas grave. J'ai l'habitude. Je mets mes lunettes. Étrange... Pourquoi je vois si mal?

Non! Mon Dieu! Non! Pas ça! Mon verre droit! Où est mon verre droit?

Je me garroche au sol et je tâte. La vision toute débalancée, je palpe nerveusement tandis que les larmes resurgissent et m'embrouillent l'esprit. La panique me gagne, étreint mon cerveau et serre, serre. Plus j'essaie de garder la tête large, plus mes idées se compactent, se tassent les unes contre les autres. Ma raison se ratatine, pressée dans l'étau de la peur : que va dire mon père? Que va-t-il me faire? Les questions sont si effrayantes! Je sursaute en sentant une bosse sous ma main. Je me ressaisis et récupère l'objet qui gît, un pied devant moi : c'est lui! C'est bien mon verre! Et j'ai dû marcher dessus tout à l'heure!

Morte d'angoisse, je me mets à le palper, à le faire tourner entre mes doigts. Il est... intact! Je laisse aller mes fesses au sol. Ouf!

J'ai chaud, mes piqûres me démangent. Je me gratte un bon coup et me lève pour aller rejoindre le vieux. Il faut qu'il arrange mes lunettes.

En sortant de la chambre, je le découvre à table, devant un verre d'eau. J'exhibe timidement mes lunettes.

— Je les ai retrouvées, grand-p'pa!

— Mets-toé-les dans' face pis arrive! dit-il sans regarder.

— C'est que... il y a une vitre qui est sortie.

— Comment ça une vitre sortie? Fallait bien que tu fasses ta gaffe, hein? dit-il sur un ton de reproche. Donne-moé ça!

Il m'arrache les montures des mains et me fait signe de me pousser. Je vais m'asseoir en face.

À travers la fumée de cigarette qui lui remonte dans le nez depuis le cendrier, le vieux inspecte la monture et finit par clamer :

— T'as gagné le gros lot! Le frame est pété, juste là!

Ses gros doigts tors écartent le haut de la monture pour mieux me torturer. Juste au-dessus du verre manquant, une cassure nette. Ma gorge se noue.

— C'est terrible, grand-p'pa! Comment on va faire?

— On? reprend-il en se moquant.

— Ben... vous! Êtes-vous capable de les réparer?

— J' pourrais essayer! Mais pas sûr que ta mère serait contente de mon raboutage. Ça fait que... (il enfonce mes lunettes dans sa poche de chemise) tu vas attendre qu'on soit en ville!

— Pourquoi attendre? Faut pas que papa voie ça! Il va m'assommer!

— C'est ton problème! Ça t'apprendra à essayer de parer une claque quand tu l'as méritée.

— Je vous en supplie, grand-p'pa! Arrangez-les!

— Pas question!

— Essayez! Juste un peu de colle pour que ça tienne deux ou trois jours. Après, en ville, je m'arrangerai pour qu'il m'arrive un accident.

— J'ai dit non! Les lunettes, ça coûte trop cher pour être gossées. À part ça, j' te laisserai pas conter des menteries à ton pére.

Je suis découragée; mes épaules se mettent à sauter toutes seules.

Le bonhomme se redresse sur sa chaise et prend une lampée d'eau. Il est mal à l'aise. Son cerveau est entraîné à crier après les enfants, pas à les consoler. Je vois que les pleurs le désarment. Il se cherche de l'ouvrage. Sa cigarette est au mégot. Il l'éteint. Il reprend une gorgée et une autre. Finalement, le verre se vide et le bonhomme cède.

— Arrête de brailler! dit-il à voix basse. Je vais régler ton problème.

— Vous allez arranger mes lunettes, grand-p'pa?

— Non! Ça j' peux pas. J'ai peur de faire pire que bien si je les touche.

J'éclate en gros sanglots.

— A-chè-ve! ordonne-t-il en ponctuant chaque syllabe d'un coup de poing sur la table. C'est assez!

Je me ressaisis à grands frais. La peine retenue brûle mes poumons.

— J' peux pas m'occuper de tes lunettes mais, ton pére, c'est dans mes cordes.

— Vous ne direz rien pour la claque que je vous ai donnée?

— Ben non! J' suis pas un stool!

— Merci, grand-p'pa!

— Je vais broder une histoire qui se tient. Ça pourrait être... (Il se prend le menton.)

— Que je suis tombée, peut-être? dis-je en reprenant mes esprits.

— Ouais!

— Où?

— Dans la chaloupe.

— Comment?

— Ben... c'est simple : t'as voulu embarquer, t'as mis le pied sur le banc, y avait de l'eau, t'as dérapé, tu t'es ramassée la face dans le fond pis tes lunettes ont pris un mauvais coup.

— C'est bon, mais je vais quand même avoir une volée si vous racontez ça.

— Pourquoi?

— Parce que tout sera de ma faute!

— Pas une question de faute! C'est un accident! Les accidents, ça arrive!

— Moi je le sais, mais papa, il pense autrement. Avec lui, il n'y a pas d'accident, il n'y a que...

— Des imprudences! continue le grand-père. Pas besoin de me le dire, c'est moé qui lui ai enseigné.

— Vous?

— Ben voyons! Ton pére a pas inventé le monde.

— Ça veut dire que papa non plus ne pouvait pas faire de gaffes quand il était petit?

— C'est-à-dire que... il pouvait toujours en faire, mais... fallait pas que ça vienne à mes oreilles.

— Pis si ça venait?

— Il payait pour!

— Vous le battiez?

— Ben oui! Fallait! C'était le plus vieux. Fallait qu'y marche droit pour donner l'exemple aux autres.

— C'est comme moi.

— Si on veut, avec la différence que lui, c'était un garçon!

— Ça change quoi?

— On peut fesser plus fort.

— Vous preniez votre ceinture pour le battre?

— Seulement quand c'était très grave!

— Et les autres fois?

— Je prenais mes mains.

— Ça devait faire mal en crime!

— Ben non! J' fessais pas fort.

Je regarde la largeur de ses paluches et j'essaie d'évaluer ce que ça veut dire de ne pas frapper fort...

— Et il pleurait?

— Jamais! C'était un vrai p'tit homme! Dur pis orgueilleux! Il repartait rouge comme un coq, sans verser une larme, en tout cas, pas devant moé.

— Vous pensez qu'il allait pleurer en cachette?

— Ça se peut...

— Vous n'écoutiez pas, pour savoir?

— Penses-tu? J'avais ben d'autres chats à fouetter. La volée administrée, la vie continuait.

— Vous ne regrettiez pas quelquefois?

— Regretter quoi?

— De l'avoir battu.

— On regrette pas d'avoir fait ce qu'il faut pour élever ses enfants.

— Ça ne vous faisait pas mal au cœur?

— Quoi?

— De lui avoir fait mal!

— Ça ne me faisait pas plaisir mais...

— Vous êtes sûr?

— De quoi?

— Que ça ne vous faisait pas plaisir?

— Ben voyons! T'as toujours pas idée qu'on bat un enfant pour s'amuser?

— Non mais... des fois, quand papa donne une volée, j'ai l'impression que ça lui fait du bien de frapper sur nous autres.

— C'est pour votre bien qu'il fait ça, pas pour le sien! Tu dis n'importe quoi!

— Ouais!

— R'marque, une claque, ça joue sur deux plans : ça dérage celui qui la donne pis ça dompte celui qui la reçoit.

— Pis si ça dérage plus que ça dompte?

— Ça, ça fait partie de la game! Faut que les enfants apprennent à voir venir. Exemple : un enfant intelligent achale pas son pére quand il arrive de travailler.

— Ouais! Je sais.

— On ne peut pas savoir ce qui s'est passé à l'usine. Des fois, la journée a été éprouvante. Un homme endure ben des choses pour faire vivre sa famille mais, une fois arrivé à la maison, tassez-vous! Y a pus grand' place dans la coupe!

— C'est sûr!

— Dans ces occasions-là, ça se peut que les nerfs lâchent : tu manges six claques en ligne pour deux gouttes de lait sur la nappe.

— C'est exactement ça qui arrive!

— J' sais ben! Mais faut pas penser que ton pére t'en veut ou qu'il prend plaisir à te fesser! Jamais dans cent ans! Il t'aime ben trop pour ça! Dis-toé tout simplement que la première claque est pour toé. Les autres, ça peut être pour n'importe qui.

— J'écope pour du monde que j'connais pas?

— C'est à peu près ça! Tu t'en prends peut-être une pour son chef d'équipe, une autre pour le contremaître, tous ceux qu'il n'a pas pu remettre à leur place pendant la journée. Une fois la machine partie, ça s'enchaîne, jusqu'à ce que ton pére soit vidé. Des jours, la liste est courte, d'autres...

— C'est pas juste!

— C'est de même pareil! Tous les péres font comme le tien.

— Non! Le père de Charlotte Asselin n'est pas comme ça. Il ne bat jamais sa fille.

— Qui te l'a dit?

— Charlotte.

— De deux choses l'une : ou la fille à Yvon Asselin est menteuse, ou son pére est pas normal.

— Charlotte n'est pas menteuse! Son père ne la touche pas! C'est sa mère qui la bat, dis-je en regardant par terre.

— Ben voilà! C'est ce que je te disais : le gars est pas normal. Il ne fait pas son travail de pére et la bonne femme le remplace. T'aimerais que ton pére te flatte pis que ta mére te batte?

— Jamais!

— Ça ne t'arrivera pas non plus. Tu sais pourquoi? Parce que la différence entre le pére de Charlotte pis le tien, c'est que le tien a du cœur!

— Du cœur parce qu'il nous bat?

— Certain! Il s'occupe de vous autres. Le pére de ta Charlotte, la seule chose qui compte pour lui, c'est le matériel. Je le connais assez pour te l'affirmer. Grosse maison, gros bateau, grosse voiture, garde-robe de premier ministre, pis à côté de ça, une fille unique. Même pas le cœur d'y faire une sœur ou un frére.

— Il paraît que c'est madame Asselin le problème : c'est elle qui ne peut pas avoir d'autres enfants.

— Ben c'est pire! T'as cru ça? La bonne femme Asselin est équipée pour peupler la province de Québec, ma fille! Elle a tout ce qu'il faut pour pondre des bébés en série, tout sauf un homme dans sa vie! Le bonhomme veut rien savoir des enfants : ça coûte trop cher! C'est pas payant! Un égoïste, le pére Asselin. Il est né pour faire le jars, rien d'autre. Ton pére, lui, y' a toujours la même paire de culottes su'l' dos. Sa fierté, elle n'est pas pendue sur des supports au fond d'une garde-robe! Sa fierté, elle court dans la rue, elle use des souliers, elle scrape des bicycles pis elle casse des lunettes. Elle lui coûte la peau des fesses aujourd'hui mais elle va rapporter ben des honneurs plus tard, des honneurs à deux pattes, qui enseignent dans des grandes écoles ou qui plaident au palais de justice ou... n'importe quoi! L'avenir nous le dira! En attendant, contente-toé de pousser dret, même si y faut que tu plies de temps en temps.

— O.K., grand-p'pa!

— Pis arrête de conter des peurs pis de faire passer ton pére pour un bourreau qui frappe à tout propos. Ça pogne pas!

— Correct, grand-p'pa!

— Astheure, pour tes lunettes, faut trouver une bonne histoire. Il faut qu'elles soient passées serré quelque part!

— Elles pourraient être tombées.

— Comment veux-tu qu'elles tombent si tu tombes pas avec? Tu les as toujours dans la face!

— Ben... j'aurais pu les enlever pour me laver le visage et puis vous auriez pu passer et les accrocher.

— Hostie! Moé? Moé je les aurais fait tomber? T'as du front tout le tour de la tête! J'essaye de te sortir de l'eau pis tu me cales?

— Mais c'est pas ça! Si c'est vous qui avez fait une gaffe, papa ne pourra rien dire et il n'aura pas le droit de me battre.

— S'il est en maudit, droit pas droit, tu vas manger une rince pareil! Non! La solution n'est pas là. Mais je sais où elle est!

— Ah! Oui? Où, grand-papa?

— Juste ici! dit-il en se frappant le crâne de l'index. Fie-toé sur la marmite de ton grand-père. J'ai mis le rond à low. Ça va mijoter toute la nuit pis demain matin, la soupe va être prête. Diguidou?

— O.K., grand-p'pa!

Il est quand même comique de temps en temps. Et gentil aussi. Il se lève, va chercher une bassine d'eau et la dépose devant moi.

— Fais tremper ton pied pour qu'il désenfle. Possible que t'aies une fêlure mais là, j' peux rien voir.

— C'est grave, une fêlure?

— Ça demande considération...

— Je peux attraper la gangrène avec un bobo de même?

— Si on fait rien, peut-être.

Je plonge vite mon pied dans le fond de la bassine. Ça pince un peu sur le moment mais le soulagement se fait sentir au bout de quelques secondes. Le vieux va se servir de l'eau fraîche et disparaît avec son verre dans la chambre. Qu'est-ce qu'il fait? J'essaie d'entendre mais, sans lunettes, on dirait que mes oreilles fonctionnent mal.

— Fait chaud sans bon sens! s'exclame le bonhomme en revenant. J'arrête pas de tinquer!

Il se prend une bonne gorgée et vient vers moi.

— T' en veux une shot?

Je regarde les poignassures graisseuses qui tapissent son verre. Pas ragoûtant mais... j'ai soif et je ne veux pas choquer le bonhomme. Quand il offre, faut prendre!

— S'il vous plaît, grand-p'pa.

Je me redresse et saisis poliment le verre. Un petit sourire pour faire semblant d'apprécier et j'y vais! Yeux fermés et narines bloquées, j'avale en prenant bien garde de ne pas goûter. Quelle erreur!

Sitôt le liquide ingurgité, ma gorge cuit et ma poitrine s'enflamme. J'ai un mouvement de haut-le-cœur.

— Crache pas! ordonne le vieux. J' te l'défends ben! Avale!

Je dois supporter la descente incendiaire du liquide sans bouger. J'ai besoin de toutes mes forces. Mes yeux sortent de leurs orbites.

— Hostie! fuse le vieux en éclatant de rire. R'prends tes sens! T'as l'air d'un crapaud!

Je déglutis plusieurs fois pour refouler le flux qui a tendance à remonter. La tempête se calme lentement. Je peux maintenant prendre le risque d'ouvrir la bouche sans que tout ressorte. J'articule à peu près, avec une langue engourdie.

— Qu'est-ce que vous avez mis dans l'eau, grand-p'pa?

— Un remède, ma fille! dit-il en sifflant le reste du verre.

— Pis vous en buvez comme ça? Des verres pleins?

— Quand je file pas, ouais! Ça gèle le mal.

— Comment ça s'appelle?

— Du gin! souffle-t-il sous mon nez, en puante confidence.

L'odeur de tantôt, la même! C'est son remède qui lui embaume la gueule comme ça. Je pensais que la pourriture était en train de le prendre. Mais non!

— Vous en prenez beaucoup de ça?

— Plus j' suis malade, plus j' suis obligé d'en prendre.

— Pendant que j'étais à la chasse au trésor, vous en avez bu?

— Un peu! Faut pas que j'exagère sur la prescription, ça me ramollit trop les jambes.

— Ah oui?

— Ben... l'alcool... c'est ça que ça fait.

— C'est de l'alcool?

— Ben tiens!

— Vous m'avez fait boire de l'alcool, grand-p'pa? Mais papa dit que c'est une invention du diable! Qu'il faut se tenir loin de ça comme de la peste!

— Ben voyons! Des peurs qu'on raconte aux enfants!

— Mais il raconte la même chose aux grands, dans ses réunions des Tempérants!

— Écoute : ces grands-là, y' ont pas de contrôle! Y' en prennent pas un peu pour se soigner, y s' font soigner parce qu'y'en prennent trop! Pas pareil! Eux autres, c'est des alcooliques que la boisson rend malades, moé j' suis un arthritique que l'alcool soigne. Grosse différence!

— J' comprends...

— Pas sûr que tu comprennes vraiment, dit-il en se penchant sur moi. Tu n'as pas l'air de me croire...

— Ben oui! Je vous crois, grand-p'pa!

— Tu penses que je te raconte ça pour me justifier, hein?

— Non!

— Oui, tu le penses! fulmine-t-il. Ça se lit dans ta face, même à travers les piqûres de mouches. Ton pére t'a tellement parlé en mal de l'alcool que tu te méfies de tous ceux qui prennent un verre, même de ton grand-pére!

— C'est pas vrai!

— Oui c'est vrai! Tu me juges! Tu ne peux pas croire que je dise la vérité quand je parle du gin comme d'un remède. Pour toé, je bois pour le plaisir, point final! Ça prend des preuves pour te convaincre du contraire. Ça t'en prend parce que t'es jeune pis que tu connais rien, pis que t'es boquée comme saint Thomas. Ben attends! J' vais te mettre les doigts dans les trous!

D'un pas chargé de colère, il se rend à la chambre. Je ravale encore ce goût de marécage qui remonte à ma bouche et j'attends, inquiète. Le vieux réapparaît, une bouteille plate à la main. Il s'arrête à l'armoire, prend un verre, l'emplit aux trois quarts à la pompe et s'amène.

— Tu vois ça? dit-il en agitant la bouteille plate. Ça, ça s'appelle un flask! Regarde comme il faut.

Il me colle la bouteille sur le nez et appuie assez pour me faire mal. Je grimace.

— Tu l'as vu comme il faut? dit-il en enlevant le flask.

— Oui, grand-p'pa...

— As-tu eu peur?

— Mais non...

— Ça ne saute pas sur le monde l'alcool, hein?

— Non...

— Astheure, tu vas voir que ça ne le tue pas non plus! Prends la bouteille.

Juste l'idée de tenir la chose me met dans tous mes états. Si papa savait ça! J'avance craintivement la main.

— Envoye, hostie! Débouche, grouille!

Je dévisse le bouchon métallique et je reste là, hébétée, le bouchon dans une main et le flask dans l'autre.

— Qu'est-ce que t'attends maintenant? Vide!

Le verre d'eau se rapproche de moi. Je suis si mal à l'aise...

— Envoye! Mets du gin!

Je commence à verser, tout doucement, tandis que le vieux soupire d'impatience.

— O.K.! dit-il en retirant le verre. Enough is enough! Rebouche le flask.

Je me dépêche d'enfermer cette odeur nauséabonde. Pendant ce temps, je vois le vieux qui plonge son index dans le verre et se met à mélanger. Washh! Son ongle est si sale que même sans lunettes, je distingue la ligne de crasse noire qui se promène dans le liquide grossissant. Comment va-t-il faire pour boire ça?

Après quelques tours, il sort son doigt et le suce.

La chair est blanchie, décapée.

— Sors ton pied de la bassine! dit-il.

J'obéis.

— Lève!

Je remonte mon pied dégoulinant jusqu'à la hauteur de sa ceinture en prenant garde de ne pas mouiller le vieux. Il avance la main vers mon orteil.

— Attention, grand-p'pa! Touchez pas trop fort!

Il place le pouce et l'index en forme de pince ouverte et referme sur mon orteil.

— Ayoye! Grand-p'pa! Ayoye!

Je fais tout pour ne pas le fesser de ma jambe libre pendant qu'il maintient la pression en me regardant droit dans les yeux.

— Fait mal en hostie, hein?

— Ouiiiiiiiiiii!... dis-je en me tordant de douleur.

— Fait vraiment mal?

— Aouuuuu!...

— Parfait! dit-il en lâchant prise. Avale ça astheure! D'une traite! Sinon j'te r'pogne l'orteil!

Tout pour qu'il ne recommence pas. J'accroche le verre et je le cale. Chaque fois que j'avale, l'envie de vomir grandit. Mais je résiste et noie le reflux à grandes gorgées de gin. Je suis pourrie! Comme les alcooliques que mon père soigne. Je n'aime pas mais je bois quand même, comme eux, exactement comme eux!

Le fond du verre arrive et je me sens partir, emportée par les vapeurs qui montent à l'intérieur de mon corps. Je suis chaude comme une fournaise. Mon estomac fait des tours et la peau de mes joues pétille comme un œuf dans la poêle.

— Je... je suis malade, grand-p'pa...

— Nan! T'es pas malade! T'es mieux! dit-il en m'enlevant le verre et le flask. Debout!

Je me lève aussitôt en me disant que mon estomac supportera mieux si je suis à la verticale.

— Tu vois?

Je ravale, prends une grande respiration, et une autre. Je marche un peu pour faire descendre.

— Tu vois! répète le vieux en me regardant passer, t'as plus mal à l'orteil pantoute!

C'est vrai! J'avais pas réalisé. J'ai tellement mal ailleurs que j'en ai oublié mon orteil.

— Vous avez raison, grand-p'pa! J'ai plus mal.

— Certain! Pis plus ça va aller, plus le médicament va faire son effet. Non seulement ça calme la douleur : ça gèle jusqu'à l'idée que tu puisses avoir mal. Ça peut même te faire dormir, ma fille!

— Ben... surprenant!

— Tu vois que j'avais pas menti! dit-il en allant à la pompe. L'affaire, c'est que plus on est gros pis fort, plus ça prend de gin pour se soigner. Ça va au poids c't'affaire-là, au poids pis au mal qu'on a, ben entendu!

Sur cette démonstration dont il est visiblement fier,

le vieux revient s'asseoir à table et comble son verre, moitié eau, moitié gin.

— À la santé des malades! lance-t-il avant de boire.

Je souris et retourne m'asseoir derrière lui, sur le coin du lit. Je n'ai plus mal mais... j'ai chaud et ça travaille à l'accéléré dans mon estomac.

— C'est normal que mon ventre gargouille beaucoup, grand-p'pa?

— Ouais... ça agit! Dans que'ques minutes, tout va se tasser pis tu vas ben filer. Étends-toé un peu.

— J'aime pas dormir!

— J't'ai pas d'mandé si t'aimais ça, j't'ai dit de te coucher. C'est qui l'docteur icitte?

Dormir! Je n'ai pas son âge, moi, pour être fatiguée à quatre heures de l'après-midi! Je ne pourrai jamais garder les yeux fermés. Je m'étends quand même puisque je n'ai pas le choix.

— Bon! dit-il, satisfait. Pendant que tu te reposes, je vais aller pêcher sur le quai. Il fait moins chaud, ça devrait être restable.

— Vous voulez que j'aille vous chercher des vers dans la boîte?

— J'ai dit de dormir! J'suis pas infirme; capable d'aller au hangar tout seul, baptême! Ferme tes spots!

Fermer les yeux, c'est déjà difficile, les fermer pendant que le vieux se promène sur le quai, c'est impossible! Je me soulève sur les coudes et je le surveille. Il sort et va directement au hangar. J'entends la porte qui grince. J'attends. Il doit être penché sur la boîte à beurre en train de fouiller avec ses gros doigts. Avec cette chaleur, les vers cherchent la fraîche et ils sont logés profondément dans la terre. Je suis certaine que le vieux sacre en essayant de les sortir sans les casser. Pauvre bonhomme! Je vais... Oups!... j'allais me lever mais... j'ai eu comme un étourdissement, là... une petite faiblesse. Je pense que... je suis mieux de rester allongée.

Le silence dure à l'extérieur. À part les hirondelles qui se chicanent, rien! Le vieux est peut-être en train de les faire étriver, caché sur le côté du chalet. Ça doit être ça qui se passe : il s'amuse à faire choquer les hirondelles. Elles le haïssent sans bon sens. Il leur a construit une énorme cabane à quatre trous qu'il a plantée au bout d'un piquet, juste devant le chalet. Je trouvais que son geste était plein de bonté quand il a fait ça; j'ai changé d'avis. Au fond, c'est pour mieux exercer une méchanceté gratuite qu'il fournit l'abri aux hirondelles. Les pauvres oiseaux sont des bebelles vivantes pour le bonhomme. Il les rend folles en brassant la cabane ou en faisant semblant de vouloir entrer sa main dans les trous de niche. Elles crient, piquent sur lui, font tout pour essayer de l'impressionner. Le vieux jubile à chaque esclandre des oiseaux. Ensuite il les insulte, les traite de beautés pas de cervelle, leur dit qu'il peut les écrapoutir rien que d'un doigt s'il veut. Il essaie de cracher dessus quand elles passent. Il se fabrique des lassos pour les attraper au vol! Un vrai bébé!

Si nous autres on faisait ça, on se ferait ramasser à coups de pied au cul par le vieux. Parce que lui a le droit de niaiser, mais pas nous : ce sont « ses » hirondelles! C'est lui qui les loge, lui qui les nourrit, et personne d'autre que lui n'a le droit de leur gâcher la vie.

Le vieux apparaît dans la moustiquaire, aussi silencieux qu'un voleur, sa boîte de vers entre les doigts. Il joue à l'espion. Je suis certaine qu'il a laissé la porte du hangar ouverte pour ne pas faire de bruit. Vieux fou!

— Psst!

Je réponds ou pas?

— Psst!

— Oui, grand-p'pa!

— Dors, hostie!

J'savais qu'il dirait ça! Il s'en va vers le quai. Je me soulève pour le suivre. Ça tourne! La faiblesse ne m'a pas lâchée. Même que j'ai de plus en plus de mal à bouger sans que les choses bougent autour. Ma langue est pâteuse et ma vue, qui d'ordinaire est double sans mes lunettes, semble multiplier les formes par quatre. Ça donne mal au cœur. Tout s'embrouille. J'essaie de me concentrer.

Au loin, sur le quai zigzaguant, je vois quatre bonshommes valser et disparaître dans la grande chaise : lequel est le bon? J'sais pas trop... en tout cas, il y en a forcément un... puis il est assis... comme les autres... et plus personne ne bouge... c'est le principal... je me recouche.

Vous, grand-p'pa, vous restez tranquille... restez comme ça... quelques minutes... le temps que je ferme un peu mes yeux... ils me font mal... je ne vais pas dormir... non... promis... faut que je vous guette... au cas!... Je vous guette... pas de problème... les paupières baissées... mais je vous guette quand même... je guette... ouais... faut que je... vous... guet... te...eee...

XVII

La vieille chaloupe verte glisse sur l'eau noire.
Le bonhomme est assis au centre. Il rame.
Le ciel est d'encre mais sans étoiles, déserté. Aucun son
non plus, seulement un silence inquiétant.
Assise sur la pince, je regarde travailler mon grand-père.
Devant lui, un réveille-matin est posé qui nous éclaire
d'une lumière étrange, bleutée.

Chaque fois que le bonhomme se penche pour ramener les
rames, son nez se retrouve collé au réveille-matin qui semble
lui donner l'ordre de continuer.

Il fait extrêmement chaud. Mes cheveux sont collants et
l'eau coule dans mon dos.

Je regarde mes mains : des bulles se forment sous la peau!
Je suis en train de fondre!

Je reviens au vieux pour l'avertir : il n'est plus là... Les
deux talais sont abandonnés. Je me penche sur l'eau de
chaque côté, rien, rien que les palettes des talais qui se
consument dans le lac crépitant.

Je vais lancer un cri lorsque le réveille-matin se met à
sonner comme un gong fêlé.

Le gong cogne, mes oreilles bourdonnent, ma tête est
pleine et j'avale une salive épaisse.

Sous mes pieds, plus de plancher, mais un fond de braise
qui monte lentement vers moi en mangeant les bords de la
chaloupe. Je soulève les jambes et me recroqueville.

La braise se transforme en plaie béante et un bras poilu
surgit des entrailles du lac. Il m'attrape et tire. Je crie :
« Non! Ne tirez pas! Ne tirez pas! Ne tirez pas!

— Aïe! la pitoune! Réveille!

J'ouvre les yeux. Le vieux est assis à table et il
m'agite le pied. Je refais lentement surface. Quel cau-

chemar horrible! Tellement, que je suis contente de revoir le grand-père.

— Je pense que je me suis endormie, grand-p'pa.

— À quoi tu rêvais, ciboire, pour dire de « pas tirer » de même?

— Ah!... à rien... je sais plus trop.

— En tout cas, pour dormir, t'as dormi! Y'est sept heures!

— Déjà?

— Ouais! J'ai chauffé le poêle pis le souper est prêt : une grosse catalone au lard salé. Ça, c'est de la cookery! Lève-toé qu'on mange.

Je n'ai pas faim. Mon estomac est barbouillé. Mais il faut honorer la cuisine du vieux. Je me soulève sur les coudes. Je suis trempée. Il fait une chaleur insupportable dans la pièce. Le bonhomme est fou de chauffer le poêle par une journée pareille.

— Hostie! T'es ben mouillée! dit-il en me regardant.

— Il fait chaud en crime, grand-p'pa...

— Ça va slacker, là! C'était l'attisée du repas. Après, on va juste entretenir pour la nuit.

— Vous ne laisserez pas mourir le poêle?

— J'aime autant pas. Avec mon arthrite...

Je m'assois sur le bord du lit. En posant les pieds par terre, je découvre mon orteil. Il a un bandage!...

— Vous m'avez soignée pendant que je dormais, grand-p'pa? dis-je, épatée.

— Ouais! Pis t'as rien senti.

— Vous êtes fin!

— J'sais toujours pas si t'as une cassure par exemple. Ça fait que... appuie-toé le moins possible sur ton orteil.

— O.K.! Je vais aller mettre la table, dis-je dans un élan de reconnaissance.

En me dressant, le regard toujours fixé sur mon

orteil joliment habillé, je sens une boule descendre dans ma gorge. Non! Je connais trop bien cette sensation déplaisante. C'est pas vrai! Une énorme goutte de sang tombe de mon nez et va s'écraser sur mon beau bandage blanc. Je me rassois aussi sec et j'envoie la tête en arrière.

— Grand-p'pa?

— Que c'est?

Je me sens branleuse, niaiseuse, memére... mais faut que je lui dise.

— Je... je saigne du nez, grand-p'pa...

— Tabarnac! Une autre affaire! dit-il en se levant. Grouille pas.

J'avale le sang qui glisse dans ma gorge. Je déteste ce goût de fer. Le vieux s'amène, deux débarbouillettes grisonnantes et humides à la main.

— Tiens! Mets celle-là sur ton nez pis l'autre en arrière de ta nuque.

— C'est pas drôle, hein, grand-papa? J' vous donne du trouble...

— Recouche-toé astheure, pis respire par la bouche pour laisser une chance au caillot de se former.

— Ça doit être les piqûres de mouches qui font ça...

— Parle pas!

— Ou la chaleur...

— Pince le haut de ton nez pour bloquer les veines.

— Ou l'aspirine...

— Veux-tu te taire!

— Ou le gin... dis-je pour l'achever.

— Hostie que tu m'tombes su'es nerfs! Ouvre ta bouche pis farme ta gueule! J' veux pus te voir bouger un cil. Je retourne m'assire pis j' te watche.

J'acquiesce par un clignement de paupières. Le bonhomme reprend sa place en bout de table. Il s'adosse au mur de la vitrine et me guette de côté, le bras appuyé sur le dossier de sa chaise. Près de lui, son verre et le flask de gin plein. Il le refile sûrement quelque part. Il se verse un demi-verre et ne fait pas de voyage à la pompe pour combler d'eau. Il boit une gorgée pure et grimace.

— Ouais ben... on va retarder le souper, le temps que tu te remettes. De toute façon, j'ai pas plus faim qu'y faut.

Il boit une autre lampée et jette un coup d'œil dehors.

— Maudite belle journée! J'ai quasiment idée d'aller tirer une ligne en face, à l'épinette cassée.

— Vous voulez partir sur le lac? dis-je en levant comme une balle.

— J't'ai dit de ne pas grouiller, hostie! Couche!

Il ne peut pas me faire ça! Je sens le débit sanguin augmenter dans ma gorge.

— Vous aviez dit qu'on irait demain de bonne heure, qu'aujourd'hui ça ne mordrait pas.

— Veux-tu... fermer ton clapet? Y'est pas question de toé dans le voyage. Je parle pour moé! Moé, j'vas à la pêche, toé, tu te reposes icitte.

— Vous allez me laisser toute seule?

— J'vas attendre que t'arrêtes de saigner, là, pis après, je verrai.

Je n'ai pas le choix : je dois saigner jusqu'à ce qu'il fasse assez brun pour que le vieux ne puisse plus partir. Est-ce que j'ai assez de sang pour tenir une heure? Ça devrait! Si je ménage un peu. La dernière fois, quand ma tante Marie-Lise m'a gardée, j'ai saigné de onze heures le soir à deux heures du matin. Ah! Ça ne coulait pas toujours à flots, sauf que, le caillot ne voulait pas tenir et, sitôt que je bougeais, ça repartait. Pauvre Marie-Lise! Elle ne savait plus quoi faire. Tout a fini par s'arranger mais a fallu être patients.

— Ça se place? s'informe le vieux.

— Non! Ça coule beaucoup.

Il vide son verre et se lève. Son équilibre est douteux, assez pour qu'il se ravise.

— Oups!... Je pense que j'vas attendre un peu.

Il se relève en s'aidant à même le poteau du bed.

— Voyons! peste-t-il en flagellant sa jambe droite. Maudite patte en guenille! Veux-tu ben suivre? Il contourne mon lit et vient se planter devant moi.

— J'vas te bloquer ça, ces veines-là, moé! Enlève ta main! Tu péses pas assez fort.

Il rabat son poing fermé sur mon visage et me coince le nez entre son index et son majeur, comme s'il s'apprêtait à l'arracher. Il appuie et serre en même temps. Ses grosses jointures s'enfoncent dans mes yeux. Ça fait mal! Au bout de quelques secondes, c'est tout mon cerveau qui s'engourdit. Je me sens partir.

— Je vais perdre la carte, grand-p'pa!

Il retire son poing et me regarde.

— C'est vrai que t'es blême en pas pour rire! Respire, là! Par la bouche!

Je prends une grande bouffée d'air chaud.

— Ça va mieux, grand-p'pa...

— Assis-toé pour voir.

Je me dresse et je déglutis de toute la force de mon gosier. Le blocus naissant, tiraillé à mort, cède. Mon nez se vide par en dedans et le caillot dévale ma gorge.

— Vas-y voir! Ôte la débarbouillette, demande le vieux.

— J'peux pas!

— Envoye! Certain que tu saignes pus!

— J'vous aurai averti...

Je décolle lentement la débarbouillette de mon nez en prenant bien garde de la conserver en position de réservoir. La marée rouge apparaît instantanément, se répandant en abondance dans ma main.

— R'mets-moé ça tu-suite, hostie de crisse! crie le vieux. Tu saignes comme un bœuf!

Je replaque la débarbouillette maculée sous mes narines et je me couche.

— Je vous l'avais dit, grand-p'pa!

— Ouais... ben continue de pincer le haut de ton nez. Moé je r'tourne m'assire.

Il s'en va, chambranlant, longeant le bed pour maintenir son équilibre. Arrivé au bout du lit, il attrape le poteau, fait une pause, tourne à angle droit et va rejoindre sa chaise; il se laisse pratiquement tomber dessus. Sous le choc, l'arrière de sa tête heurte le mur. Aucune réaction. Il emplit son verre, boit, puis regarde à nouveau par la vitrine. Il se met à parler, peut-être pour moi, peut-être pour lui-même, je ne sais pas, j'écoute.

— Hostie que le lac est beau! De l'huile... pas un semblant de vent, pas un frisson. Ça va bouillonner à soir! Les mouches vont sortir du bois. Y vont aller s'promener à fleur d'eau. La truite va commencer à sauter à la hauteur de la pointe de sable pour les pogner. J'cré que j'vas rester ben assis su'l'quai pour voir ça. Mes jambes ont pas l'air de filer pour aller loin. J'vas plutôt faire un bon feu de croûtes pis saprer d'la mousse humide par-dessus pour avoir la paix des mouches. Après, j'vas r'garder descendre le soleil derrière les montagnes en pensant à mes vieux péchés. Ouais! C'est d'même que va virer ma veillée! Pour les fois où j'peux voir du beau, hostie! Qu'est-ce t'en penses, ma poulette?

— Vous avez bien raison, grand-p'pa!

Ça c'est une bonne idée! Je respire par la bouche et je pince sérieusement pour en finir avec ce maudit sang qui coule. Je vais y arriver, je vais y arriver, je suis capable, je suis capable... Je me concentre, mais j'ai mal à la tête et j'ai tellement chaud!

Le vieux s'allume une cigarette.

— Pis? Ça slack? demande-t-il entre deux roulements de toux.

— Ça s'en vient, là...

174

— En attendant, j'vas aller partir mon feu sur la galerie.

— Attendez-moi un peu. J'irai vous charrier la croûte.

— T'occcupe!

Il appuie sa grosse paluche sur la table et se soulève.

— Allez pas au hangar pour rien, grand-p'pa... Prenez le petit bois que p'pa a rentré.

— Ouais... t'as ben raison! répond-il en se dirigeant vers le poêle.

Il traîne les pieds jusqu'à la boîte à bois, se penche dessus et fait l'inventaire.

— Trop gros! Trop gros! Trop gros!

Les bûches défilent, jamais correctes.

— Pourtant, on avait mis du bois d'allumage avec papa!

— Ouais! J'sais ben! Mais j'en ai passé un bon paquet tantôt. Va falloir aller au hangar, lance-t-il en se redressant.

— J'y vais, grand-p'pa!

— Toé! Tu grouilles pas de d'là! dit-il en levant le bras dans ma direction.

Ce bras retombe aussi lourd qu'une bûche et accroche au passage la poignée du rond de poêle. Le rond de fonte est propulsé dans les airs et il va atterrir sur le plancher, trois pieds plus loin. Le vieux prend les nerfs.

— Viens ramasser ça, tabarnac! Ça va tout brûler le plancher!

Je lève carré. Ça pue le caoutchouc dans le chalet.

— La poignée, grand-p'pa! Où est allée la poignée?

— Occupe-toé pas d'la poignée, crisse! Pogne le rond!

Il me garroche la grosse guenille qui est dans la tête du poêle. Je la prends à deux mains et je la jette sur le rond fumant.

— Envoye! Qu'est-ce que t'attends? Prends le rond avec ta guenille.

— O.K.!

Je soulève un peu du bout des doigts en prenant bien garde de ne pas me brûler.

— Pas de même, hostie! Envoye! Arrache!

J'arrache! Le rond vient et la douleur aussi. Faut que je lâche tout. Ça cuit trop. Je laisse tomber le rond six pouces plus loin.

— Saint-chrème! R'pogne ça tu-suite!

En me baissant pour le rattraper, je vois la poignée, par terre sous le poêle. Je m'étire et la récupère.

— Qu'est-ce tu fais, tabarnac?

— J'ai retrouvé la poignée!

— Crisse-la dans le trou pis lève.

Je fais le plus vite que je peux mais je vois mal et je dérape à côté de l'encavure.

— Tabarnac de branleuse!

Je me reprends en catastrophe. Cette fois, la poignée se coince solidement dans les griffes de fonte. Je pars avec le rond, doucement, jusqu'au poêle. Je le dépose sur le trou béant et je regarde mon grand-père.

— Ouf!... On a été chanceux de ne pas le fendre, hein, grand-papa?

— Baptême! T'appelles ça chanceux? R'garde-moé les deux spots su'l beau prélart de ta tante. On va s'faire tuer! Va chercher la carpette à côté de mon lit pis crisse-la sus not' dégât!

— Ça changera pas grand-chose, grand-p'pa...

— Tais-toé! Hostie de mitaine! Si t'avais pas été si infirme, y aurait juste une marque. Fallait que tu manques ton coup pis que t'en fasses deux. T'es pas plus fiable qu'un chat! Envoye! Va chercher la carpette! Pis un coup deboutte, va prendre d'la croûte au garage.

— Oui, grand-p'pa...

Je marche sur le talon jusqu'à sa chambre et je

reviens avec le tapis : crotté des deux bords, c'est un scandale de forme ovale tissé en gros brin de nylon rose et bleu. Je m'apprête à le poser sur les deux cercles bruns imprimés dans le prélart jaunasse.

— Pis non! dit le vieux en s'amenant à travers la pièce.

Il passe à côté de moi en s'appuyant sur mon épaule, regagne sa chaise et conclut :

— Non! Ça servirait à rien. Ça saute ben trop aux yeux! Va r'mettre ma belle carpette où elle était.

Je retourne la ranger à sa place et je vais prendre mes bottes.

— Qu'est-ce tu fais?

— Je vais vous chercher de la croûte.

— Laisse faire ça aussi! dit-il en se versant du gin. On verra plus tard. Pis? Ton nez?

— Tout est beau! Faut juste que je ne bouge pas trop, au cas...

Je vais ramasser ma débarbouillette pleine de sang qui traîne sur le lit, je la rince et je la suspends à la barre de l'évier.

— Voulez-vous qu'on mange maintenant, grand-p'pa?

— Vas-y, toé. Moé j'ai pas faim.

— Vous êtes malade? dis-je en mettant mon couvert.

— Non...

— Vous êtes fatigué?

— Non...

— Vous êtes fâché?

— Non! J'chus saoul, hostie! T'es pas assez intelligente pour voir ça?

Sa réponse me surprend. Il est saoul? Je ne sais pas ce que c'est, moi, un homme saoul... Je n'en ai jamais vu dans la vraie vie, seulement à la télévision.

Je mets les mitaines d'amiante de l'Alcan qui sont sur la tête du poêle et j'ouvre le four.

177

— Lâche pas le... le...

— Le panneau?

— Ouais! Faut le r'tenir, y a pus d'arrête-toé.

— O.K., grand-p'pa!

J'accote le panneau sur mes cuisses et je sors la catalone au lard salé. C'est une omelette qui monte aussi haut qu'un gâteau. C'est compact, juteux et salé à mort. J'adore ça. Je referme le four avec précaution et je me sers une bonne part.

— Elle est belle votre catalone, grand-p'pa! dis-je en m'asseyant.

Le vieux sirote son remède. Ses yeux sont pleins de petites veines rouges et ses gestes mal assurés. Si c'est ça un homme saoul, c'est pas beau. On dirait qu'il gonfle de la face comme un crapaud...

— Je prendrais bien un Pepsi avec ça, grand-p'pa.

— T'es pas amanchée pour te promener jusqu'à la cuve.

— Je suis capable, en faisant attention.

— C'est de faire attention que t'es pas capable!

— S'il vous plaît, grand-p'pa! J'ai tellement soif...

— Vas-y don'! Fatiquante! Après, tu te lament'ras que t'as mal au pied, pis mal à' tête, pis chaud, pis tu r'saigneras pour me donner d'la misère. Ben content de t'avoir montée icitte! T'es d'agrément, c'est pas disable.

Il a la bouche pâteuse et le ton ramolli. Fait pitié. Mais j'ai soif et s'il a le droit de boire, moi aussi.

— Ça va me prendre deux minutes, grand-p'pa. Après, je ne bouge plus de la veillée, je ne vous donne plus de troubles, promis juré.

— C'est ça! Deux menutes! dit-il en vidant le reste de son flask dans le verre poisseux. De toute façon, deux menutes, deux heures... m'en sacre! Couche dans'a'glacière si tu veux. L'principal, c'est que tu me crisses la paix.

Il avale une rasade et dépose violemment son verre.

— Envoye! Décolle!

Je ne remercie pas. J'enfile mes bottes sans demander mon reste et je sors. Mon orteil est moins douloureux qu'avant. Avec tout ce que j'ai pris, j'imagine que c'est normal. Je monte à la cuve sans trop de problème, j'attrape deux Pepsi frais et je redescends prudemment. J'aurai de quoi boire pour la soirée. En arrivant sur la galerie du vieux, j'ouvre le cole et je mets une bouteille dedans. J'entre. Le vieux n'est plus à table...

— Grand-p'pa?

Pas de réponse. Je vais à l'évier déboucher mon Pepsi.

— Grand-p'pa?

— Veux-tu me saprer patience! répond-il du fond de son antre.

Je prends une bonne gorgée de liqueur et je vais m'asseoir. Si le vieux pouvait se canter et dormir jusqu'à demain, ça ferait mon affaire. Je goûte l'omelette. Très bonne. Mais ce serait meilleur avec...

— Je peux prendre du pain pis du baloné, grand-p'pa?

— Ouan...

Un aller-retour au cole. Je me réinstalle. J'ai le nez tout croûté. C'est agaçant. Je manque d'air quand je mange. Puis il y a la chaleur et... le vieux qui fricote dans son trou. Je ne suis pas tranquille.

— Grand-p'pa?

— Crisse que ça va mal! dit-il en apparaissant dans le cadre de porte, une grosse bouteille à la main.

Il frotte son pantalon à la hauteur de... ben... de ce qui fait que c'est un grand-père plutôt qu'une grand-mère. Je mets la tête dans mon assiette. C'est terriblement gênant de penser que son grand-père a une...

— Me sus' renversé du gin dans a' fourche, hostie!

Au prix que ça coûte! Pis c'est d'ta faute, ajoute-t-il en venant s'asseoir.

— De ma faute?

— Ouais. Si t'étais pas si bavasseuse, j'aurais pas besoin de remplir mon flask en cachette dans le fond de ma chambre, à la noirceur. Au lieu de ça, je mettrais ma grosse bouteille direct su'a table, comme ça! dit-il en la déposant lourdement. Pis j' boirais tranquille! Mais j' peux pas prendre de chance avec toé!

— Comment ça?

— Sitôt redescendue en ville, tu vas me vendre! Tu vas colporter à ta mére que ton grand-pére a bu une grosse bouteille d'alcool.

— Pis... qu'est-ce que ça fait?

— Ça fait que ton pére va être ben fâché après moé...

— Ah ouais?

— Ouais.

— C'est si grave que ça?

— Pour ton pére, y a rien de plus grave.

— Je ne dirai rien, grand-p'pa.

— Tu peux promettre ça?

— Oui! Promis!

— Diguidou d'abord! dit-il en ouvrant la bouteille. C'est juste que j'voulais être certain que c'qui s'passe icitte, entre toé pis moé, ça aille pas plus loin qu'icitte, entre toé pis moé. C'est un voyage de chums qu'on fait, pis les chums, ça s'trahit pas. C'est une loi ben importante.

— O.K., grand-p'pa!

— Le souper est bon?

— Oui, très bon.

— Ben le gin aussi! clame-t-il en levant son verre plein. Santé!

Je lève mon Pepsi et je l'accompagne. Moi, je n'ai rien contre l'alcool si ça rend le vieux de bonne humeur.

Je termine tranquillement mon repas tandis que le bonhomme me raconte ses plus beaux souvenirs de pêche. Il est heureux, bavard, souriant. Il a tendance à chercher ses mots et à radoter un peu mais, ça ne me dérange pas trop... en tout cas pas au début. Le problème, c'est que ça dure.

Au bout d'une heure, la brunante s'installe et le vieux continue toujours, avec insistance. Je n'ai pas le choix de l'écouter. Il est presque couché sur la table pour me parler entre quat'z'yeux. Je reçois des pétillons de bave que j'essuie en faisant semblant de me gratter. Ça devient pénible. Falloir que je réagisse. Le vieux questionne :

— J't'ai pas raconté la fois du lac Patrick avec ton oncle?

— Je pense que oui, grand-p'pa.

— Ça s'peut! dit-il en prenant une gorgée. On avait ben failli perdre une chaloupe à c'voyage-là...

— Non, grand-p'pa... Cette fois-là, c'est la pine du moteur que vous aviez cassée.

— C'est-y vrai? dit-il en fronçant les sourcils. J's'rais mêlé? Ça s'peut! J'vas me r'vider un verre pour m'éclaircir les idées.

Il fait le plein et revient à la charge.

— Le plus beau, c'est la fois du lac Alphonse avec ton pére, quand la calvette avait défoncé!

— Vous n'étiez pas avec papa cette fois-là...

— Qu'est-ce tu dis là, toé?

— Vous étiez avec mon oncle Bertrand.

— Cout'don tabarnac! C't-y toé qu'y as fait les voyages?

— Non mais... vous me l'avez déjà conté... tantôt... dis-je en baissant les yeux.

— Tu veux-t-y dire que j'radote?

— Non! Non!

— Ça t'intéresse pas d'm'écouter, hein? Dis-le don'!

— Pas vrai! J'aime ça!

— Arrête de m'prendre pour une valise, hostie de menteuse, dit-il en écumant. Ramasse tes cochonneries pis ôte-toé de d'vant ma face!

En disant ça, il étire le bras et balaie tout ce qui se trouve devant moi. Bouteille de Pepsi, assiette, ustensiles, tout y passe. Je n'ai que le temps de me pousser.

— J'm'excuse, grand-p'pa! Je ne voulais pas vous choquer!

— Ramasse, hostie! Ça t'apprendra à m'insulter!

— Pardon, grand-p'pa...

Je fais le ménage tout en surveillant le vieux. L'ampleur de son mouvement de colère m'inquiète. D'habitude, quand il s'emporte, il a des gestes secs, brusques, comme des spasmes de rage. Là, c'est différent. C'est tout son corps qui participe, un genre d'abandon à la méchanceté, sans retenue aucune, comme si sa raison était endormie.

Je voyage entre l'évier, la poubelle et le cole. Je n'ai pas vraiment d'ordre dans les idées. Le vieux me rend nerveuse et me fait perdre mes moyens. Finalement, je décide de faire la vaisselle pour me tenir loin de lui un bout de temps.

Il boit sans rien dire, les yeux braqués sur moi. C'est pas normal. Pourquoi ne me lâche-t-il pas? On dirait qu'il m'attend. Je prends mon temps. Je lave et essuie trois fois plutôt qu'une. Puis, je frotte l'évier à l'Ajax, j'astique le comptoir, je décrotte les panneaux d'armoire et finalement je suis obligée de m'avouer vaincue : je n'ai plus rien à faire. Je me tourne vers le vieux et j'ose le regarder dans les yeux. Il n'a pas changé d'expression : tout son visage m'en veut. Il attaque.

— T'as fini d'te charcher d'l'ouvrage?

— Ben... faut garder le chalet propre, dis-je en tordant ma guenille.

— T'aimes pas ça être avec moé, hein?

Je ne m'attendais pas à ça. Je n'ai pas de réponse. Il insiste.

— Hein, que tu l'haïs, ton hostie d'vieux grand-pére?

— Dites pas ça, grand-p'pa. Je ne vous hais pas. C'est pas vrai! Je vous aime.

J'avance vers lui pour prouver que je suis sincère. Je le fixe avec mon regard de myope égarée. Il se produit alors un phénomène déconcertant. Le mauvais visage du bonhomme s'affaisse trait par trait et la charpente de la colère s'écroule pour laisser place à un paysage de tristesse où deux grosses larmes venues de je ne sais où se mettent à glisser dans les profonds sillons qui creusent la figure du vieux : il pleure...

Je ne sais pas quoi faire! Je me tortille les mains, j'avale, je regarde au plafond, je balaie le plancher avec mon pied. Maudit que c'est embêtant!

Le vieux renifle et se torche les yeux du revers de la main. Il ne sait même pas comment on essuie des larmes. Le roc se transforme en petit tas de sable devant moi et je ne peux rien faire.

— Voulez-vous des kleenex, grand-p'pa?

Il fait non de la tête et sort un grand mouchoir de sa poche. Il se mouche un bon coup et se redresse sur sa chaise.

— Assis-toé, ma fille, dit-il en attrapant ses cigarettes.

La boucane monte au-dessus de lui, épaisse, jaunâtre. Le vieux prend touche sur touche. C'est comme ça qu'il se remet. Moi, j'ai la gorge serrée et les yeux douloureux. À mesure que le vieux exhale son brouillard dans la pièce, je me rembrunis de l'intérieur. Je me sens comme le jour qui tombe dehors, abandonnée par mon soleil. Je perds ma lumière. Je suis triste.

— Grand-p'pa?

— Han?

— J'm'ex... cu... se... dis-je à travers un hoquet se-couant.

Sitôt, ma peine jaillit, aussi noire et violente qu'un geyser de pétrole, une peine opaque, une peine sale de petite fille sale qui a fait du mal à son grand-père.

— Ben voyons! dit le vieux en écrasant son mégot. Arrête-moé ça tu-suite!

— J'peux pas! dis-je en explosant.

— Slack le déluge! Pourquoi tu brailles de même?

— Parce que vous pensez que je ne vous aime pas... pis parce que vous avez pleuré à cause de moi...

— Écoute, c'qu'y fait dégoutter mes yeux, c'est pas de penser que tu m'haïs, c'est de voir que tu m'aimes. J'ai prêché le faux pour avoir la vérité. L'affaire qu'y a c'est que... la vérité était tellement ben écrite dans ta face que j'ai fondu.

Ses explications tiennent, mais je pleure quand même, je ne sais pas pourquoi, ça fait du bien. En ville, à moins d'avoir une volée, je ne pleure jamais. Ça doit me manquer!

— Si on faisait une petite partie de cartes! propose le vieux. Ça nous remettrait en place tous les deux.

— O.K., grand-p'pa!

Il étire le bras et prend le jeu sur la tablette de la fenêtre. Sa grosse bouteille de gin est à moitié pleine. Il la pousse le long du mur pour nous faire de la place et en profite pour emplir son verre. Il a du mal à s'ajuster. Sa main est tremblante et la bouteille tinte sur le verre.

— Ça va comme vous voulez, grand-p'pa? dis-je en le regardant verser.

— Ouais! Pas de trouble! répond-il en refermant le gin. À quoi tu veux jouer?

Je le regarde ouvrir la boîte de cartes. Elle est en carton, toute jaunie, tachée de café et de gras. Les doigts du vieux malmènent le rabat déjà mal en point.

— Passez-moi la boîte, grand-p'pa, je vais vous l'ouvrir.

— Laisse faire, j'vas y régler son problème une bonne fois pour toutes, tu vas voir.

Il éventre la boîte et lance le carton massacré sur la table.

— Va me crisser ça dans l'poêle!

Je fais ce qu'il me dit tandis qu'il commence à brasser. Du poêle, j'entends le bruit des cartes qui glissent les unes contre les autres. De temps à autre, ça accroche; les coins sont tellement racornis.

Je mets le carton au feu. Il flambe aussitôt, bouffé par la braise qui se jette sur lui comme une affamée. Terrible, le feu! La hantise de mon père. À la maison, papa est toujours aux aguets. Au moment de se coucher, il fait le tour de toutes les pièces, renifle dans chacune pour détecter des odeurs anormales et referme méticuleusement les portes en laissant à chacune le même entrebâillement. Sa dernière station est pour la cuisine. Il fait glisser la clé du poêle pour ajuster le tirant d'air, touche le tuyau, tend l'oreille, puis erre dans la cuisine en fumant une cigarette, comme si aller au lit était un risque qu'il hésitait à prendre. S'il pouvait, je suis certaine qu'il ne dormirait jamais, qu'il serait sans cesse là, à surveiller que rien de dramatique n'arrive à sa famille. Je vis les mêmes angoisses que lui. Moi et papa, on est pareils : quand tout va bien, on s'attend toujours au pire.

Je reviens m'asseoir avec le vieux. Il n'a pas arrêté de mélanger son jeu de cartes. Il a mis ses grosses lunettes à monture noire, ce qui lui donne un air très sérieux. La tête penchée sur ses mains, il demande :

— À quoi tu veux jouer, ma fille?

— Bien, c'est comme vous voulez.

— C'est plutôt comme tu peux, dit-il en me regardant au-dessus de ses lunettes. Moé, les jeux de cartes, j'les connais tous. Pas sûr que ce soit ton cas.

— J'en sais plusieurs! Chez nous, ça joue souvent le soir. Y a plein d'amis de papa et maman qui viennent.

— J'sais ça! J'reste en haut... Une vraie gang d'énarvés!

— Oui! dis-je, enthousiaste. Je les regarde toute la veillée et j'apprends. Papa me montre des affaires en masse, mais seulement quand il a du jeu. Quand ça va mal, il me dit de passer de la liqueur, de remplir les plats de chips, de déboucher un sac de pinottes ou d'amener des petits chocolats rosettes. Je fais tout ça! Ça ne me dérange pas. Tant que je peux rester debout, il n'y a rien qui me dérange. J'aime l'atmosphère de la maison quand les adultes jouent.

— As-tu fini de me conter ta vie, là?

— Oui, grand-p'pa... ex...

— M'en crisse-tu, moé, des sacs de pinottes que vous mangez en bas! Même pas le cœur de m'appeler pour que je descende.

Je crois que j'ai touché « une corde sensible », comme dirait maman. Les cartes ne font qu'un tour entre les mains agitées du vieux.

— Vous aimeriez venir jouer quand il y a de la visite?

— Pantoute! répond-il en plaquant le jeu sur la table.

Je sursaute et recule un brin sur ma chaise. Le bonhomme empoigne son verre de gin et enfile une grande rasade. Il continue.

— Ça devrait me faire que'que chose que l'monde s'amuse en d'sous de moé, pendant que j'me prends l'cul en haut? Hein? Ça m'dérange pas une miette! J'aime ben mieux r'garder bouder ta grand-mére toute la veillée, voyons donc! achève-t-il avec un sourire plein d'ironie.

— Moi, je vous inviterais si je le pouvais, grand-p'pa, dis-je pour sympathiser.

— Peut, peut pas, tu f'rais comme les autres. Les vieux, passé sept heures le soir, personne a envie de les voir. On s'fait coucher de force, comme des enfants. Semblerait qu'on est fatiqués, qu'y faut s'ménager! Parce qu'on est importants, qu'y disent, pis que le jour où on y s'ra pus, ça va faire un ben grand trou! Tu parles! Le seul trou que ça va faire, y'est mesuré d'avance au cimetière, pis laisse-moé te dire qu'y'est pas grand ni profond. Avec les moyens que j'ai... J'vas être à fleur de terre, la pelouse collée dans le front! Quand tu vas v'nir me voir, si jamais l'idée t'en prend, pas besoin de crier!

Il part d'un rire aussi faux que triste et boit. Il me fait pitié. Je ne sais pas quoi dire. Papa me répète tous les jours que, quand on n'a rien à dire, on se tait. Alors... Le vieux me regarde, les yeux mouillés.

— Pis? Tu m'as toujours pas dit à quoi tu voulais qu'on joue!

— On pourrait se faire une petite poule découverte... si vous aimez ça...

— C'est une idée! Laisse-go! dit-il en me passant le paquet de cartes. Enlève les basses.

Je trie. Je n'avais pas réfléchi à ça mais, sans mes lunettes, ce n'est pas facile. Je dois rapprocher les cartes de mes yeux pour voir correctement.

— Tu gardes juste les cartes du sept à l'as, hein!

Je fais signe que oui sans m'interrompre.

— Pis t'en oublies pas surtout! Pas envie qu'on rebrasse.

Je continue tout en acquiesçant.

— Si y a d'quoi qui m'enrage, c'est ben une fausse donne. Ça arrive juste quand j'ai les mains pleines, hostie!

J'essaie de me concentrer. Son regard pèse sur moi, son impatience aussi.

— Cou'donc... j'te r'garde, là... on peut pas dire que t'es ben vite!

— C'est parce que je n'ai pas mes lunettes, grand-p'pa...

— Voyons don'! T'es pas si aveugle que ça! Dis plutôt que t'as pas la twist comme ton grand-pére! ajoute-t-il en exhibant son poignet.

On jurerait mon père. Jamais un mot pour encourager. Toujours des commentaires choquants : pas assez bonne, pas assez vite. Avec eux autres, le temps d'apprendre, ça n'existe pas. On vient au monde intelligent ou cave. Si tu es cave, tu marches à coups de pied dans le cul, parce que ça sert à rien d'essayer de te montrer; si tu es intelligent, c'est écrit « grouille! » Fais tout ce qu'on te demande, pis vite!

C'est la façon de faire dans ma famille, la méthode des hommes, bien sûr, parce que les femmes ne réagissent pas comme ça. Non! Les femmes sont compréhensives avec les enfants. Elles prennent leur temps et nous laissent le nôtre. Elles nous accompagnent et vivent au milieu de notre vie, tout naturellement, comme la petite vis qui tient les aiguilles au centre d'une horloge : la petite vis n'indique rien mais elle tient tout. À la maison, c'est comme ça. On tourne tous autour de notre mère. Moi, je suis l'aiguille de l'heure, le chef, les trois autres sont les minutes, plus actifs mais moins efficaces. Le bébé, c'est la trotteuse : il vire beaucoup mais il n'avance pas à grand-chose. Pas grave! C'est son petit rythme à lui et ma mère le laisse aller. C'est ça qui est beau! La patience de ma mère, sa sensibilité aux rythmes, son intelligence des enfants. Elle remarque les moindres petits progrès et les souligne sans que ça lui enlève quelque chose. Au contraire, ça la rend heureuse qu'on avance. Toutes les femmes que je connais sont comme ça : mes grands-mères, ma mère, mes tantes. Elles sont toutes attentives à ce que l'on fait et fières quand on réussit.

Les grands-pères, eux, mon père, mes oncles, sont

très différents. Ils élèvent les enfants dans le sens contraire des aiguilles d'une montre. Ils nous reculent quand ils devraient nous aider à avancer. On arrive tout fiers de nous pour leur montrer quelque chose qu'on a fait et ça les écorche de dire que c'est beau ou que c'est bien. C'est toujours : « Pas pire, mais loin d'être aussi bien que ce que fait « un tel ». Faut dire « qu'un tel » est vraiment doué! Tandis que toi, rien qu'à voir on voit bien... Mais continue d'essayer! Ça va p't-être venir! »

C'est décevant de se faire éteindre comme ça quand on brûle d'être encouragé. Ça fait mal... Mais on recommence! On ne se dompte pas! On revient quêter un bon mot chaque fois qu'on en a l'occasion. Le besoin d'entendre notre père dire qu'il nous trouve bon, ça ne meurt pas. Au contraire! Moins notre père parle, plus le besoin de l'entendre grandit. Moi je dis que ce n'est pas normal! À l'usure, on devrait finir par se faire à l'idée et abandonner. Mais non! L'espoir que les hommes comprennent est toujours vivant dans notre cœur. On ne peut pas se résoudre à les voir comme ils sont : des passants sur notre chemin d'enfant. Un petit signe quand ils nous croisent pour montrer qu'ils nous reconnaissent et salut! On se reverra quand tu seras grand, puis intéressant; en attendant, va trouver ta mère. Je ne sais pas si on peut changer un père, mais je sais qu'on peut lui en vouloir...

— As-tu betôt fini de me démêler ces cartes-là, baptême?

— Oui, grand-p'pa! C'est fait, là. C'est parce que je pensais à autre chose en démêlant.

— Toi, tu penses trop! C'est pour ça que t'as souvent mal à la tête pis que tu saignes du nez à tout bout de champ. Tu te maganes les vaisseaux.

Tout le monde me dit ça! C'est peut-être vrai...

— Comment on fait pour penser moins, grand-p'pa?

— On agit plus! Envoye! Brasse pis donne-moé du jeu! dit-il en posant les coudes sur la table.

J'y vais. Je mélange bien et je m'apprête à donner.

— Tuttut! Fais couper monsieur! Ben important! dit le vieux en avançant la main.

Il fait sa coupe. Je donne.

Ce que j'apprécie à la poule découverte, c'est qu'on ne peut pas tricher. Toutes les cartes sont sur la table et on les joue. Avec le vieux, vaut mieux! Ce n'est pas pour rien que mes parents ne l'invitent plus à descendre jouer aux cennes quand on a du monde. Il est tricheur! En plus, son caractère est exécrable. Avec lui, faut pas parler en jouant, faut pas se tromper en brassant, faut jouer vite puis gager des gros montants. Maman dit qu'il casse le fun de tout le monde parce qu'il se prend au sérieux. Elle l'appelle le Petit Gambleur de Monte-Carlo. Je ne sais pas qui c'est ce gars-là, mais ma mère ne l'aime pas. Quand j'étais plus petite, le vieux venait en bas souvent. Je me souviens que ça parlait fort le soir. Mais je n'étais pas invitée alors... tout ce que je savais des parties se résumait aux commentaires que ma mère faisait le lendemain : rien de positif.

Le vieux a un beau jeu. En fait, il a tout et il rit.

— Tu vas manger tout une rince, ma fille!

— Ouais... je vois ça.

— R'garde comm' faut! jubile-t-il. C'est ta mort qui est sur la table! R'garde ça!

Les huit cartes disposées en rectangle devant lui le transforment en gros bébé. Il se met en frais de les pointer une à une. Il écrase son index sur le dix puis sur le neuf de pique.

— Ça, c'est une future poule!

— Ça se peut.

— Pis ça, ajoute-t-il en enfonçant le neuf et le dix de cœur, ça, c'est une autre future poule!

— Faut que vous ayez les as quelque part, par exemple!
— Les as? Sont là, les as! En dessous de c'te dame-là, pis en dessous du valet frisé qui est dret là!
— Je vous le souhaite, grand-p'pa.
— Accroche tes bretelles! J'décolle!

Il joue sa dame de carreau et découvre effectivement dessous l'as de cœur de sa première poule. Un vrai fou! Il se met à battre des ailes et à chanter en faisant des « Bapp! Bappbapp! Bappp! » Je ne ris pas, j'ai honte pour lui.

— Vous êtes pas mal chanceux, grand-p'pa! dis-je pour avoir l'air de partager son bonheur.
— C'est pas d'la chance, c'est d'la science! lâche-t-il en jouant la première carte de sa poule.

Son dix de cœur n'est pas sitôt mis qu'il repart à chanter : « Bapppp! Bappbappbapp! Bapppbapp! »

— Une autre poule, grand-p'pa?

Il continue de chanter. Ses dentiers claquent et la bave lui roule dans la bouche. Tout en se faisant aller les battoirs, il tourne la carte qui était cachée sous son dix de cœur : c'est l'as de pique! Ben maudit! Le vieux a deux poules franches étalées sur la table. Il est plein de m... Faut pas que j'dise ça!

— Je vous ai donné deux poules!
— Wô! m'arrête-t-il. Oublie jamais que c'est cette main-là qui a coupé les cartes.

On sait bien! Sa grosse paluche ridée fait une parade sous mon nez et retourne au jeu. Le vieux joue ses deux poules en ligne.

Moi, j'ai tellement rien! Il n'y a que mes huit : j'en ai deux. Je les conserve, on ne sait jamais. Quatre huit et on gagne automatiquement la partie, trente-deux points d'un coup. Je n'ai jamais vu personne les avoir mais...

Le vieux descend ses cartes. Il joue vite et bruyamment. Chacune est écrasée à coups de poing sur la table. La bouteille, le verre, le cendrier, tout se promène.

L'air de rien, je sors un troisième huit. Ça me donne un petit pincement au cœur. S'il fallait!

Les transports du bonhomme se calment. Ses deux poules jouées, il redescend sur terre et commence à s'attarder à mon jeu. Jusque-là, mes cartes ne présentaient aucun intérêt mais, ces trois huit... Le vieux se questionne.

— T'as toujours fourni les couleurs? dit-il en me suspectant.

— Oui.

— Pis t'as gardé ces huit-là qui valent pas un point? Tu joues comme un pied!

— Ben... vous savez... si on réussit à...

— J'sais ça! Pas toé qui va m'apprendre à jouer! dit-il en me foulant du regard. Le problème c'est qu'on ne les a jamais. Faut être cave en sacrement pour avoir gardé ces trois crottes-là! T'as sacrifié les seuls points que t'avais la chance de faire? Te rends-tu compte?

— Oui, grand-p'pa.

— Y a même pas de mérite à gagner contre une pioche comme toé!

— Je sais bien.

Il prend une longue gorgée de gin et étudie ce qu'il lui reste de cartes. L'air de rien, il fulmine. La hargne avec laquelle il s'en est pris à ma tactique des huit ne ment pas : j'ai joué intelligemment et le vieux est mal pris. En fait, on est mal pris tous les deux. On a chacun notre peur : il a peur de perdre et j'ai peur de gagner.

Il commande à trèfle. Pas le choix, il n'a que ça. Par contre, moi, je n'en ai pas un coup. Je peux donc écarter ce que je veux. Les chaleurs me viennent. Je suis dans l'eau bouillante. Le vieux boucane devant moi et il attend que je me débarrasse d'un huit comme il me l'a fortement suggéré, pour mon bien... Qu'est-ce que je fais? J'abandonne la lutte ou je m'entête? Je sonde.

— Qu'est-ce que vous feriez à ma place, grand-p'pa? Il n'a plus de sourire, il ne chante plus, fini l'intermède.

— Tu sais jouer? Mets une carte.

Puisque j'ai la permission, je prends mon beau roi de cœur et je le sacrifie sur un minable sept de trèfle. Les yeux du bonhomme frissonnent légèrement dans leur orbite, comme s'ils venaient d'accuser une secousse sismique. Ça sent mauvais, mais le vieux se contient, il y arrive. En fait, il attend la suite. Sous mon roi de cœur dormait une carte que je peux maintenant découvrir. Reste à passer aux actes. Je ne me sens pas à l'aise du tout.

— T'attends quoi, tabarnac? Soulève-la ton hostie de carte! C'est pour ça que t'as joué ton roi, non? Pour aller voir si ton quatrième huit se cacherait pas en dessous! Ben envoye! Tête de cochon! Suis ton idée jusqu'au bout!

C'est étrange, mais je n'ai plus aucun plaisir tout à coup. Si j'ai le quatrième huit, je me fais tuer, si je ne l'ai pas, je fais rire de moi. D'une façon ou d'une autre, je suis faite. Je soulève ma carte.

— Pis? Montre!

— Bien... vous aviez raison, grand'pa... dis-je en exposant une dame de pique. J'ai joué comme une tarte.

Le vieux explose de joie. Son bonheur gicle en gouttelettes sur la table. Il rit, et rit, et rit à se fendre une deuxième bouche. Je hausse les épaules et regarde un peu par la fenêtre, question de ravaler mon échec en paix. Le vieux continue. Il met le paquet. Bientôt, je sais que son rire va se transformer en étranglement. C'est obligé. J'attends... j'attends qu'il étouffe, le vieux malade.

Même à travers l'écume et les crachats qui remontent dans sa gorge, il arrive à se moquer de moi :

— Une dame de pique! T'as tout fait ça pour une fendue noire! pousse-t-il entre deux souffles.

Je ne réponds pas. Je le regarde seulement, en faisant celle qui regrette. Je dois avoir une tête vraiment défaite parce que le vieux fuse. Il descend chercher la prochaine quinte de toux dans le fond de ses entrailles. Il s'enfonce en lui-même, longuement, si bien que ça devient inquiétant.

— Ça va, grand-p'pa?

Il ne répond pas, ne fait aucun signe. Je vais à lui, paniquée.

— Grand-p'pa? dis-je en lui effleurant le dos.

Il se plie en deux et cherche son souffle vers le plancher. J'ose lui donner une petite tape dans le dos. Rien! J'ose encore et encore. Le bonhomme replie les bras sur son ventre et se recroqueville.

— Grand-p'pa? Qu'est-ce que je peux faire? Dites-moi! Qu'est-ce qu'il faut que je fasse?

Il me repousse violemment et se met à tapoter sa cage thoracique.

— C'est votre cœur, grand-p'pa?

Cette fois, il réagit en faisant signe que non.

— C'est quoi, grand-p'pa? Vous me faites peur!

Il continue de tapoter, mais plus précisément. Et je finis par comprendre : sa poche! Il veut ouvrir la poche de sa chemise! Il veut sa pompe! J'ai été trop stupide pour comprendre ça!

Je m'écrase par terre et j'agrippe la poche de sa chemise. Je sens la forme de la pompe sous le tissu. Mais... je ne trouve pas l'ouverture de la poche. Qu'est-ce qui se passe? Ah! Non! Elle est boutonnée! Le cou cassé en deux pour voir sous le bonhomme, je me colle le visage à sa chemise et je cherche le bouton. Le vieux siffle comme une bouilloire. Du coup, j'arrache le bouton et je vais droit au but.

— Tenez, grand-p'pa! Votre pompe! Vite! Pompez-vous!

Sa main se referme sauvagement sur la mienne,

comme si j'étais une extension de la pompe. Le vieux se redresse et bande le corps vers l'arrière en m'entraînant avec lui. Mon épaule se tord en émettant un son caoutchouteux tandis que le vieux s'envoie un grand coup dans la gorge. L'effet est instantané. Le bonhomme reprend son air et ses couleurs. J'en profite pour récupérer ma main et mon bras. Je fais tourner mon épaule. Je la palpe. Ça va. J'ai cru qu'elle s'était déboîtée. Quelques secondes se passent et le vieux revient.

— Ouais... dit-il en se mouchant avec sa manche, j'en ai essuyé une bonne, là!

— Vous m'avez fait peur, grand-p'pa... dis-je en reculant.

— C'est vrai?

— Oui! Je pensais que vous ne reprendriez pas votre souffle.

— Ça va finir par arriver un jour. On finit tous par arrêter de respirer! dit-il en se replaçant sur sa chaise.

Mon cœur bat encore dans mes tempes, très fort. J'ai mal à la tête, à l'orteil, à l'épaule, aux yeux, j'ai chaud et... par-dessus tout, je voudrais être ailleurs, assise en ville, sur la galerie, à côté de maman à guetter les voisins en mangeant des pinottes. Je m'ennuie. Je me demande si, malgré les airs libérés qu'il se donne, le vieux ne ressent pas un peu la même chose.

— Qu'est-ce que grand-maman fait en ce moment, d'après vous?

Il avale le fond de son gin de travers, se racle la gorge et me regarde.

— T'as pas de sujet de conversation moins indigeste? dit-il en se versant une autre ration.

— Pourquoi vous faites semblant de ne pas aimer grand-maman quand je vous en parle?

— L'habitude, j' suis fait de même.

— Dans le fond, vous l'aimez?

— Dans le fond, sûrement, mais tellement creux que j's'rais ben embêté de te dire pourquoi. C'est comme ça quand on vieillit : les réponses sont enterrées profond, à côté des questions. Pus besoin de s'occuper de ça. Classé! Tiens! tranche-t-il en me poussant les cartes. Brasse-nous un autre jeu.

Visiblement, il n'est pas d'aplomb pour les discussions. Il se masse le cuir chevelu en grimaçant.

— Vous avez mal à la tête?

— Ouais... faudrait que je mange un brin.

— Il reste de l'omelette en masse.

— Nan! Nan! hostie! Ben trop chargeant pour à soir. Va dans l'armoire du haut pis amène-moé la boîte de cachous qui est là.

Je lui apporte la boîte métallique de Planters. Il retire le couvercle et sa main s'abat dans les noix à la manière d'une pelle mécanique. Son poignet fait un mouvement de va-et-vient et la pelle ressort. Elle monte jusqu'à la bouche du bonhomme où elle déleste son chargement d'un seul coup.

Les joues du vieux sont pleines. Il broie en gémissant d'aise.

— Hos... tie... Humm... C'est bon...! En veux-tu?

— Non, merci!

— Tu sais pas c'que tu manques, ajoute-t-il en replongeant dans la boîte!

Il se pourlèche, piaffe, rote au travers de tout ça. Franchement! J'essaie de brasser sans le regarder, parce que je trouve ça dégradant, mais c'est plus fort que moi, faut que je m'écœure. Le vieux s'empiffre comme un mammouth! Je baisse la tête au maximum, la face pratiquement collée sur la table. J'ai envie de rire. Faut pas! Mais c'est hallucinant! Mes yeux remontent tout seuls. J'aurais pas dû! Le vieux a son dentier dans les mains, il le gratte pour enlever les morceaux de noix. Beurk! Je ne suis plus capable! Je sors de table.

— Ous'tu vas? chuinte le vieux sur la gencive.

— Me laver les mains...

Je donne un coup de bras à la pompe et je me rince les mains, pour la forme. Ça fait quand même du bien. J'en profite pour me rafraîchir le visage et le cou. Je sens plein de bosses de piqûres sous mes doigts.

— Envoye, hostie! Pas le temps de prendre un bain! lance le vieux.

Sa prononciation était à peu près correcte. Je le regarde. Il a remis ses dents.

— Je vous laissais manger tranquille, grand-p'pa!

— T'occupe! dit-il en pigeant dans les cachous. Amène tes fesses pour une autre volée.

Je m'essuie et je retourne m'asseoir.

— Sais-tu, constate le vieux, fait quasi trop noir pour jouer...

Je ne réponds pas. C'est vrai que la noirceur est en train de prendre, mais je n'ai pas envie qu'il se mette à taponner le fanal, pas dans cet état-là.

— On va se faire de la lumière! annonce-t-il.

Il recule sa chaise et fait une tentative de départ. Ses fesses se soulèvent mais le reste ne suit pas. Il se ravise en s'appuyant solidement à la table. Malgré des craquements inquiétants, elle tient le coup, mais les jambes du bonhomme refusent de le porter. Il retombe.

— Vous avez des problèmes, grand-p'pa?

— Hosties de jambes de coton de crisse! jure-t-il en se labourant les cuisses à grands coups de poing. Si c'était pas de me vider de tout mon sang, j' vous f'rais la passe à la scie mécanique, saint-chrème de chicots de tabarnac!

— Sacrez pas comme ça, grand-p'pa...

— Mêle-toé pas de ça, toé! C'est le ciel qui m'a donné des engeances de même! Qu'y endure les bêtises!

— Le bon Dieu pourrait vous en vouloir, grand-p'pa...

197

— J'm'en contrecrisse du bon Yeu! Y pourra jamais m'en vouloir autant que j'y en veux!

Cette phrase me fait frémir. Je souhaite seulement que Dieu pardonne les offenses, peu importe leur gravité. Pour aider un peu, je dis un petit *Notre Père* tandis que le vieux engloutit son gin.

— Es-tu capable d'allumer le fanal? demande-t-il en déposant son verre.

— Pantoute!

— Ben, c'est aujourd'hui que tu vas apprendre.

Un courant électrique monte du bas de mon dos jusqu'à mon cerveau et la réponse jaillit :

— Non!

— Quoi? J'ai-tu ben compris c'que tu viens de répondre? articule-t-il en serrant les dents.

— Bien... j'voulais dire... je ne peux pas toucher le fanal, grand-p'pa, c'est trop dangereux. Papa ne veut pas. Il me punirait s'il savait que j'ai essayé.

— O.K.!

Sa réponse me surprend. Je m'attendais à ce qu'il me traite de tous les noms. Qu'est-ce qu'il me réserve avec son air renfrogné? Faut que je répare.

— Je peux allumer la lampe à huile par exemple! Ça, ce n'est pas défendu.

— Ouais! Ben fais donc ça! dit-il en emplissant son verre.

Je suis contente. La solution lui convient et il ne m'abîme pas de bêtises. J'pense que le gin est en train de l'avoir. J'allume la lampe et je la place sur la table.

— Bon! On voit assez, hein, grand-p'pa?

— Diguidou! approuve-t-il en retournant la boîte vide de cachous devant lui.

— Je brasse?

— La seule chose qu'il te reste à brasser, c'est tes fesses pour te rendre jusqu'à ton lit.

— Quoi?

— Va te coucher, hostie!

— Mais pourquoi?

— Pas assez vieille pour allumer un fanal, pas assez vieille pour veiller! Au bed!

— Mais il n'est que neuf heures, grand-p'pa! Et j'ai dormi deux heures avant le souper! Vous aviez dit qu'on se coucherait tard quand on serait ici, qu'on en profiterait, qu'on...

— Ce que j'ai dit hier, c'est une affaire, c'que j'dis aujourd'hui c'est : au litte! Pis vite! La prochaine fois, avant de me répondre non, tu réfléchiras!

— Je m'excuse, grand-p'pa...

Il fait un geste pour m'indiquer le lit juste derrière lui et il allume la radio. Ça ne sert à rien de m'obstiner : je m'efface.

Je prends mon sac sous le lit et je fouille pour trouver mon pyjama. J'ai de l'eau dans les yeux. Je ne comprends pas pourquoi. Je devrais être enragée, avoir le goût de tout débâtir parce que le vieux est injuste. Mais non, j'ai le cœur gros. Pourquoi j'suis aussi sensible? Le vieux a bien raison de m'envoyer me coucher, je suis nouille! Envoye! Déshabille! Lave-toé même pas! Reste dans ta crasse. T'es sale, t'es laide comme un pou, t'es aveugle, t'as l'orteil noir, t'es bosselée de piqûres, t'as le nez croûté de sang, t'as toujours mal à la tête, t'es molle comme du beurre. Envoye! Crisse-toé une couvarte su'l'dos pis crève de chaleur! Tu vois comme t'es capable de te dire tes vérités en pleine face. T'entends comme t'as le vocabulaire qu'il faut? Où tu prends tout ça?

— T'es su'l'dos, là?

— Oui, grand-p'pa...

— Ben farme tes trois p'tits yeux pis dors! Rêve que le fanal est allumé pis que tu joues aux cartes, zezonne!

Le vieux fait grésiller la radio. Il cherche un poste. Je sais par avance ce qu'il va écouter : le base-ball. Il n'y a rien de pire à endurer.

199

— Hostie d'cochonnerie de radio! Viens pas à boutte de trouver le poste! peste-t-il en frappant sur le boîtier. J'vas l'défoncer, ciboire!

— Voulez que j'aille vous l'ajuster, grand-p'pa?

— Arrive! Étole! Avant que j'l'crisse au bout d'mes bras. Je me lève en vitesse. La radio est au milieu de la table, en train de fouiller le néant. Je me colle la face sur la petite vitre et je fais glisser la barre rouge jusqu'au chiffre 88. Il faut le dépasser un tout petit peu et... on y arrive... on devrait y arriver...

— Voyons, tabarnac! Sais-tu ous'qu'est l'poste, oui ou non? s'impatiente le vieux.

— Bien... je ne comprends pas. Il est censé être là, dis-je en faisant jouer l'aiguille.

— Tu vois ben qu'y a rien, là, hostie! J'ai fait tout ça tantôt! Pas de son nulle part! Y'est mort à la grandeur!

— Ah! O.K.! Je comprends! Attendez! dis-je en tâtonnant sur le dessus du poste. C'est ça! Je l'ai, grand-p'pa! Le piton était tassé sur le SW.

— Que c'est ça?

— Je ne sais pas. On prend juste des affaires bizarres là-dessus, comme des messages de Martiens.

— Ah! O.K.! Les ondes courtes.

— Qu'est-ce que c'est?

— Contraire des ondes longues.

— Ça sert à quoi?

— Tu d'mand'ras ça à ton père. Moé, les bebelles à pitons, c'est pas mon fort. Envoye! Tu l'as le poste, là?

— Oui, grand-p'pa...

— Monte le volume pis... pis va te chercher une barre de chocolat dans ton sac de cochonneries.

— Oh! Merci, grand-p'pa!

Il me permet de veiller! Je me précipite au cole. Je n'ai pas faim du tout mais, pour rester debout, n'importe quoi! Je prends la Coffee Crisp et je rentre m'asseoir à table.

— Merci, grand-p'pa!

— Tais-toé! J' veux savoir le score.

Il monte le volume à fond et plisse les yeux. Je fais pareil. On est là tous les deux, le corps penché sur la table, à essayer de saisir les paroles du commentateur. On dirait qu'il est dans une cabane à patates frites. Pas écoutable. J'ai beau essayer pour rendre service au vieux... Au bout d'un moment, il me crie :

— Comprends-tu que'que chose?

Je fais signe que non. Il attrape le poste, tire sur l'antenne pour la déployer. Elle lui reste dans la main.

— Tabarnac de gréement! Comment tu veux que ça marche? C'est fait un brin su'rien!

Il regarde l'antenne. Il n'est pas fier de lui. C'est le poste de mon oncle qu'il vient d'équeuter. Il éteint la radio, dépose l'antenne sur la tablette du châssis et se met à regarder par la fenêtre. En fait, il fixe le vide. Comment pourrait-il faire autrement, le pauvre? Tout est vide autour de lui : son verre, sa bouteille, sa boîte de cachous, même sa petite-fille est vide. Il fait pitié.

— Vous voulez qu'on fasse des mots mystères ensemble, grand-p'pa?

— Non, j' file pas pour ça. À vrai dire, j' file pas pour autre chose non plus. J' pense que j' file pas, tout court. Me sens pas ben... ajoute-t-il en se touchant la poitrine. Ça doit être les cachous... veulent pas descendre...

— Je peux vous faire un sel de fruits si vous voulez.

— Non... Sais-tu... j' pense que j'vas prendre le bord du bed. Va me chercher ma troisième jambe dans la chambre.

C'est vrai qu'il est mal en point! Pour demander sa canne!... Je vais la prendre dans le coin de sa chambre. C'est une grosse branche noueuse qu'il a gossée. Elle est belle! En dessous, il a cloué un antidérapant, un morceau de semelle de botte. Ingénieux!

— Est-ce que vous pourriez m'en faire une quand

vous aurez le temps, grand-p'pa? dis-je en lui tendant sa canne. J'aimerais ça!

— J'te laisserai celle-là sur mon testament, ça devrait pas être long, dit-il en attrapant le bâton. En attendant, tasse-toé que j' mouve! D'un coup de reins, il arrive à se hisser en s'aidant de la table et de sa canne. Le mouvement semble l'avoir étourdi. Il ferme un peu les yeux, respire profondément et revient.

— J' pense que j' vas avoir besoin de toé, dit-il en avançant la main. Tu vas être bonne pour me t'nir?

— Oui, grand-p'pa!

J'ai dit oui sans savoir. Le vieux appuie sa paume sur l'arrondi de mon épaule. Je ne me sens vraiment pas grosse.

— C'est un os, ça? dit-il en écrasant un peu.

— Bien oui...

— T'es montée su'un frame de pardrix, baptême! Grouille pas que j'me place.

Il avance un peu le pied et referme la main sur mon ossature. Je craque. La poigne du vieux avale mon épaule en entier.

— Prête?

— Oui.

— Go!

Il se met en branle. Il traîne les bottes, sans vraiment prendre appui sur moi. Ses jambes vont bien, c'est son équilibre qui fait défaut. Et ça, je suis certaine que c'est le gin qui en est la cause. Les hommes saouls marchent en zigzags, on voit ça dans tous les films. Ça veut dire que mon grand-père est rond! Si mon père vient à le savoir... on est morts... tous les deux... lui pour avoir bu... moi pour l'avoir laissé boire.

— O.K.! lance-t-il en atteignant l'évier. J'chus correct pour faire le reste tu' seul.

— Vous êtes certain?

— Ouais! Bonne nuitte...

Il s'enfonce dans l'obscurité, fait les quelques pas qui le séparent de son lit et se laisse tomber comme une poche.

— Hostie que ça fait du bien! soupire-t-il.

— Tout est beau, grand-p'pa?

— Ouais...

— Grand-p'pa?

— Quoi?

— Est-ce que je suis obligée de me coucher?

— Nan.

— Je peux faire des mots mystères?

— Ouais...

— Où sont-ils?

— Y en a icitte su'l'meuble.

— Je peux venir les prendre?

— Ben oui!

Je franchis timidement le seuil de la chambre et, du bout des yeux, je tente de repérer le livre. Il fait noir là-dedans...

— Rentre! Ils doivent être là, dans le coin...

Je fais un pas.

— Les vois-tu?

— Non...

— Avance!

Je décide de pénétrer avant que le vieux ne s'énerve. Je n'aime pas violer l'intimité des gens. Ça me gêne terriblement. Alors je fais vite : mes yeux se bousculent dans leurs orbites. Ils cherchent, nerveusement, comme ceux d'une souris qui a hâte de retourner à son trou. Je finis par trouver.

— Je les ai, grand-papa! Bonne nuit!

— Attends!...

Je fige dans l'embrasure de la porte.

— Quoi?

— Viens icitte un peu! dit-il avec une petite voix.

Qu'est-ce que c'est que cette voix? Je ne la connais pas. Je me retourne. Le vieux est soulevé sur ses coudes et me fait signe d'approcher. Je fais de très petits pas vers lui et je m'immobilise à trois pieds de son lit, droite comme un I.

— Qu'est-ce qu'il y a, grand-papa? dis-je en tordant le mot mystère.

Il se contente de tapoter le lit, juste à côté de sa cuisse. Je fais semblant de ne pas comprendre.

— Quoi, grand-papa? dis-je sans bouger.

— Viens icitte une menute... répond-il de sa petite voix.

Je n'ai pas le choix... j'avance.

Mon idée est de poser un genou sur le bord du lit et de garder un pied sur le sol. Ça ne marche pas. Sitôt que je suis à portée, le vieux m'accroche par le bras et m'assoit de force contre lui.

— Ma poulette... commence-t-il en mettant sa main sur ma cuisse.

Je ne regarde pas cette main.

— Oui, grand-papa...

— M'aimes-tu? demande-t-il en serrant.

— Oui...

— Beaucoup? dit-il en remontant un peu.

Je ne réponds pas. Je suis paralysée.

— Beaucoup ou pas? insiste-t-il en secouant ma jambe.

— Beaucoup!... mais...

— Mais quoi?

— Vous me faites un peu mal... dis-je en descendant les yeux sur ma jambe emprisonnée.

Il retire sa main et la place sur mon épaule.

— Ben, si tu m'aimes autant que tu le dis, tu vas faire une chose pour moé.

— Quoi?...

— Donne-moé ta main.

Je lui présente ma main droite. Il la saisit et la guide vers... ma poitrine. Il la plaque jusqu'à m'enfoncer le thorax.

— Jure! murmure-t-il.

— Jurer quoi?

— Jure sur ton cœur : « Je ne dirai à personne que mon grand-pére a bu du gin.»

— C'est tout?

— C'est ben assez, hostie! Envoye! Jure!

— Je le jure! Sur mon cœur!

Satisfait, il lâche ma main et va fouiller dans sa poche de chemise. Il en sort mes lunettes éborgnées et la vitre manquante.

— Tiens! Patente ça pour faire tes mots mystères. Moé... j' me couche! conclut-il en s'abandonnant sur le dos.

— Bonne nuit, grand-papa... et merci...

— Dehors... grommelle-t-il en repliant un bras sur son front.

Je sors. Mon merci lui a tapé sur les nerfs, comme d'habitude. Il a cru que je remerciais pour les lunettes. Pas du tout. Je le remerciais parce que j'avais eu peur, peur de lui... C'est fou, je le sais, mais... je le remerciais d'être un grand-père propre, un vieux aux mains vieilles mais propres. Je sais qu'il se passe des choses dans certaines familles. Papa m'en a parlé, un tout petit peu, juste assez pour m'avertir que les mains sales existent et qu'il faut être méfiant. Est-ce que j'ai exagéré en étendant cette méfiance jusqu'à mon grand-père? Oui! Mon grand-père m'aime normalement, même qu'il joue peut-être en dessous de la normale : après tout, il se met en colère souvent et il a une forte tendance à lever la main. Mais honnêtement, je préfère la main qui frappe à celle qui se pose sur ma cuisse.

La main qui fouette au passage est rapide, sèche, un bout de bois sans vie qui donne du ressort aux jambes.

L'autre main, celle qui se colle, battante de chaleur et d'humidité, celle-là coule sur moi comme la lave d'un volcan. Elle m'ensevelit vivante. Extérieurement, j'ai l'air aussi morte que Pompéi, mais dedans, je suis New York! Trafic énorme : mes émotions se précipitent les unes contre les autres, comme des voitures folles. Je n'arrive pas à diriger la circulation.

J'ai ressenti cela une fois. Ma mère était absente pour la fin de semaine, un phénomène rare, et mon père nous gardait, encore plus rare! Le samedi soir, vers minuit, je suis allée faire pipi et mon nez s'est mis à saigner. Je suis donc allée voir papa. Il m'a soignée puis prise avec lui dans son lit, au cas où... Ce n'était jamais arrivé. C'était une faveur à saveur de supplice. Je n'avais pas envie de dormir avec lui. J'aimais mon père mais... à distance. Il y avait quelque chose d'extrêmement gênant à me retrouver là, tout près de lui, à sentir la présence de son corps étendu près du mien. Son odeur, sa chaleur, le bruit de sa respiration, tout me mettait mal à l'aise.

Raide comme une barre de fer, je m'étais accrochée au bord du matelas, résolue à ne pas fermer l'œil de la nuit pour éviter de déranger mon père.

Il avait mis très peu de temps à s'endormir. Son ronflement me faisait peur. Je n'avais qu'une envie : me sauver dans ma chambre. Mais je n'avais pas le droit. Les ordres étaient formels : je devais rester là, au cas où les saignements reprendraient.

Il bougeait beaucoup, se tournait et se retournait régulièrement. Chacun de ses mouvements me tenait en alerte. De temps à autre il sursautait. Moi aussi! Après, il faisait claquer sa langue et repartait dans ce qui devait être un rêve. J'écoutais tout, aux aguets, sans déroger de ma position. Le matelas avait un rebord boudiné que je faisais rouler entre mes doigts. À force de répéter ce geste, mes yeux, malgré eux, se sont fermés. Je me suis endormie. Mes pensées tourmentées m'ont poursuivie dans le sommeil et j'ai fait un abominable cauchemar.

Je me suis réveillée net lorsque papa, venant probablement de se retourner, s'est retrouvé appuyé sur moi, m'encerclant les épaules comme si j'étais un oreiller. Réaction : inertie. Ne pas déranger son père qui dort et attendre... attendre qu'il change de position.

J'ai bien patienté quinze minutes comme ça. Puis, il a bougé... un peu... juste ce qu'il fallait pour que je passe de l'inertie à la mort subite. Mon cœur s'est arrêté de battre lorsque son bras est disparu sous la couverture. J'ai senti une main chaude et râpeuse descendre sur ma fesse. J'ai crampé tout ce que j'avais de muscles et serré les paupières. Je voulais tellement être une pierre... j'en suis devenue une! J'ai anesthésié mon corps, glacé mon sang et interrompu ma respiration.

En fait, je me suis tellement refroidie que j'ai fait peur à mon père. Sans retirer sa main, il s'est dressé d'un coup et m'a secouée.

— Claudine!

— Oui, p'pa...

— T'es correcte?

— Oui...

Le choc passé, il s'est rendu compte de l'emplacement de sa main. Il l'a enlevée en disant :

— Me semblait que les fesses de ta mère avaient fondu tout d'un coup!

Pas de commentaire : j'ai simplement repris mon air.

— Pis... ton nez? Tu saignes pus, là?

— Non, papa. C'est passé comme il faut.

— T'es bonne pour aller te coucher dans ton lit?

— Oui!

— Vas-y!

Il n'a pas eu à le répéter. Mes pieds ont touché le sol et en moins de deux j'étais dans mon lit. Je me suis collée à ma sœur comme à une bouée : sauvée! Je retrouvais ma balise, après m'être égarée en pleine mer, et je flottais avec elle, au gré des vagues de mon enfance, en marge de tout problème.

Cela dit, jamais je n'ai oublié la main de mon père sur ma fesse...

Je regarde la pièce sombre. Il fait un peu moins chaud dans le chalet. Ça commence à être sympathique. Suffit que le vieux ne se relève pas et je vais passer une belle soirée. À bien y penser, je n'ai pas vraiment envie de faire des mots mystères. J'ai mal à la tête. Et si je déposais lunettes et cahier sur la tablette du châssis? Et tant qu'à y être, si j'allais m'asseoir dehors! Après tout!

XVIII

Que je suis bien! La sainte paix! Il fait doux... le ciel est plein d'étoiles. C'est une belle soirée! Il ne semble pas y avoir de moustiques. Je n'entends pas de « bizzz! » autour de mes oreilles. À vrai dire, je n'entends rien du tout. C'est calme, pas possible. Pas de vie sur l'île, pas un son qui provienne des chalets autour, aucun moteur sur le lac, vent absent dans les feuilles. Les oiseaux sont muets, même le clapotis des vagues est inexistant. Je pense que je n'ai jamais eu l'occasion d'écouter un silence pareil. J'ai l'impression de veiller seule au milieu d'un immense dortoir. J'entends un souffle qui prend toute la place. Est-ce que la nature respire? Ça se peut! Et on peut l'entendre quand tout est calme? Oui, ça se peut aussi. Ce serait comme le souffle de Dieu! Et les personnes plus sensibles que d'autres pourraient l'entendre...

Est-ce que je suis de celles qui peuvent sentir des choses? Ma grand-mère le croit. Mon père la traite de vieille folle, de toquée du bon Dieu. Normal, ce n'est pas sa mère à lui, c'est celle de ma mère. Rien n'empêche que ma grand-mère est quelqu'un de particulier : elle a un don pour lire dans le cœur des gens. Ne jamais dire ça devant mon père! J'entends sa réponse d'ici : « Le seul don qu'elle a, ta grand-mère, c'est d'se faire plumer. Tous les missionnaires des pays de cannibales débarquent à la maison pour la quêter. Elle est bien trop bonasse! Après ça, y vont souper au restaurant pendant qu'elle mange des croûtes. Elle est folle, ta grand-mère! »

Quand mon père parle comme ça, je ne sais pas ce que je lui ferais! Il n'y a rien de vrai dans ce qu'il dit. Ma grand-mère n'est pas folle, elle a la foi : dans chaque pauvre, elle voit Jésus qui quête, alors elle donne, pour enrichir son âme. Elle n'est pas bonasse non plus : elle est bonne, tout simplement. Son cœur est ouvert aux autres. C'est une sainte! Et dans sa sainteté, elle dit que je suis un ange... Pas n'importe lequel! Le sien! Je serais une présence bienveillante envoyée par Dieu pour l'assister dans ses vieux jours. Selon elle, « mon âme est un diamant qui lui renvoie les lumières de l'espérance ». Ça fait changement de « Hostie de sans génie! » que j'ai l'habitude d'entendre avec papa! Qui croire? Je suis loin du diamant, je le sais, mais je suis loin d'être sans génie aussi. Comment se faire une opinion?

Les discours que me tient grand-maman sont toujours magnifiques, mais c'est trop! J'en retiens à peu près le quart. Par contre, tout ce que dit mon père est soigneusement retenu et rangé dans un grand dossier. Quand je fais une gaffe, j'y trouve tous les gros mots qu'il faut pour me rabaisser. C'est en quelque sorte une référence.

Dans ce dossier, bondé d'insultes, sont éparpillés des consignes, des ordres, des interdictions, des punitions. J'ai souligné les choses importantes en rouge pour les retrouver plus facilement. C'est que le dossier de papa est chargé. Il compte au moins quatre jurons par terme significatif.

Quelquefois, des images accompagnent le texte : ce sont des clichés que ma mémoire a fixés sur pellicule. J'y revois la tête de mon père à des moments où il m'a impressionnée. Par exemple, un jour où il rageait contre mon frère, j'ai vu de la matière blanche apparaître aux coins de sa bouche : photo! Un autre jour, celui où j'ai perdu le dépôt que je devais faire à la banque, ses yeux se sont injectés de sang : photo! J'en ai quelques-unes comme ça, où mon père semble habité par un être malin. Ça me fait peur!

Oui c'est ça... mon père me fait peur! Et c'est pour ça que je n'ai pas bougé le fameux soir de la main sur la fesse... Je craignais de lui déplaire! C'est stupide! C'est quand même vrai. Je suis incapable de le contredire. Comment le pourrais-je? Il ne m'apprend qu'à obéir. Je suis une petite fille respectueuse qui reste à sa place et qui attend qu'on lui demande son avis avant de parler. C'est comme ça que mon père m'a élevée. Je l'ai appris à coups de « Ferme ta gueule!» puis de « Baisse les yeux quand j'te parle!» C'est resté gravé en grosses lettres dans tout mon être. Mon père ne me fait jamais de compliments, il me rabroue, me critique, mais il oublie de me dire qu'il m'aime et ça me manque! Les bons mots à mon égard, c'est de la moquerie. C'est ce à quoi mon père m'a habituée. Je l'entends me conter des niaiseries et se foutre de moi. Ça me fait de la peine. Je ne me sens pas prise au sérieux, pas importante. Ma voix intérieure, celle qui essaie de me redonner confiance, est couverte par le rire destructeur de mon père. Et plus je grandis, plus la voix de papa se fait forte. Elle fait taire la mienne! Je m'en rends très bien compte.

Avant, j'avais une belle voix claire en dedans. Elle me disait ce que j'aimais, ce que je détestais, ce que j'avais le goût de répondre ou de faire! Elle a faibli. Ce que j'entends le plus maintenant, c'est mon père, le torrent de sa voix qui gronde par-dessus la mienne. L'eau de mon père s'infiltre partout. Elle s'épanche tandis que mes berges se grugent. Il y a de petits éboulements en moi. Ma terre s'effrite. Ma vérité se perd à force de silences imposés : toujours réfléchir avant de prononcer une parole; se méfier sans cesse de soi-même; être conscient de ses faiblesses; ne pas s'humilier publiquement; si tu sais déjà, tais-toi, si tu ne sais pas, écoute! Tant de lois à respecter! Malgré la brûlure que je ressens chaque fois que je ravale un commentaire ou une réponse que je sais pertinents, je me tais à présent. Je commence même à le faire à l'école. C'est grave! J'ai hâte d'être grande pour jouir du droit de parole. J'envie les adultes de pouvoir dire ce qu'ils veulent quand ils veulent. Je les envie aussi d'avoir le plaisir de se sentir écoutés. Quand mon père ouvre la bouche, tout le monde fait silence. Par contre, il ne l'ouvre pas souvent. J'ai remarqué ça. En présence d'autres adultes, il est très réfléchi, plutôt du genre à analyser longuement ce qui est dit pour intervenir ensuite de façon concluante. Il aime avoir le mot de la fin. Il l'a toujours d'ailleurs. Avec ses amis et sa famille, il fonctionne comme un genre de curé : ses avis sont paroles d'évangile et les discussions se déroulent dans une atmosphère de calme, comme au confessionnal.

Par contre, dans la famille de ma mère, c'est autre chose! Là, au plus fort la poche. Ça crie, ça argumente, tout juste si mes tantes ne montent pas sur la table pour se faire entendre. Le zoo! Moi je ris! Il y a autant de sujets de conversation qu'il peut y avoir de personnes. On choisit! Et quand ça devient platte, on change! Quelquefois, un sujet prend le dessus et mobilise l'attention de tous. En général, c'est celui pour lequel on est venus : l'organisation de la fête de Noël ou l'anniversaire de quelqu'un à souligner, ça dépend. Mais c'est long avant qu'on arrive à se centrer sur le sujet. Il y a tout un ménage à faire avant : les enfants, le hockey, les maladies, la politique, la pêche, la mode, la température, tout y passe! C'est le jour de l'an chaque fois qu'on se rencontre. On mange, on boit du Pepsi, de la liqueur aux fraises, de l'orangeade. Il y en a pour tous les goûts.

Papa semble heureux au début mais, au bout d'une heure, quand on commence à être moustachés de toutes les couleurs et survoltés au gaz, il ne marche plus. Ça ne lui plaît pas qu'on profite. Faudrait qu'on reste sages et à jeun pendant que tous les cousins et cousines s'empiffrent et se payent du bon temps. C'est comme si mon père était allergique au plaisir... le nôtre, bien sûr!

Je vois son attitude qui change. Ses yeux nous traquent pour mesurer notre taux d'excitation. Il ne suit plus vraiment le cours des conversations. Il est perturbé par le bruit que fait notre joie, dérangé par l'air que l'on brasse. Son teint devient grisâtre, comme s'il se vidait progressivement de son sang. Alors, il recule sa chaise et s'installe en penseur, les coudes appuyés sur les cuisses et les mains jointes sous le menton. C'est le signal d'alarme.

Automatiquement, le sourire épanoui de ma mère disparaît et est remplacé par un rictus de fébrilité. Elle sait qu'on doit procéder à la réunion avant que mon père ne se lève pour s'en aller. Je la vois qui cherche sa sœur du regard, sa sœur Alice, la meneuse d'assemblée. Quand elle l'a repérée, elle va lui parler à l'oreille et, sitôt, tante Alice sort ses papiers et demande l'attention générale. À ce moment, finie la manne. Les enfants doivent monter à l'étage, là où l'accès aux chips et à la liqueur est condamné.

Arrivés en haut, on continue de s'amuser quand même, mais ce n'est plus pareil. On n'est plus dans la grande gang. On se retrouve entre nous et la politique change : les plus grands doivent surveiller les plus petits.

La première demi-heure, ça va, mais après, on doit en venir aux coups pour garder le contrôle. Alors les petits descendent à tour de rôle pour se plaindre, tantôt d'une gifle, tantôt d'une pincette, parfois d'une pichenotte. On se moque d'eux, on les traite de bébé-lala, de panier percé. Ils y vont quand même!

Le plus drôle, c'est de les voir remonter, la tête basse, en bougonnant. On sait par avance la réponse qu'ils ont reçue : « On parle! Ça ne sera plus long! Endurez-vous en attendant!»

Ainsi, les petits battent en retraite, un à un, comme les soldats d'une armée abandonnée par ses généraux. Ils s'enferment tous dans la même chambre et nous laissent la paix. Ce qu'ils font, on s'en balance! Le principal est d'en être débarrassés pour pouvoir jouer tranquilles.

La plupart du temps, on organise une partie de quilles. Le couloir, piqué de sept portes de chambres fermées, est idéal pour simuler une allée. Dans la chambre du plus jeune de mes oncles, il y a un grand coffre en bois chargé de jouets. C'est pour nous. Dedans, il y a un jeu de dix quilles blanches à collerettes rouges et quatre boules noires, un achat de grand-papa, fait dans un catalogue qu'on n'a jamais vu.

Chacun son tour, on est planteur. Les autres se mettent en file pour lancer. On a droit à deux boules pour tout abattre. Ensuite, les quilles sont réalignées proprement, comme à la télévision.

Au début, chacun s'applique et joue l'abat. Mais la partie se détériore tranquillement. On commence par retirer des quilles pour faciliter les choses. Puis on oublie l'abat pour de bon et on passe aux tentatives de réserves. Les premières que l'on essaie sont raisonnables... les dernières, suicidaires : deux quilles plantées à quatre pieds l'une de l'autre, faut les avoir en faisant rebondir la boule sur le mur. Naturellement, on doit lancer pas mal plus fort. Ça nous réchauffe le bras! Alors, adieu les réserves! On installe un petit banc au milieu du couloir et on met une quille dessus : faut la viser. On fait la motion comme au base-ball et bang! Beaucoup de fausses balles... Le mur du fond prend toute une volée! Mais ce n'est pas encore assez. Il faut que ça frappe plus fort! On oublie les boules et on lance carrément les quilles. Tout un vacarme!

Les petits finissent invariablement par sortir de leur trou, la chambre située juste en face des quilles. De l'autre bout du couloir, on les voit se pointer un par un, tout ébouriffés, morveux, rouges comme des coqs. Ils regardent voler les quilles pendant un moment, le temps d'être tous rassemblés dans l'encadrement de la porte. Ils ont l'air à la fois épaté et outré. On attend que l'un d'eux ouvre la bouche. Peu importe qui c'est, la question est toujours la même :

— Qu'est-ce que vous faites?

La réponse varie :

« Pas de vos affaires! » ou « Si on te l'demande tu diras qu'tu l'sais pas! » ou « Va téter ta bouteille! »

L'inspiration est inépuisable quand il s'agit de faire enrager les petits. On prend un méchant plaisir à rire de leurs têtes, parce qu'ils sont très susceptibles. Ils répliquent aussi sec :

— Vous avez pas le droit de lancer des affaires après le mur!

— Ah! Ouais?... répond-on en récupérant discrètement nos quilles.

— On va aller le dire en bas!

— O.K.! Essayez de vous rendre à l'escalier pour voir!

Le défi est lancé. Les petits poussent un grand cri et se mettent à courir dans tous les sens. Sitôt, le plus costaud des grands, mon cousin Ben, se précipite à l'embouchure de l'escalier et gueule : « Feu à volonté! »

C'est la guerre! Les petits pistent comme des lièvres tandis qu'on les torpille de quilles. Ça fait « poc! » de tous les côtés. Bien entendu, on vise le bas du corps; on n'est pas débiles!

Mais les petits sont si petits!... Entre les pieds et la tête, il n'y a pas une grande marge de manœuvre. Il faut s'appliquer, ce que l'on fait de moins en moins à mesure que la chasse se poursuit. On perd le contrôle, quoi! Les petits ne sont peut-être pas forts mais ils sont rapides et nombreux, une quinzaine à peu près, alors que nous, on n'est que six.

Vient un moment où on n'a plus de quilles sous la main. Il faut prendre le temps d'en récupérer, un temps que les petits utilisent pour foncer en meute sur Ben. Il est solide Ben, mais après deux coups de tête dans les parties, il commence à s'étioler : c'est l'imminence de la brèche!

Devant l'urgence, on rattrape vite les quilles, et bang! L'un des grands vise le tas de petits à l'aveuglette. C'est toujours une tête qui se prend le coup, mais curieusement, le petit qui se met à hurler n'est jamais le frère ou la sœur de celui ou celle qui a lancé. Faut croire que, même dans la folie guerrière, on demeure sélectif, ce qui crée un froid dans le clan des grands. Le climat change. Les quilles tombent et nous commençons à nous regarder en chiens de faïence. Le premier à écoper est bien sûr le tireur, celui qui l'agresse étant le grand dont le protégé est en larmes.

— Pourquoi t'as tiré fort de même, espèce de sauvage?

— Pas fait exprès!

— Pis t'as pas fait exprès de tirer sur « ma » sœur plutôt qu'la tienne?

— Savais-tu, moé?

— Ouais, tu l'savais!

— Va don' chier, s'tie!

C'est « la » phrase à ne pas dire! Les grands se mettent à se tirailler tandis que les petits s'agglutinent par instinct. Ça les terrorise qu'on se batte. Ils crient, chacun leur tour, et chacun pour leur grand. Et plus ils gueulent, plus on se sent encouragés à poursuivre, à leur montrer que leur grand est le plus grand des grands. On se fait des passes de lutte, de judo, de gymnastique. Pas de morsure ni de tirage de cheveux, on joue à la dure devant les petits, à la vraie. Ça devient tellement technique qu'on se sent obligés de réglementer tout ça :

— On va dans la chambre défendue!

— Ouais! crie la troupe, petits et grands confondus.

On fait mouvement vers la chambre du fond, celle qui a le plus grand lit, celle de l'aîné de mes oncles, celle où l'on risque de se faire tuer : la chambre de Mario.

Mario, c'est pas n'importe qui, et sa chambre, c'est pas n'importe quoi! Elle est dans un ordre parfait. Dedans, ça sent le parfum à plein nez. Il y a des bouteilles d'eau de Cologne partout sur les bureaux et la grande commode est remplie d'articles pour se faire beau : des peignes, des brosses, une trousse à manucure, un bel ensemble de rasage avec un blaireau tout doux; on dirait la chambre d'Elvis Presley, son idole! Il a une grande affiche de lui au-dessus de son lit.

Quand on entre dans le palais de Mario, on se tait automatiquement, premièrement parce qu'on ne veut pas que les parents nous entendent, deuxièmement parce que... je ne sais pas... le silence s'impose. On franchit sans permission l'univers personnel d'un adulte pour lequel on a tous beaucoup d'admiration. Mario, c'est un bel homme, grand, mince, toujours bien mis. Il n'a pas le genre cultivateur, pas du tout! Il ne l'est pas d'ailleurs. Il demeure à la ferme mais sa vie est à la ville : il conduit d'énormes remorques pour Harvey Transport.

C'est un monsieur, Mario, et toutes les femmes le trouvent beau. Faut dire que c'est vrai! Ses cheveux sont luisants, noirs et gommants comme de la réglisse, et ses yeux ressemblent à des avelines grillées. Il a de longs cils souples, aussi soyeux que ceux de son blaireau. Ses sourcils ne sont pas fouillis; ils ont l'air dessinés au

fusain. On jurerait qu'il les trime. Il le fait peut-être...
En tout cas! Mario, il nous impressionne. C'est notre
vedette à nous.

Les petits s'assoient en silence contre la porte pendant que nous montons sur le lit. Quatre d'entre nous
font les poteaux du ring et les deux autres se placent en
position de combat. Les poteaux, en plus de délimiter
l'enceinte, doivent nous empêcher de rouler sur le plancher car la consigne la plus importante c'est « pas de
bruit! »

Le combat commence. Celui qui gagnera choisira
automatiquement son prochain adversaire dans le lot
des quatre poteaux. La règle est de réussir à immobiliser l'opposant, épaules rivées au lit, comme à la lutte.
L'avantage du lit de Mario, mise à part sa largeur, c'est
d'être dur comme de la pierre (semblerait que c'est
bon pour sa colonne sensible de conducteur de gros
truck).

Les petits sont muets comme des carpes. Ils regardent les clés de bras, les prises du sommeil, les crochets
de jambes, sans prononcer un mot. Ce qui leur plaît,
c'est quand on réussit à passer l'adversaire par-dessus la
hanche. Le bruit sourd de la chute les amuse : « Pouf! »
qu'ils disent, avant de se bâillonner de leurs petites
mains.

Ils sont comiques, les petits! Qu'est-ce qui se cache
derrière leur mutisme? Bêtise ou intelligence? Très embêtant de répondre à ça. Le silence est une arme décon-
certante, un genre de bouclier qui abrite aussi bien le
génie que la débilité. Dans leur cas, je ne peux rien
avancer. Leur cerveau, c'est de la gélatine ou de la
roche. Quand ils nous regardent, j'ignore s'ils nous
jugent ou s'ils essaient tout simplement de comprendre.
Ils sont fiers de nous ou pas? Se battre sur un lit, ce n'est
pas spécialement brillant comme exemple. Par contre,
ça défoule en maudit! C'est important de se vider de

temps en temps! On est toujours arrêtés par quelqu'un. Savoir prendre son plaisir, c'est une belle leçon à donner aux petits! Faudrait juste qu'on leur permette de faire la même chose que nous plutôt que de les garder là, assis à nous regarder comme des poires. C'est la réflexion que je me fais toujours au bout de deux ou trois combats. Alors je propose :

— Ce serait le tour des petits maintenant! Nous autres, on ferait leurs entraîneurs et on leur donnerait des conseils!

Ça marche à tous les coups, premièrement parce que les grands sont à moitié morts, deuxièmement parce que, dans le fond, on aime bien nos petits. On forme les équipes de deux pour les combats et c'est un départ! Les petits sont heureux! Pas croyable! Le bruit augmente, parce que c'est nous qui créons de l'ambiance. On crie après eux pour les encourager, on les félicite, on les masse, on éponge leur front avec la robe de chambre en ratine de Mario, on les parfume à l'eau de Cologne en leur faisant croire que c'est de la potion qui renforce... Tout ce qu'on peut inventer, on l'invente! Le fun qu'on a!

Les petits prennent les combats au sérieux. C'est beau de les voir. Ils se décarcassent! La morve coule, les yeux pleurent, les vêtements s'égueulent mais rien ne les arrête, rien... sauf... la porte de la chambre qui finit par s'ouvrir :

— Ah ben! Ah ben! Ah ben! Ah ben!

Tous les mouvements s'arrêtent net. La chambre est sens dessus dessous, le lit dévasté, les petits méconnaissables, et nous, saisis. Ma grand-mère, ma pauvre petite grand-mère, est plantée dans le cadre de porte, découragée. Elle ne crie pas, ne bouge pas. Il n'y a que sa tête qui oscille de gauche à droite. Elle est exactement comme la grosse mama noire en plâtre que j'ai sur le bureau de ma chambre. La tête est montée sur un ressort. Une claque dessus et elle dit oui ou non pendant une demi-heure.

Pauvre grand-maman! Elle nous regarde sortir un à un, nous aide même à rentrer queue de chemise au passage. Une sainte! Quand les petits la croisent, ils ne baissent même pas les yeux! Au contraire, ils la prennent à partie et crachent un petit peu de leur venin pour se disculper :

— C'est pas de notre faute!

— Nous autres on voulait pas se battre...

— C'est les grands qui nous ont obligés...

— Taisez-vous, petits serpents! répond affectueusement ma grand-mère en les recoiffant d'une main miséricordieuse.

— Y'nous ont mis du beau parfum à Mario, grand-maman...

— Y'ont tout sali la robe de chambre...

— Y en a un qui a mis les bobettes à Mario sur sa tête...

— Le bon Dieu a tout vu ça! dit-elle en nous envisageant, nous les grands chargés de repentir. Mario ne vous fera plus faire de tour dans son beau camion! ajoute-t-elle.

— Non, grand-m'man! Pitié! Dites-y pas! On va tout ramasser!

— Descendez! Vos parents vous attendent pour partir.

On sort. Elle referme la porte derrière elle et nous accompagne. À mesure que nous descendons les marches, la culpabilité des autres s'efface. Arrivés en bas, ce sont tous des anges, légers comme des plumes, totalement en paix avec leur conscience. Moi, le trajet me fait l'effet contraire : plus j'approche de l'assemblée, plus je m'alourdis. Le fardeau de ma faute atteint son poids maximum lorsque j'entrevois le visage de mon père. Ses yeux m'appellent. J'obéis.

— Qu'est-ce que vous avez fait en haut? demande-t-il entre ses dents.

— On a joué dans la chambre à Mario.

— Tout est viré d'bord?

— Ben...

— Monte ramasser.

— Puis les autres?...

— J'élève pas les autres... T'as dix menutes! ajoute-t-il en regardant sa montre. Marche!

Tout ça se dit et se fait à l'insu de tout le monde. Très discrètement, il m'a parlé, et très discrètement, je disparais, seule, tandis que les autres s'habillent, manteau par manteau, famille par famille. Quand je redescends, c'est calme dans la maison. Il ne reste que les piliers d'assemblée, toujours les deux mêmes couples. Mon père discute sur le pas de la porte. Il a son manteau sur le dos, sa casquette calée sur la tête, ses clés dans une main et la poignée de la porte dans l'autre. Les enfants sont plantés à côté de lui, fin prêts. Ma mère trime le bébé tout en placottant. Ça n'avance pas assez vite...

— Cou'donc! Hostie! Y mets-tu tout un Zeller's su'l'dos? dit mon père.

Tout le monde part d'un grand rire, bien sûr! Mon père a le don pour ça.

— Je ne veux pas qu'il attrape du mal! répond maman en embrassant les grosses joues du bébé. Parce que c'est ma grosse boule de quilles! Pis qu'il est beau! Pis qu'il rit tout le temps! Pis que c'est tout à maman, ce bébé-là!

Elle dit ça en brassant le bébé, en le chatouillant, en lui donnant des becs partout. Mes deux tantes restantes, de vraies maniaques, se joignent à elle et s'en donnent à cœur joie. Le bébé valdingue de tous les côtés, pousse des éclats de rire, gigote. Mes frères et ma sœur se tortillent autant que lui. Mon père conclut alors:

221

— Venez-vous-en, les enfants! On va aller chauffer le truck! Salut pis merci! lance-t-il à mes grands-parents. On lève le flaille!

Ma mère finit d'habiller le bébé tandis que je vais chercher nos manteaux. Ma grand-mère me suit dans la chambre.

— Prends soin de toi pis fais-en pas trop, dit-elle en fermant mon col. Je sais que tu travailles en masse.

— Pas tant que vous!

— Bah! dit-elle en me serrant. As-tu toujours tes maux de tête?

— De temps en temps...

— Montre...

Elle tend les mains au-dessus de moi, ferme les yeux et prononce des paroles inaudibles, probablement un genre de prière. Ce cérémonial, elle l'appelle « imposition des mains ». Elle le fait chaque fois qu'elle me voit. Mon père dit qu'elle me prend pour un rond de poêle. Franchement!... Il ne veut pas croire que son rituel marche. Pourtant, ça fonctionne! Je le jure!

Il y a quelque chose qui passe de ses mains à moi, une chaleur, un fluide ou plutôt une combinaison des deux. Comment expliquer? C'est comme si j'étais une bouteille vide que l'on comble de sirop. J'arrive fragile, transparente, habitée de courants d'air, je repars gorgée d'une tiédeur rouge clair. Ma grand-mère me donne ce que personne d'autre n'arrive à me donner. J'ai cherché dans mon dictionnaire pour trouver le mot exact. Ça s'appelle « la plénitude de l'être : état de ce qui est complet, dans toute sa force ». Quand je quitte grand-maman, je suis dans la plénitude. Je me sens belle, saine, habitée; je m'aime. Ça fait du bien! J'ai moins mal à la tête, mes idées sont roses, légères. Le soir, je fais des rêves agréables, je repose. C'est fou, mais je suis certaine que l'amour de grand-maman circule dans mes veines, comme une huile miraculeuse : il me soigne!

Dommage que ça ne fasse qu'un temps. Les jours qui passent altèrent cette huile. Elle se colore lentement, accumule les saletés et finit par devenir sombre et lourde, comme ce sang qui recommence à couler de mon nez. Ce sang, c'est ma laideur intérieure qui déborde. Je suis une mer d'idées noires, une mer que même l'amour de ma grand-mère n'arrive pas à nettoyer. Souvent, je pense à la mort. J'imagine des plans pour disparaître. J'ai plusieurs scénarios. Il y a la voie ferrée : je m'allonge en travers sur les rails et « Touc! » ma tête part. C'est efficace! Mais une chose me gêne : mes lunettes. Je ne peux pas imaginer une tête coupée avec des lunettes dessus. Ça ne fait pas sérieux. Alors je pense à la solution des pilules. Le problème c'est que je ne sais pas lesquelles avaler. J'ai pensé à l'échappement de la voiture, comme dans les films. Mais on n'a pas de garage.

La solution la plus simple, c'est l'eau. Me lancer au fond du lac et attendre de manquer d'air. Je peux le faire quand je veux, chaque fin de semaine au chalet, le plus aisément du monde.

Scénario: on monte tous, comme d'habitude, je fais ce que j'ai à faire pour aider maman en arrivant et je pars avec la chaloupe pour aller chercher de l'eau au « ruisseau frette ». Je fais le trajet ordinaire jusqu'à la tête du lac sauf que, passée la dernière baie, je m'arrête en plein centre, là où le grand-père m'amène pêcher, là où la corde de l'ancre n'est jamais assez longue pour toucher le fond; c'est là qu'il faut sauter. Je n'ai rien à faire à part me laisser couler, tout simplement. La question c'est : est-ce qu'on cale aussi facilement qu'on le veut? Faut-il un poids au cou? Ça c'est moins drôle parce que si on est lesté, on a le temps de se voir mourir comme il faut, les deux pieds dans le fond, les yeux ouverts à attendre d'étouffer et... pas question de changer d'avis!

Ça me fait trop peur!... Le fond du lac... l'horreur de

tout ce qui stagne dans la mousse verte, la présence possible de n'importe quel monstre sous-marin, des yeux globuleux qui m'observent pendant que je me débats, des yeux diaboliques qui attendent de voir sortir mon âme pour l'entraîner dans les profondeurs obscures de l'enfer pour l'éternité! La damnation pour ceux qui osent mettre fin à leurs jours.

Oh, non! Non! Si ça se trouve, l'antre du démon est là où je choisis de mourir. C'est très possible : si Dieu est dans les hauteurs, Lucifer peut bien se trouver dans les profondeurs. Quelle erreur ce serait que d'aller me jeter dans ses pattes.

Non! Je ne peux pas faire ça. Pas dans l'eau! Et nulle part d'ailleurs! Je dis n'importe quoi... Que m'arriverait-il après? Les limbes! C'est quoi les limbes? Je ne sais pas mais, rien que le mot, ça ne donne pas envie d'y aller. Limbes...

Non... je ne mérite pas ça. Je suis une bonne fille, au fond. Je le suis puisque j'ai peur de faire de la peine à tout le monde en mourant. Ma mère, mon père, mes frères, ma sœur, mes grands-mères, mes grands-pères, personne ne comprendrait. Ils sont certains que je suis heureuse avec eux. Ils ont raison! C'est avec moi que je ne le suis pas. Et ça, c'est mon problème, un problème auquel je dois trouver une solution qui ne soit pas égoïste. M'éliminer, ce serait faire de la peine aux autres, les abandonner devant une montagne de questions qui gâcheraient leur existence. Et tout ça pour me retrouver je ne sais où ni dans quel état. Non...

— Claudine!

Le grand-père! Cibole!...

— Oui! J'arrive!

Je pensais qu'il était parti pour la nuit. Qu'est-ce qu'il peut me vouloir?

— Où t'étais, tabarnac? Fait quatre fois que je t'appelle!

— Excusez... j'étais assise dehors sur la galerie. Il fait tellement beau!

— Amène-moé la bassine en granit. J'ai peur de renvoyer.

— Oui! Tout de suite, grand-papa!

Esprit! S'il vomit, on est pas mieux que morts!

— Grouille, hostie!

— Tenez, grand-papa! Tenez!

Il est assis sur le bord du lit, bras en parenthèses, les poings rentrés dans le matelas. Je ne vois pas son visage. Il regarde le plancher. J'entends son ventre gargouiller aussi fort qu'un renvoi de lavabo. Ça brasse en criminel!

Je place la bassine sur ses cuisses.

— Correct comme ça, grand-papa?

Il fait un signe de tête affirmatif.

— Vous voulez autre chose?

— Fais-moé un sel de fruits. La bouteille est dans l'armoire.

Je décolle. Je fais vite la mixture et je la lui apporte, bouillonnante. Le vieux agrippe le verre et le descend d'un coup. Je ne sais pas ce qu'il a comme gosier! Il me tend le verre vide, se penche au maximum vers l'avant puis remonte comme un ressort en projetant un rot tonitruant. Les cheveux m'en lèvent.

— Hostie! lance-t-il en se prenant le ventre. Je viens de déjammer!

— Vous êtes mieux, là?

— Ouais... j'cré que ça va prendre le bout d'en bas. Sors d'icitte! Faut que j'aille su' l' sieau...

Pas besoin de me le dire deux fois. Je me pousse le plus loin que je peux dans le fond de la cuisine. Je ne veux rien voir ni rien sentir. Par contre, je reste à l'écoute, au cas...

J'entends le vieux traîner les pieds puis sacrer comme un charretier. Il a dû se cogner quelque part! Fait tellement noir dans son trou.

— Vous voulez une flashlight, grand-papa?

Répond même pas...

— Grand-papa?

— Crisse-moé a'paix!

Je savais qu'il dirait ça. Qu'est-ce qu'il fait? Ça bardasse. Ça frotte. Ah!... il place son seau... c'est ça... Et maintenant? Je n'entends plus rien!...

— Grand-papa?

— J'peux-tu m'déculotter en paix, hostie?

Bon! Pas pire. Ça avance. Sa respiration vient par coups, comme celle d'un bûcheron qui fend du bois. Enlever son pantalon doit équivaloir à fendre une corde. Pauvre vieux... La ceinture, le bouton, la flaille, c'est bien trop compliqué pour lui. Le temps d'avoir passé toutes les étapes, il peut aussi bien...

— Ah! Baptême!...

— Qu'est-ce qu'il y a, grand-papa?

— Saint-sacrement d'étole!...

— Grand-papa?...

— Me suis fait dessus! Bout'd'viarge!

— Quoi?

— J'ai chié dans mes culottes, Jésus-Cri! T'es sourde?

— Le seau, lui?

— Y'est raide vide le sieau! Pas eu l'temps d'me rendre! Mes culottes sont parties en même temps qu'le tas. Chanceux dans ma badeloque, sont pas beurrées. Mes bobettes sont pesantes en tabarnac par exemple!

— Qu'est-ce que vous allez faire, là?

— J'vas aller m'crisser dans le lac!

— Pour vous laver?

— Ben tiens!

— Il fait noir!...

— Ben en quoi! J'vas pas donner une séance!

— Vous allez vous déshabiller? Dehors?

— Comment tu veux que j'me dégraisse autrement?

— Bien... vous pourriez faire ça en dedans, au lavabo.

— Penses-tu que j'vas torcher mes fesses à'même place que j' lave la vaisselle. Pas été élevé dans une soue!

— Oui... je sais mais... c'est juste que... j'ai peur que vous attrapiez du mal... ou que vous tombiez... on sait pas...

— Arrête de bavasser. Là, tu vas aller sur le bord de la galerie pis tu vas me mettre deux grandes serviettes, une débarbouillette pis le savon à mains. Amène un vieux sac de pain aussi. C'est là que mes bobettes vont finir : dans le sac au fond du lac. Pesantes comme y'sont, y'r'mont'ront pas!

— Vous ne les laverez pas?

— Tu folle, toé? Job de femme, ça! Envoye! Décolle! Ça commence à couler le long des jambes.

— O.K., grand-papa...

— Après ça, tu te bouches les yeux jusqu'à ce que je sois revenu dans ma chambre. Ça va prendre que'ques menutes certain. Compris?

— Oui!

— Pis tant qu'à faire, bouche-toé le nez aussi, parce que j' sens fort en hostie.

Je l'entends qui force comme un bœuf, encore.

— Maudites bottes!

Ça fait « bang! » dans le mur de la chambre.

— Qu'est-ce qui vous arrive, grand-papa?

— J'chus v'nu à boutte de m'débotter, hostie!

— Vous êtes pieds nus là?

— J'chus pas « pieds nus », j'chus nu-pieds! Arrête de parler à l'envers comme une pincée!

— Vous allez sortir maintenant?

— Y m'reste mes bas à ôter. Trois paires une par-dessus l'autre. Faudrait que ça parte tout d'une venue pour ben faire.

— Tirez...

— J' peux pas m'pencher pour les pogner, saint-chrème!

— Vous voyez bien que ça n'a pas de bon sens, votre affaire... vous allez être obligé de sortir avec vos bas, vous allez les mouiller, pis ça va vous rendre malade après.

— Ouais... j'cré ben que t'as raison. Va me r'chercher les affaires su'a galerie, j'vas m'laver comme j'peux en dedans. Tu désinfecteras à l'eau de Javel après.

— Oui, grand-papa!

Je retourne dehors et je ramène tout à l'évier.

— Tant qu'à faire, prends la bombe su'l'poêle pis mets-moé un peu d'eau chaude dans la bassine.

En disant cela, il propulse la bassine qui vient glisser au milieu de la pièce.

— Envoye! ajoute-t-il. Après, tu sors!

Je vais au poêle. La bouilloire emplie à ras bord est fumante. Je la soulève prudemment et je me mets en route. Mes bras tremblent. C'est lourd. Mon orteil blessé souffre le martyre. À tous les pas, ça crie « ayoye! » dans ma tête. J'arrive à l'évier à bout de forces et de douleur. Je pose la bouilloire sur le dessous de plat en tôle.

— Pis? Ça vient?

— Oui, grand-papa... Je remplis, là!

Je reprends la bouilloire et je verse, lentement. L'eau valse dangereusement dans la bassine en granit tandis que l'évaporation me cuit les mains. C'est dangereux en maudit, ces grosses bouilloires-là. Ce dont il faut surtout se méfier, c'est du couvercle à charnière : si on penche trop, il glisse sur le côté et on se prend toute la brume en plein visage!

— T'as fini?

— Oui. Je ramène la bombe.

— Non! Laisse-la su'a plaque pis décampe.

— Mais, grand-papa, c'est à faire attention, ça...

— Sors! Me v'là!

Je sens un courant d'air qui vient de la chambre, une bouffée si puante que mon souffle s'en trouve coupé. Je fuis comme un lièvre. La porte claque derrière moi et je prends une grande respiration. Maudit que ça sent méchant d'la merde de vieux! Y a pas un tas de bébé pour accoter ça.

— Va-t'en plus bas!... Au ras la cabane à bois! crie le bonhomme à travers les murs.

Je descends me planter devant le hangar. D'ici, je ne peux pas voir. Je n'ai pas envie non plus! Qu'est-ce qu'il s'imagine? Un homme de cet âge-là... Le moineau d'un homme de cet âge-là! Ça doit voler bas... une peur! Tous les moineaux de tous les hommes doivent faire peur d'ailleurs! Je n'en ai jamais vu mais... j'imagine. J'ai reluqué ceux de mes frères, mais les leurs, c'est des accroires : pas plus gros que des oisillons, tout rachitiques, même pas de duvet. Les moineaux des hommes, paraît que c'est corpulent et velu.

De toute façon, gros ou petits, il n'y a rien d'intéressant là-dedans. C'est un outil pour faire des bébés. À part ça, je ne vois pas. Ça doit demander bien de l'entretien en tout cas. Ça oui! Ça doit toujours être jaune, sentir la pisse... Puis comme les hommes ne sont pas champions de propreté, je suis persuadée que ce sont les femmes qui s'occupent de l'entretien des moineaux. Connaissant maman, celui de son mari doit être digne d'un concours de beauté : tout lustré, tout lisse et aussi reluisant que les bibelots du salon.

Par contre, celui du vieux... pas sûre qu'il passe le test! C'est une question de facilité d'entretien : s'il est comme je pense, plein de plis, tout ratatiné comme le reste du bonhomme, difficile d'en faire un beau ménage. Surtout que ma grand-mère ne voit plus aussi clair qu'avant. Doit y avoir de la saleté dans les coins.

J'entends la pompe à l'intérieur. Le vieux est à l'évier. Comment va-t-il s'organiser pour ne pas mettre de la merde partout? Dans le fond, il avait raison : c'était dehors la meilleure solution. Mais, maudit, em-

poté et amoché comme il est, il ne s'en serait jamais
sorti tout seul.

Je l'imagine, nu-fesses, en pieds de bas dans l'eau. Il
se penche pour tremper sa débarbouillette et « plouf! »
la tête la première dans le lac. Il en faut peu pour qu'il
tombe quand il est à jeun, alors avec ce qu'il a bu!...
Après, qu'est-ce qui se passe? Au mieux, il est assis dans
le fond, échoué comme une baleine, et il m'appelle
pour l'aider à se relever. Beau tableau... Décidément, il
est mieux en dedans!

Qu'est-ce qu'il fait maintenant? Je lui demande?... Je
vais plutôt le laisser se concentrer. Pauvre vieux! C'est
déjà assez difficile comme ça. Vivre toutes ces années
pour revenir au point de départ, à se faire dessus comme
un bébé. Ça doit être dur à prendre.

Est-ce que ça va m'arriver à moi aussi? J'espère que
non. Je ne voudrais pas vivre jusque-là. Ou plutôt, oui...
je n'ai pas envie de mourir. La mort... Qu'est-ce qui
arrive à tous ces gens qui meurent et qu'on ne revoit
plus? Riches, pauvres, beaux, laids, vertueux, mauvais,
bébés, vieillards... tous ensemble à la même place? Je ne
peux pas figurer! Depuis le début des temps, ça fait
beaucoup trop de monde! Je veux bien croire que les
corps restent en bas et que seules les âmes montent,
mais quand même... un tas d'esprits comme ça, c'est
ramassé où? Et à quoi ça peut bien servir? Est-ce que ça
s'amalgame pour former une sorte de gros Esprit qui
contrôle tout? On se joindrait à Dieu, à mesure qu'on
meurt, et c'est ainsi que l'Esprit divin grandirait?

Mais il n'y a pas que du bon monde qui meurt! Le
gros Esprit ne peut pas gober tout ce qui se présente.
Il doit assainir les âmes corrompues avant de les assi-
miler. Le grand Pardon, c'est pour tous mais... un
instant! Faut se pencher sur chaque vie! Peut-être que
la sanctification de certaines âmes demande énormé-
ment de temps et d'énergie au gros Esprit : des jour-

nées, des semaines entières de litanies et de sueurs spirituelles. Et tandis que la communauté des âmes peine sur un cas, en bas, ça continue de mourir. La file s'allonge. Les âmes s'accumulent aux portes, bonnes et mauvaises confondues. La force divine, malgré toute sa bonne volonté, ne peut pas suffire. Il faut que ceux d'en bas aident leur propre cause.

C'est sûrement pour ça que Dieu a délégué son fils Jésus, il y a deux mille ans. Et sûrement qu'il en a envoyé un paquet d'autres auparavant, des messagers qui ont plus ou moins parlé dans le vide, rédigé des manuscrits, laissé des consignes, je ne sais pas.

Jésus, ça a été le grand coup que le Père a donné en désespoir de cause! Il lui a dit de mettre le paquet pour que les gens comprennent. Et il l'a fait : trente-trois ans qu'il est resté! Il s'est entouré d'amis, leur a tout appris, leur a demandé de mettre ça par écrit pour que ça reste et de partir ensuite autour du monde pour passer le message : faites une bonne vie si vous voulez que le gros Esprit continue son œuvre.

Mais pourquoi on a crucifié un homme comme celui-là? Je ne comprends pas! « Aimez-vous les uns les autres! » ça faisait mal à qui? À des grosses têtes qui trouvaient ça trop simple pour être pris au sérieux? Si Jésus avait dit : tuez tout le monde, je comprendrais... Mais non! Il a fait le contraire : il s'est laissé battre, bafouer, ridiculiser, martyriser et il est mort, dans la souffrance, sans dire un mot à part : Père! Pourquoi m'as-tu abandonné?

Ça, je l'ai retenu!... parce que ça me ressemble. Quand je mange une volée, je pense à Dieu et je me pose les mêmes questions que Jésus : « Vous laissez faire ça? Êtes-vous vraiment là? » Après, je me sens coupable et je fais des prières. Je dis toujours la même chose : Notre Père qui êtes aux cieux, tout à l'heure j'ai douté de vous, comme votre fils sur la croix. Quand vous l'avez mis dans le corps d'un homme, les souffrances lui ont fait dire n'importe quoi. Mais vous lui avez pardonné sa faiblesse, pardonnez-moi aussi.

— Claudiiiiine!

— (Maudit que j'ai fait un saut!) Oui, grand-papa!

— Arrive!

J'espère qu'il s'est rhabillé comme il faut. J'avance lentement vers la porte. Avant de la pousser, je baisse la tête, au cas.

— Tiens! Va j'ter ça au bout du quai!

Je ramasse le sac de pain du bout des doigts. Il est lourd et pendouillant. Ça me répugne, je ne peux pas le cacher. Le vieux n'apprécie pas.

— Envoye, hostie! C'est aussi ben paqueté qu'à la boucherie!

En entendant « boucherie », le cœur me lève. Je ne mangerai plus jamais de baloné après ça. Le vieux glousse comme une dinde tandis que je sors à reculons, sa merde entre les mains. Où est-ce que je vais jeter ça? Pas devant le chalet quand même... C'est répugnant. Où? Je n'ai pas envie d'aller au bout de son quai! Ça me fait peur. Maudit! Ce serait si simple de...

— Grand-papa?

— Quoi?

— Je peux le mettre dans la grosse poubelle jusqu'à demain matin?

— J'ai dit : dans le lac, tabarnac! Pas envie d'attirer la vermine su'a galerie!

— Si je ferme le couvercle de la poubelle comme il faut?

— Y a pas un maudit couvercle qui va t'nir si l'ours sent ça!

Bah!... papa dit que les ours, ça ne nage pas. C'est justement pour ça qu'il s'est construit sur une île. Y a aucun danger ici... Faudrait vraiment que... que l'ours soit affamé... puis attiré par quelque chose de spécial!

La merde du vieux... c'est spécial, ça? Je ne peux pas croire qu'un ours soit assez mal pris pour venir chercher ça... mais si jamais!...

— Grand-papa! Je vais aller au bout de notre marina pour lancer envers le large.

— Avise-toé pas de monter jusqu'à la bécosse en cachette! Tu vois pas clair!

— Non! Je vous le promets!

Au moins, ça va couler dans le creux, là où nos cannes à pêche ne se rendent pas. Faut que je swing comme il faut par exemple. Une chance que j'ai mon bon bras de base-ball! Allez! Un! Deux! Trois! Go! Feu! Beau lancer! Je regarde un peu même si on n'y voit rien... question d'avoir l'air de bien surveiller les opérations. Je ne suis pas pressée de rentrer mais, à un moment donné, faut ce qu'il faut!

— C'est réglé, grand-papa! dis-je en revenant.

Le bonhomme est assis à table. Il fume. Il règne une odeur fétide mélangée à celle de l'eau de Javel. La bassine est renversée dans l'évier, étincelante. La bouilloire est revenue sur le poêle. Au-dessus, sur la barre de séchage, une débarbouillette et une serviette lavées qui font des « tchiiiii! » en s'égouttant sur la fonte brûlante.

— Vous avez tout nettoyé?

— Ouais! À l'eau bouillante pis au Javex.

— Vous auriez dû m'attendre...

— Pourquoi? T'as pas confiance? T'as beau tchèquer mon ouvrage! Ton grand-pére est vieux mais y'est propre!

— Je le sais bien, grand-papa! dis-je en m'asseyant en bout de table.

— Pis? Mes bobettes? s'informe-t-il.

— Elles sont au large, à la hauteur de la pointe de sable.

— Ben trop loin!

— Comment ça?

— Ton frére pourra jamais les pêcher!

Il se met à ricaner à travers la boucane qui lui sort par le nez. Puis il devient sérieux. En approchant sa cigarette du cendrier, il me dit :

— Pas un mot de mes bobettes à personne, sinon...

Le pouce du vieux s'écrase méchamment sur le mégot et lui fait rendre ses entrailles.

— Compris?

— Oui, grand-papa. Mais vous n'aviez pas besoin de me le dire, vous savez...

— Ah! Non? Pis j'ai-tu besoin de te dire que c'est les maudits cachous qui m'ont rendu malade?

— Ah! Oui?

— Ouais! Parce que c'est trop gras, pis que j'en ai ben trop mangé. Mais ça, c'est mon problème à moé. Ma niaiserie m'a coûté une paire de bobettes! Pis là, j'sus amanché comme un bebé, avec une couche entre les jambes.

— Une couche?

— Ben oui! La grande serviette, c'est là qu'elle est! dit-il en se tapant une fesse.

Je souris, mal à l'aise.

— Ah! j'te permets d'rire! Vas-y!

— Je n'ai pas envie de rire, grand-p'pa!

— Vas-y que j'te dis!

— S'il vous plaît, grand-papa... je ne veux pas...

— Ris! crache-t-il en se soulevant.

Il est là qui me regarde, un lion prêt à bondir sur une gazelle. Si je ne ris pas, il me frappe. Je le regarde bêtement. Je lui sers un rire comme je peux.

— Bon! Marche au litte astheure! dit-il en se rassoyant.

— Et vous? Vous n'avez plus sommeil?

— Vous n'aaaavez pluuus sommeillllll? dit-il en se tordant la bouche de tous les côtés. On dit : « Vous vous endormez pus! » Pis non, j'm'endors pus! J'aime autant rester deboutte pour donner une chance à mon estomac.

— Vous ne voulez pas que je reste?

— Nan! R'pose tes yeux, pis ton orteil, pis tes piqûres, pis ton nez, pis ta tête! À toé tout' seule, t'es plus malade qu'un hôpital au complet.

— Ça va bien maintenant...

— Ça va aller encore mieux quand tu vas avoir dormi.

— Qu'est-ce que vous allez faire?

— Penser à mes vieux péchés! Au litte pis vite! Chenaille!

Au fond, c'est mieux comme ça. Je peux me reposer tout en ayant le vieux à l'œil.

Je passe devant lui pour me rendre au bed. Il m'accroche au passage.

— Un bec! dit-il en tendant la joue.

Je me penche et je pose les lèvres sur sa peau rêche.

— Bonne nuit! Pis si tu rêves aux anges, rêve à moé!

Sur ce, il me file une claque aux fesses. J'atterris sur le bed.

— Bonne nuit, grand-papa!

Je m'étends sur le sac de couchage et je ferme les yeux. Je ne m'endors pas du tout! Mes paupières sautillent. C'est énervant! Il n'y a rien de pire que de se battre avec des yeux qui ne veulent rien savoir. Ça fait mal. Je vais laisser un petit entrebâillement, juste de quoi soulager les muscles.

— T'as les yeux farmés, là?

— Oui, grand-papa! dis-je en regardant par la fente.

— Dors!

Le vieux ne s'est pas retourné. Il s'allume une autre cigarette et fait de la brume. Je regarde son dos. Il est si large. On dirait une porte de garage, mais vivante. À chaque respiration, la porte se soulève un peu puis retombe en émettant un petit couinement. L'air passe mal dans la gorge du vieux. Ça ne l'empêche pas d'inhaler sa cigarette et de souffler des nuages calmes qui s'accumulent au-dessus de sa tête.

C'est beau de voir l'univers qui s'installe autour d'un fumeur. La brume dessine un voile et crée un petit salon blanc où le fumeur semble être à l'abri pour réfléchir. J'ai remarqué que ceux qui fument, en général, ne parlent pas beaucoup : ce sont des penseurs. Ils mûrissent leurs interventions dans la boucane, font une petite incursion dans la conversation et retournent à la production de nuages. Pendant ce temps, les autres parlent et personne ne se coupe.

Ce n'est pas comme dans les conversations de ceux qui ne fument pas. Eux, ils bavassent sans arrêt, parlent les uns par-dessus les autres. Leurs voix sont claires, pures, agaçantes même. Je préfère de loin le ton sableux des fumeurs. Ça écorche moins les tympans.

Tout compte fait, je crois que je fumerai quand je serai grande. Je serai quelqu'un qui pense beaucoup et qui parle peu, comme papa. Et je fumerai, comme papa. Mais je ne tousserai pas comme lui, ça, je ne veux pas. Parce qu'à ce moment, je pourrais m'en vouloir comme lui.

Quand il est assis à table, perdu dans sa boucane et ses pensées, il se fait des reproches. Chaque matin, j'assiste à la séance, la tête rentrée dans mon bol de céréales. J'essaie de ne pas le regarder mais... un jour où je n'ai pas réussi, ses yeux se sont piqués droit dans les miens et il s'est mis à me sermonner, comme ça, sans que j'aie fait quoi que ce soit. C'était bizarre. En fait, il se parlait à travers moi.

« Cigarette... maudite habitude! Quand tu penses... se faire mener par un p'tit bâton blanc pis pas être capable de s'en débarrasser. C'est innocent! Pis si j' prenais un verre, ce s'rait pareil : ce s'rait un verre, pis un autre, pis un autre, tant qu'y en aurait! J' suis convaincu de ça. »

« Faut faire ben attention dans la vie. Si on pense qu'on a des tendances à ne pas pouvoir arrêter quand on commence, faut tout simplement pas commencer. Y a pas un maudit docteur qui a une pillule contre le manque de volonté, mets ça dans ton cahier! La faiblesse de caractère, ça ne se soigne pas. C'est dans nos souches, pis dans notre sang, pis dans notre tête. Faudra que tu fasses attention à ça, ma fille. Pis si jamais t'as des problèmes, que tu vois venir des mauvaises accoutumances qui te font peur, viens m'en parler... »

Je me souviens avoir répondu « oui, p'pa », c'est tout. Le discours qu'il tenait tout en fumant sa cigarette n'avait aucun poids. C'était ridicule. Le seul problème qu'il pourrait régler pour moi, si jamais je commençais à fumer, ce serait de payer mes paquets... Pour le reste, il était déclassé.

— Dors-tu, la poule?

— ...

J'entends la chaise craquer. Le vieux doit se tourner pour vérifier. Il touche un de mes pieds, celui qui va bien.

— La poule? dit-il en secouant légèrement.

— ...

— La poule!...

Mon pied retrouve sa liberté et la chaise craque à nouveau. J'attends quelques secondes et j'entrouvre les paupières. Le vieux est de dos, les avant-bras appuyés sur la table. J'avale sans faire de bruit. J'ai le nez qui me démange. C'est agaçant... en plus, ça chante quand je respire. J'ouvre un peu la bouche.

Le silence dans la pièce est presque parfait. J'entends distinctement le bois qui lutte dans le poêle. C'est un chant étrange qui semble ne jamais vouloir s'achever; la vie s'étire, s'acharne au milieu de son cercueil de fonte. Le moindre petit copeau y va de ses énergies. De temps à autre, le bruit sec d'un éclat qui se détache, s'élance et va donner contre les parois meurtrières. On dirait des os qui se fracassent. Le feu se tue à essayer de se répandre dans le milieu où on l'a emprisonné.

Quelquefois, je m'assois devant le poêle, je pose les pieds sur le panneau du four et j'observe à travers les petites fenêtres de la porte. De temps à autre, j'envoie un peu de vent dans les trous. Le feu est vivant! Les tisons passent du rouge sombre au rouge vif. L'oxygène les excite et les fait battre comme des cœurs. Ils sont des centaines à réagir au moindre courant d'air.

Le vieux marmonne... qu'est-ce qu'il dit? Il se lève. Va-t-il déjà se coucher? Maudit! On était bien comme ça!

Je le regarde se traîner jusqu'à sa chambre. Il chambranle. Au fond, il sera mieux au lit, le pauvre. Et moi, je pourrai garder les yeux ouverts tant que je le veux. Je sens que je ne dormirai pas de la nuit. Je suis trop inquiète de lui. S'il fallait qu'il lui arrive quelque chose pendant que je dors, je m'en voudrais toute ma vie.

Qu'est-ce qu'il fait dans la chambre? Ça bardasse. Mausus de bonhomme! Couche-toi, simonac! C'est pas le temps de faire du ménage! Oups! Il revient!

La chaise craque à nouveau tandis que je joue l'endormie. J'attends quelques secondes et j'entrouvre les yeux. Il est assis de profil. Faudra que je sois très discrète. Il tient quelque chose dans ses mains. Je ne peux pas distinguer... c'est reluisant... ça roule entre ses doigts... mais qu'est-ce que...? Un chapelet! Il tient un chapelet!

— Je vous salue, Marie, pleine de grâce...

Le vieux prie maintenant. Est-ce qu'il fait ça tous les soirs? Ça m'étonnerait... Il n'est pas plus catholique qu'il ne faut! Quand c'est le temps d'aller à la messe, il part à la dernière minute, il bougonne, il se traîne et, rendu là-bas, il attend le sermon pour dormir. Ma grand-mère le pousse tout le temps du coude quand il commence à ronfler. C'est rien qu'un vieux malcommode, mon grand-père!

N'empêche que, il prie pareil! Sans ma grand-mère autour, il est tranquille pour parler au bon Dieu en cachette. Je l'écoute marmonner. Les petits grains passent un à un dans ses gros doigts. La bouche du vieux mâche les prières. Le passage « de vos entrailles est béni » a l'air particulièrement agréable. Il l'étire bien, comme une gomme, et la prière revient en bouche, molle et ronde jusqu'à l'« aaaaaamen ». Et ça repart.

J'ignore l'impact que cette répétition mécanique peut avoir là-haut. C'est tellement peu senti... Que fait Marie avec cette manne de prières? Elle crédite tout pour chaque personne? Ce serait étonnant. Je l'imagine plutôt attentionnée, à l'écoute. Alors pourquoi ce harcèlement à coup de chapelets entiers?

J'ai beaucoup de difficultés avec la prière! Je ne comprends pas le principe. Quelquefois, je dis un *Je vous salue, Marie* bien pensé, en pesant chaque mot dans ma tête et dans mon âme; parfois, j'en enfile une douzaine en me disant que c'est peut-être la quantité qui compte. Allez savoir...

En tout cas, le vieux, il ne se pose pas de questions. Un « amen » n'attend pas l'autre. Combien va-t-il en dire comme ça? Tous les grains vont y passer? Je vais compter pour voir. Il en est déjà à quatre... ça fait cinq... six... sept... huit... neuf... dix... Il va finir par m'endormir... Oups!... un *Notre Père*, un signe de croix... il embrasse le chapelet... je pense que c'est fini!

Bien, c'est beau! Le vieux doit être content de lui. Il va probablement aller au lit, maintenant que son contrat est rempli. C'est ça. Il se lève. Bonne nuit, grand-papa. Bonne nuit! Vous êtes un bon diable dans le fond. Je suis fière de vous. Je vous aime, grand-papa! Mourez

pas pendant la nuit, O.K.! Respirez comme il faut, là!
Puis ne vous levez plus... vous pourriez tomber!

Bon! Il a disparu dans sa chambre. À mon tour de
faire mes prières. « Au nom du Père et du Fils et du... »
Ah non! Il revient! Avec une petite boîte... Qu'est-ce
c'est encore? Il dépose la boîte sur la table. Je ferme les
yeux. Je n'entends plus rien. Je sens qu'il me regarde.
Ses pieds... il avance vers moi. J'ordonne à tous mes
sens de faire les morts. J'entends la respiration du
vieux. Je sens son haleine chaude et embaumante.
Qu'est-ce qu'il veut? Sa grosse paluche se pose sur mon
front, lourde, bouillante. Elle reste là sans bouger. Chaque seconde devient une journée. Au bout d'un mois
torride, sa main s'en va. Ouf!...

Il s'éloigne... il a dû vérifier ma température... en
tout cas, ça ressemblait à ça. Il va au poêle. Il fricasse
dans la boîte à bois. La porte du poêle s'ouvre. Il
nourrit le monstre de fonte. La porte grince et se
referme. Le vieux craint tellement l'humidité de la nuit
qu'il ne prend aucun risque : sa carcasse doit reposer au
chaud et au sec. Quant à la mienne, elle peut toujours
fendre en deux...

Il vient se rasseoir, dos au mur. Il prend sa boîte.
Elle est belle! Je ne l'avais jamais vue: elle est en bois,
rectangulaire, de l'épaisseur d'un petit roman. Tout est
couleur or. Qu'est-ce qu'il peut bien cacher là-dedans?

Il passe sa main sur le couvercle en levant les yeux au
ciel. Il rabat la tête sur sa poitrine. Silence total... Le
vieux se plonge dans un genre de méditation, le coffre
serré entre ses mains. Je me recueille avec lui, par
respect. Au bout d'un moment, j'entends « clic! » Je
soulève une paupière.

Le vieux a ouvert la boîte... il fouille dedans avec
beaucoup de délicatesse. Il en extirpe... qu'est-ce que
c'est?... un papier... une lettre... non... on dirait plutôt...
oui... c'est ça : une photo... toute petite... mais de qui?...

Le vieux caresse la photo avec son gros pouce. Il sourit. Il l'approche de ses yeux, la fixe de près, sourit à nouveau. Il la descend à sa bouche et... pose ses lèvres dessus! Mais c'est une photo de qui, ça? Un ancien amour? Le vieux aurait eu une relation secrète, comme dans les grands films? Sacré Spencer! Il pose la photo sur la table et retourne fouiller dans la boîte. Avec quoi va-t-il arriver? Une petite lettre qui sent le parfum? Je suis certaine que c'est une affaire du genre. Ça y est. Il tient quelque chose. C'est... ce n'est pas une lettre. C'est... mais je reconnais! C'est le sifflet de mon oncle Gratien! Mon oncle qui est mort, il y a trois ans; mon oncle Gratien, le petit dernier de mon grand-père; mon oncle Gratien qui ne parlait pas, qui ne marchait pas, qui n'avait pas de dents, qui était toujours attaché dans sa grosse chaise de bois, qui me faisait peur quand on me forçait à m'asseoir dessus, qui collait sa bouche ouverte sur ma joue en laissant plein de bave puis qui riait tout le temps parce qu'il était innocent! Le vieux a gardé le sifflet de mon oncle Gratien! C'est pas moi qui soufflerais là-dedans...

Le vieux approche le sifflet de sa bouche : berk! Il va le faire... un coup d'œil dans ma direction. Je me momifie. Silence. Quelques secondes passent. J'ouvre un brin les paupières. Le vieux a rabaissé le sifflet. Il a vu que ce n'était pas le temps de faire du bruit. Il fait tourner le sifflet entre ses doigts et le regarde.

— Mon homme, mon pauvre petit homme!...

Qu'est-ce qu'il fait?...

— Si tu savais comment ton pére s'ennuie de toé.

Il parle à mon oncle Gratien...

— J'ai tellement peur que tu ne sois pas bien en haut, qu'on ne s'occupe pas de toé comme il faut.

Ben voyons donc, grand-papa!

— T'étais si bien avec moi pis ta mére.

Peut-être, mais il ne pouvait rien faire...

— On t' levait, on t' lavait, on t'habillait, on te faisait ton gruau, un peu de lait, de cassonade, pis on t' donnait ça à la cuiller, comme un bébé. Tu mangeais tellement de bon cœur! La bouche ouverte aussi grande qu'une entrée de cour. Pis ce sourire-là que t'avais tout le temps, même en mangeant. Fallait t' dire d'arrêter de faire le fou pour mâcher un peu. Mais tu faisais pas le fou pantoute! Tu l'étais, mon petit homme : un bienheureux!

Il s'interrompt, renifle un grand coup. Il pose le sifflet sur la table et reprend la photo.

— Le monde qui pensait qu'on se sacrifiait pour toé, pis qui trouvait ça terrible que moé pis ta mére on ait un innocent à notre charge pour nos vieux jours! Le monde comprenait rien en toute! Le monde, ça comprend jamais rien de toute façon. C'est là pour sentir, pas pour comprendre. Ça veut t'arracher de la graine de cancans pour aller faire les semis dans le quartier. C'est toute! Ça te saute dessus sitôt que tu mets le pied dans la porte : « Ça va ben, Edgar? Pis ton garçon? Tu l'sors pas souvent! Pas malade toujours? Quel âge qu'y est rendu, là? Vous êtes pas mal courageux, tous les deux! La santé est bonne au moins? Faudrait pas que vous tombiez malades... J'sais pas c'que ton garçon ferait sans vous autres!... As-tu un de tes enfants qui serait prêt à le prendre? Ah!... t'as pas pensé à ça... Ben c'est sûr!... t'es pas rendu là après tout! Sert à rien de chercher des problèmes quand ça va bien. Je t'd'mandais ça comme ça... au cas où t'aurais fait des plans... t'aurais pu penser... essayer de prévoir. R'marque, c'est pour les autres qu'on le fait! Nous autres, dans le fond, on s'arrange le temps qu'on est là, pis on s'lamente pas. N'empêche que, ça peut avoir du bon de préparer le terrain. On sait jamais c'qui peut arriver. Le bon Dieu va v'nir nous chercher comme un voleur! Pas moé qui le dis! On sait pas quand, ni comment, pis on est aussi bien de pas l'savoir! Hein! Nous autres, tout c'qu'on peut faire, c'est prier! Prier pour que le ciel organise les choses pour le mieux : que les bons partent au bon moment pour que personne reste dans le trouble. Le bon Dieu est fort, Edgar! Certain qu'y a déjà réglé tout ça pour toé! Dans le fond, on se tourmente pour rien, toé pis moé! Ben à'prochaine! Pis si t'as besoin de parler, gêne-toé pas. Entre voisins, on se doit ben ça!»

« Entre voisins on s'doit ben ça! Entre voisins, on s'doit rien pantoute à part la paix! L'hostie de paix! Excuse-moé, mon homme, j'devrais pas sacrer quand j'te parle... Mais ça me met en...

« En tout cas, j'te l'dis, l'innocent, y'était pas assis dans ta chaise! Non! Toé t'es parti mais les innocents, les vrais, ils se bercent encore sur les galeries. Leurs enfants nous courent dans' face à longueur de journée, pis quand ils ouvrent la bouche, c'est pour nous questionner : « Gratien vient pus su'a galerie, m'sieur Edgar? C'est-y vrai qu'y'est mort? »

« Bande de malavenants! Y'avaient peur de toé du temps que t'étais vivant, tellement peur. Quand j'te sortais dans ta chaise pour voir le soleil, la rue s' vidait. Y'allaient tous se ramasser dans le fond d'une cour pour s'amuser à tes dépens! Je le sais, Claudine les a déjà pognés. Y'jouaient à « sauvez-vous du fou ». Y en a un qui montait sur une caisse de bois pis de temps en temps y's'tirait en bas en faisant des simagrées pour faire peur aux autres. C'est-tu croyable? S'amuser sur le dos de quelqu'un qu'a pas de défense. Pis toé, pauvre enfant, tu les cherchais pendant c'temps-là... Tu comprenais pas qu'y s'passe pus rien aussitôt que t'étais dehors. Quand tu les regardais par la fenêtre, t'es trouvais tellement beaux! T'aurais voulu courir, toé aussi, pis faire du bicycle avec eux autres. T'étais tellement déçu qu'y ait pus personne.

Tu gesticulais, tu frappais tes barreaux de chaise, t'appelais comme un animal. Fallait que j'te rentre en dedans pour que tu reprennes tes esprits. Ça prenait un p'tit bout de temps, un bol de Jell-O des fois! Mais tu finissais par te r'mettre. Pis les autres r'venaient en face de la maison, un par un : « Y'est rentré! Le fou est en d'dans! Pouvez v'nir! Amenez le ballon! On se divise! »

« Tu les entendais, pauvre p'tit. Tu voulais que j't'approche de la fenêtre mais... je faisais semblant de pas comprendre. Fallait que tu restes calme. J'sortais leur dire de descendre jouer plus bas, d'aller crier plus loin. La tranquillité r'venait dehors, pis en dedans de toé aussi. Tes bras se rabaissaient, ta tête arrêtait de ballotter pis tes yeux reprenaient leurs trous. Je te donnais ton sifflet pis tu jouais à essayer de souffler. Juste le tenir, pour toé, c'était déjà un contrat. Pour ça que j'avais mis une corde à l'anneau. R'garde... Quand t'étais fatigué d'essayer de pogner le trou pour faire des sons, tu le lâchais pis y'allait pendre dans ton cou, comme une médaille.

« Pauvre enfant!... T'étais loin des parties de ballon prisonnier pis des gangs! T'as jamais pu jouer. T'es mort sans jamais avoir joué, à dix-huit ans. On a même jamais compris pourquoi! L'enveloppe du cœur qui a éclaté, paraît. Qu'est-ce que ça veut dire ça? Un cœur de dix-huit ans, ça pète pas de même! Tu pouvais pas vivre ben vieux, que les docteurs avaient dit quand t'étais venu au monde! Pas vivre ben vieux. Y'auraient été aussi ben d'se taire, les docteurs. De toute façon, y pouvaient rien faire à part que de me décourager. Pour un pére, un fils, ça peut pas mourir. On y parle pas d'échéance, ça entre même pas dans son entendement! Sourd que j'ai été! Sourd comme un pot à tout ce qu'y'ont dit après ça. Ta mére écoutait mais pas moé! Jamais! Tu ne pourrais pas mourir avant moé parce que c'était pas naturel! Point final! Qu'est-ce que les docteurs connaissaient de la nature pis de celui qui l'avait créée? Rien! Des païens, les docteurs! Ça s'prend pour des p'tits dieux parce que ça raboute un tuyau icitte et là! Ça s'prend pour des fabricants mais c'est juste des mécaniciens. Y en a qui ont du doigté pis y en a d'autres qui travaillent à la masse! Sur dix, y en a neuf qui cherchent le trouble pis un qui le trouve : si t'es chanceux, tu tombes sur le bon tout de suite, sinon, tu te r'trouves avec des bons morceaux en moins pis le mauvais toujours à la même place. Des péteux de broue, les docteurs! Des accroires de trouveux! Quand la mécanique se replace, y's'flattent la bedaine devant toé. Quand elle pète, tu les revois pus : y'vont s'cacher, y'ont de l'ouvrage ailleurs... ben de l'ouvrage! Y'pratiquent sur quelqu'un d'autre... y'pratiquent la médecine! Toute leu'crisse de vie y'pratiquent! Ça m'fait sacrer!

« Nous autres, les ouvriers, on pratique avant de commencer pis quand on a compris, on pratique pus, hostie! On réussit! Eux autres, non! Sont toujours apprentis! Y'ont jamais fini d'essayer... font des erreurs, recommencent, se reprennent. Jamais de problème : le client peut pas se plaindre, y'est mort! Pis la famille, qu'est-ce que tu veux qu'elle fasse? On ramène pas les morts avec des questions. On les ramène même pas avec des réponses. Fait que... la famille, elle ravale sa peine sans brouiller l'eau. Pas intérêt à ce que le docteur te mette sur sa liste noire : tu sais que tu vas être pris pour le revoir à un moment donné.

« En tout cas, toé, mon petit garçon, t'auras pus affaire avec c'te race de bretteux. Pis moé non plus. Mon temps achève... j'en ai pour trois-quatre mois encore... après, j'monte te retrouver... »

Trois ou quatre mois? Mais de quoi il parle le vieux fou? Les yeux grands ouverts, je le regarde sans me soucier qu'il me voie.

— Ouais... mes poumons sont finis, mon garçon! ajoute-t-il en plaquant la photo sur la table.

Il accroche son paquet de cigarettes et l'ouvre.

— « Arrêtez de fumer », qu'ils disent!

Il ricane, allume et tire de toutes ses joues sur la cigarette. La boucane est aspirée à pleins poumons. Le vieux se gonfle. Son visage devient rouge. Ses épaules se mettent à sautiller. Il va lâcher. D'un trait, la fumée est expulsée et la toux s'amène, comme un orage, avec vent, pluie, grêle et tonnerre roulant. Je ne peux pas supporter!

— Grand-papa?

Il tousse, tousse...

— Vous êtes correct, grand-p'pa?

Je me lève lentement et vais jusqu'à lui. Il est plié en deux et cherche son air à travers le mucus qui embourbe sa gorge. Je lui tape dans le dos, légèrement, puis plus fort, puis à pleine main. Il finit par se redresser, les yeux injectés de sang et la broue aux commissures. Je respire un grand coup.

— Ouf! Vous m'avez encore fait peur, grand-papa!

Il s'essuie la bouche et me regarde.

— Dors pas, toé? dit-il avec difficulté.

— Ben, je dormais dur, mais vous m'avez réveillée.

Il fouille dans sa poche de chemise.

— J'ai pas mon mouchoir... Va me le chercher dans ma chambre.

— Oui, grand-papa...

Après avoir tâté ici et là, je finis par mettre la main sur un motton craquant qui traîne à côté de son lit. Je le ramène. Tandis que le vieux mouche à pleines narines, je remarque que le joli coffre n'est plus sur la table, pas plus que la photo. Il a tout camouflé. J'aperçois le coffre, dissimulé grossièrement derrière son coude.

— Va te r'coucher! Sinon, tu s'ras jamais d'aplomb pour la pêche du matin.

— Et vous?

— Moi, si je dors, je passe tout droit. Fait que... je reste debout pour pas manquer mon coup.

— Si vous êtes fatigué, on est pas forcés d'aller pêcher aux petites heures du matin...

— Pas forcés, tu dis? Parle donc pas de ce que tu sais pas...

— Quelque chose nous oblige?

— Ouais!

— Quoi?

— Ça! dit-il en se frappant caverneusement la poitrine.

— Vous avez besoin de prendre l'air?

— J'ai besoin de prendre « un souvenir » de l'air.

— Comment ça un souvenir?

— Laisse faire les questions fatigantes pis marche au litte! J'te dirai ça demain.

— O.K., grand-papa...

Je retourne à mon lit, je ferme les yeux. «Je vais monter te voir bientôt...» « Faut que je prenne un souvenir de l'air...» Les mots de mon grand-père résonnent en moi, lugubres. Je n'ai plus le goût d'entendre sortir quoi que ce soit de sa bouche. Ce qu'on ne sait pas, ça ne nous fait pas mal. Mais quand on a su sans le vouloir, comment on fait pour oublier? Les images du vieux au salon funéraire, à l'horizontale dans un cercueil noir... Brrrr...

Je me tourne sur le côté et je place l'oreiller sur ma tête. Comme ça, les images seront peut-être moins claires. Non, c'est pire! Je vois le salon funéraire en entier : la bière, les fleurs puis les chaises en simili-cuir avec des bras chromés. Brrrr!...

Je change de côté. Pas moyen de chasser les visions! Elles viennent de tous les bords! Je vois les gens maintenant, sombrement vêtus, des chapelets à la main. Ils prient devant la dépouille, ma grand-mère en tête.

Mais qu'est-ce que je peux faire pour libérer mon esprit?

— Grand-papa?

— Quoi encore?

— Je vous ai entendu tantôt...

— Entendu...? dit-il en me braquant. Entendu quoi au juste? Lève-toé pis viens icitte en avant de moé! Grouille!...

Il n'est pas content. C'est normal. Mais je préfère parler, affronter sa colère, plutôt que de me promener toute la nuit dans les salons funéraires. C'est le prix à payer.

— Qu'est-ce que tes grandes oreilles fourrées partout ont entendu?

— Ben, je sais que vous allez être fâché mais...

— Envoye!... Arrête de faire la couleuvre.

— Je vous ai entendu dire qu'il ne vous restait que trois mois... que...

— Envoye!...

— Que vous étiez fini des poumons...

Je baisse la tête et j'attends la semonce. J'attends... en me tordant nerveusement les mains, les yeux fixés sur le dessus défraîchi de la table. J'entends le vieux respirer bruyamment, s'ajuster sur sa chaise, se moucher. Il ne répond pas. C'est terrible qu'il ne dise rien... Je sens ma gorge se nouer. Mes yeux s'emplissent d'eau, se gonflent comme une rivière et débordent sur ma cuisse par grosses gouttes solitaires. La tête toujours fléchie, je laisse couler ma peine et je renifle. Le silence du vieux est très douloureux, beaucoup plus que pourraient l'être les mots d'insulte que je mérite. Qui ne dit mot consent, c'est ce que j'entends. Ton grand-père va mourir, il va vraiment mourir puisqu'il ne dément pas.

— Pourquoi tu pleures? entends-je au bout d'interminables secondes.

Je ne fais que hausser les épaules.

— Dis-moé pourquoi tu pleures, ma fille.

Sa voix est chevrotante, mal assurée. C'est le timbre

d'une cloche brisée qui ne peut émettre que le son du malheur. Je me mets à frissonner.

— Mais qu'est-ce que t'as d'un coup, là? Tu m'f'ras pas une syncope? R'garde-moé!

Je lève la tête à demi. Je ne peux aller plus loin.

— Lève comme du monde, que je voie ta face.

Je redresse le cou mais en gardant les yeux clos. Les larmes tombent de mon nez et je respire par saccades.

— Ma pauvre enfant! Faut pas te mettre dans des états pareils! Baptême! C'est toujours ben pas moé qui t'fais d'la peine comme ça?

J'acquiesce sans ouvrir les yeux et, n'y tenant plus, je laisse retomber la tête pour m'abandonner au chagrin. Je me sens si malheureuse que tout mon corps fait mal. La peine suinte des pores de ma peau comme une fièvre. Mon grand-père se lève. Sa main chaude se pose sur mon épaule. Il me présente une boîte de kleenex. J'en tire deux, coup sur coup. Je les plaque en boule sous mon nez. Le vieux me prend le menton et relève mon visage.

— Arrête de te faire du mal... Sert à rien... Tu vas te r'mettre à saigner du nez!

Il caresse ma tête et se rassoit.

— Faut profiter de ce voyage-là, ma fille, pas pleurer dessus! Parce que c'est mon dernier! Je ne monterai plus ici pour ne pas mettre personne dans le trouble. De toute façon, quand j'vais avoir dit à tout le monde que j'ai le cancer des poumons, y aura pus un chat pour prendre la chance de me traîner nulle part. Mes enfants vont me ménager, essayer de m'étirer par tous les moyens. C'est pour ça que j'ai attendu pour l'apprendre à ton pére pis à ta grand-mére : y'auraient jamais voulu me laisser partir avec toé pour la fin de semaine! Y vont savoir à mon retour... Pour le moment, y a moé, toé, pis mon docteur dans le secret. Lui me donne des penunes, pis toé ben...

J'arrive à me reprendre suffisamment pour le regarder.

— Toé... tu m'endures, pauvre p'tite fille... parce que chus ben inquiet pis ben malheureux.

Il est adossé au mur, impassible, les yeux fixes. C'est comme s'il était aux petites vues, hypnotisé par un écran. Il se met à me relater le film qu'il est seul à voir.

— Chus malheureux parce qu'au fond, j'ai pas été grand-chose dans' vie. Un homme ben ordinaire! Quand j'étais jeune, j'imaginais que rendu à l'âge que j'ai, j's'rais riche, entouré d'enfants qui ont réussi des belles vocations, assis dans un fauteuil en cuir véritable, avec une collection de pipes sur mon bureau. C'est ben décevant de voir que j'ai manqué mon coup.

— Ne dites pas ça, grand-papa! Vous avez fait tout ce que vous pouviez faire avec les moyens que vous aviez. C'est papa qui le dit!

— Ben oui!... y'a raison aussi! La question est pas là. Ce qui fait mal quand on est vieux, c'est de se rendre compte que la partie achève. Ce qu'on n'a pas eu la chance ou le temps de jouer, c'est fini. On a pus de cartes. La salle est à' veille de fermer! Les lumières baissent.

— La lumière, grand-papa, c'est quand on meurt qu'elle s'allume à ce qu'il paraît. Notre vie sur la terre, c'est la période des ténèbres, si ce qu'on nous dit à l'école est vrai.

Il sort de son film triste et me regarde, les yeux rougis. Il voudrait me dire quelque chose de beau, je le sens, mais sa mâchoire tremble et il n'arrive pas à articuler.

— Vous savez, grand-papa, vous avez beaucoup de mérite d'avoir vécu votre vie... Dieu le sait, ça!

Les traits malheureux du vieux se transforment : il me sourit avec une tendresse dont je ne l'aurais pas cru capable. Je ne sais plus où me mettre... il ouvre enfin la bouche :

— T'es plus que ma petite-fille, t'sais? T'as toujours été plus que n'importe qui pour tout le monde. T'as que'que chose que les autres n'ont pas...

— Moi ça?... Vous voulez dire?...

Ses yeux me quittent. Ils vont se balader dans le vague, au-dessus de ma tête, à la recherche de la réponse. Ils reviennent brusquement et se collent aux miens.

— T'as un senti...

— Un senti?

— Ouais! C'est ça : un senti qui s'apprend pas.

— Vous parlez comme ma grand-mère Langevin...

— C'est vrai? Qu'est-ce qu'a dit au juste?

— Pire que vous : elle me prend pour un ange.

— Ben là... c'est p't'être un peu fort. T'sais, les grands-méres des fois! Ça chavire... N'empêche que...

Il s'interrompt pour se perdre dans mon regard. Quand les vieux font ça, j'ai peur. Je me demande toujours s'ils sont en train de virer fous avec l'âge ou si leur vieillesse leur fait voir des choses que les autres ne sont pas assez sages pour voir. Le bonhomme me fixe. Il fouille en moi, essaie de trouver ce qu'il cherche. Il finit par demander :

— Entends-tu des voix le soir quand t'es couchée?

— Non...

— Vois-tu des affaires bizarres?

— Quel genre d'affaires?

— Le genre « personnes blanches debout devant ton lit »?

— Des fantômes?

— Ben... on peut appeler ça de même...

— Jamais de la vie! Je ne veux pas en voir non plus! J'mourrais de peur!

— Crisse! Moé aussi! dit-il en s'adossant. Des niaiseries que j'chus en train de te demander là. On va aller se coucher, hein? Moé comme toé! Pis on va dormir un brin pour rêver aux belles grosses truites qu'on va prendre dans... (il regarde sa montre) dans quatre heures!

— Il est déjà minuit?

— Ouais... on est pas raisonnables pantoute. Deux enfants pas de gardienne. Envoye! On prend chacun le bord de notre bed!

En disant ces mots, il s'arrache de sa chaise en prenant soin d'apporter son coffre avec lui, bien camouflé sous son aisselle.

— Vous êtes correct pour vous rendre?

— Ben oui! Ton grand-pére, l'alcool, il tient ça comme un Polonais.

Je le regarde passer.

— Bonne nuit, grand-papa!

— Bonne nuit! J'te réveille à quatre heures pétantes! Fie-toé su moé!

Je vais au lit en me disant que je n'arriverai jamais à dormir... Et pourtant...

XIX

Ce sont les oiseaux qui m'ont réveillée au matin. Ça chantait tout autour. Les yeux fermés, je me suis trouvée chanceuse d'être là. Ça sentait bon l'épinette et la clarté du soleil perçait à travers mes paupières... Puis le bonheur a fait place à l'angoisse : quelle heure était-il? Je me suis assise carré dans mon lit et j'ai regardé dehors : trop clair! Beaucoup trop clair pour qu'il soit quatre heures du matin! Il était bien plus tard! J'ai sauté hors du lit. Sur la table, il y avait une feuille blanche avec l'écriture du vieux, très grosse: « Lève, il est quatre heures.» Maudite marde! J'ai couru à sa chambre. Elle était vide. Je suis allée à la porte. La chaloupe du bonhomme n'était plus amarrée au quai. Non! Ça ne se pouvait pas! Il n'avait pas pu partir sans que je l'entende! Mais j'étais donc bien crevée pour dormir aussi profondément!

Je suis sortie. La porte du garage était ouverte. Dedans, la boîte à vers traînait, à moitié ouverte. Le vieux s'était servi à la presse sans prendre le temps de refermer. C'était quasiment impossible qu'il m'ait eue comme ça! Et comment avait-il fait pour le moteur? Ben... innocente! Il était capable de ramer pour s'éloigner et de décoller le Johnson une fois la baie passée! C'était tellement plus plaisant de se sauver en hypocrite en ricanant à l'idée de la tête que tu ferais à ton réveil, espèce de tarte!

Maudit vieux! Vieux tapis! Vieille carde! Je vais t'en vouloir pour le reste de mes jours. Qu'est-ce que je fais maintenant? Papa m'a défendu de prendre le large avec la grosse chaloupe... Maudit que je suis mal prise! Tout à coup il serait arrivé quelque chose au bonhomme...

un malaise... une maladresse en voulant se lever... n'importe quoi. Je ne suis pas pour rester là à attendre qu'il ne revienne pas! Faut que je fasse quelque chose!... Faut! Je m'habille en vitesse puis je décolle. Tant pis pour les ordres de mon père : j'suis pas dans l'armée après tout!

J'entre, j'enfile mon linge de la veille, je saute dans mes bottes, même pas de bas. Je resors. Mon gros orteil palpite comme si j'avais le cœur dedans. Je cours à la chaloupe et détache la corde. À ce moment, un son familier me parvient, multiplié par l'écho : « Poup... pou-pou-pou-poup... poup-poup! »

Crime! Y a quelqu'un au bord! Je vais vite au bout du quai et j'essaie de voir. Il y a une tache verte sur le pont. Pas le camion de papa? Pas aussi de bonne heure? Il avait dit quatre heures de l'après-midi! Quand il va savoir que j'ai laissé partir le vieux...

C'est le cœur chargé de craintes que je me rends au chemin chercher papa. Il est déjà sur le bord quand j'arrive, planté sur la marina pourrie, à chasser les moustiques à grands coups de chapeau.

— Dépêche! qu'il me crie de loin. Arrête pas le moteur!

Je diminue et je mets au neutre pour glisser lentement vers lui. Il saute sitôt qu'il peut, repousse la chaloupe vers le large d'un grand coup de jambe et me fait signe de virer de bord. J'exécute tout sans dire un mot, je remets d'avant.

— Crisse qu'y a d'la mouche au bord! crie-t-il par-dessus le bruit du moteur.

— Ouais! Comment ça se fait que vous êtes monté si d'bonne heure?

— Y faisait beau! Pis... diminue la vitesse qu'on s'entende...

Je ralentis passablement. Il se penche vers moi.

— Le vieux a bien fait ça?

Je mets au neutre.

— Non, p'pa... Ce matin, pendant que je dormais, il s'est sauvé de moi. Il est parti à la pêche tout seul... dis-je en retenant mon souffle.

— Quoi? Tout seul? Crisse d'hostie! T'as rien entendu?

— Non, p'pa! Rien du tout! Savez, il est rusé quand il veut...

— Saint-chrème! Y r'mont'ra pus jamais icitte!

— C'est ce qu'il m'a dit hier...

— Comment ça?

— C'est son dernier voyage... il est très malade...

— Baptême! Dis-moé pas qu'il t'a bretté son histoire de cancer?

— Comment ça? C'est pas vrai qu'il l'a?

— Pantoute! Des accroires! Tu sais pas que les vieux qui s'ennuient se content des histoires épeurantes pour passer le temps pis se rendre intéressants.

— Mais il ne me l'a même pas dit directement : je l'ai entendu se parler tout seul pendant que j'étais couchée!

— C'est ben en quoi! Tu voyais ben qu'y radotait... D'habitude, y'fait ça quand y'a bu... y'dort pas pis y'pleure en parlant à ton oncle Gratien. Ta grand-mère me conte tout ça... Y's'était pas monté d'alcool au chalet toujours?

Je ne réponds rien... Je baisse les yeux seulement... J'ai promis au vieux...

— Tabarnac de crisse! Envoye-moé au camp que j'aille y brasser le casse!

— Il n'est pas encore revenu, p'pa. Je partais justement pour aller le chercher quand vous m'avez appelée avec le criard.

Il se lève et me fait signe de lui céder la place de chauffeur. Je me pousse sur le banc du milieu. Il empoigne le moteur et tout à coup se ravise.

— Comment ça se fait que t'as pas tes lunettes, toé?
J'étais tellement énervée que je ne m'en étais pas
rendu compte.

— La monture est cassée, p'pa...

— Ben saint-chrème! C'est l'boutte!

Toute sa rage s'abat sur le moteur. On passe du
neutre à pleins gaz dans un élan qui fait se dresser d'un
coup le nez de la chaloupe : on ne vogue pas, on vole!
Le grand-père va se faire organiser le portrait. Tant
mieux si c'est lui qui écope, maudit vieux menteur.
Après tout ce qu'il m'a raconté, il le mérite! Me faire
croire qu'il va mourir pour se rendre intéressant! Faut-y
être croche? Et se moquer de moi en me disant que j'ai
un senti spécial alors qu'il est en train de me charrier
comme une dinde. Vieux fou! Tu vas te faire chauffer le
cul, tu vas voir!

XX

Le moteur gueule et papa, le nez dans le vent, reprend des couleurs à mesure que nous progressons vers la tête du lac. L'air d'ici lui réussit.

On arrive à la deuxième baie, celle qui mène au « ruisseau frette ». En l'empruntant, on quitte la partie principale du plan d'eau. Le vent tombe complètement et le lac est d'huile. Mon père diminue la vitesse.

— R'garde ton grand-pére, dit-il à voix basse en pointant le fond de la baie.

Je force les yeux un peu pour m'ajuster. Le miroitement du soleil sur la nappe lisse est éblouissant. La vieille chaloupe apparaît, loin devant, comme posée sur un vaste plateau d'argent.

— Il est en face du ruisseau, à la même place que d'habitude...

— Ouais... répond mon père, c'est son coin... ça l'a toujours été.

Sa rage s'est évaporée, on dirait! Plus de crispation sur ses traits et une voix adoucie. J'ai mon maudit voyage! Il s'est décrinqué tout seul. On sait bien, avec son père, c'est pas comme avec nous autres! Il m'enrage...

— On y va, p'pa?

— Baisse le ton! coupe-t-il.

Je me renfrogne et regarde ailleurs. S'il pense que je vais lui faire le plaisir d'admirer son vieux malade de père!

— R'garde! R'garde! Ça mord! chuchote-t-il.

Du coup, il ferme les gaz et étouffe le moteur. Il me fait signe de mirer le fond de la baie.

— J'pense qu'il l'a piquée! Il l'a, hostie! Y'a l'air d'la sortir! R'garde! Vois-tu?

— Non, p'pa, c'est trop loin sans mes lunettes...

— Il l'a sortie! Sacré bonhomme!... Il pêche encore aussi ben qu'avant!

Sur ces mots, le regard accroché au fond de la baie, il s'allume une cigarette. Il revient à moi.

— Qu'est-ce que tu viens de me dire là? J'écoutais pas...

— Que sans mes lunettes...

— Ouais! Crisse! Comment t'as fait ton compte, encore, pour casser tes montures?

Sa démission envers le vieux, la façon qu'il a en contrepartie de me tomber sur la frippe, ça m'enlève toute intention de couvrir le bonhomme.

— C'est pas de ma faute...

— On sait ben! Toujours la même réponse! C'est de la faute à qui c'te fois-là? Aux Anglais?

— C'est grand-papa qui les a brisées...

— Ben oui! Il t'les a enlevées de dans la face pour sauter dessus!

— Non... en voulant me donner une claque, il les a accrochées avec sa main.

Je m'attends à ce qu'il questionne « la claque ». Le bonhomme n'a pas à me toucher, ce n'est pas lui qui m'élève!

— Quel coup t'avais fait pour mériter qu'il te fesse?

— J'avais rien fait...

— Pour qui tu m'prends, hostie? Un innocent?

— Mais non... Grand-papa essayait de soigner mon orteil. J'ai bougé parce que ça faisait mal. En même temps, je l'ai poussé un peu. Il n'a pas aimé ça. Sa main est partie en faisant r'voler mes lunettes après le mur.

— C't'un accident, c'est tout! Pas de la faute de ton grand-pére. Il voulait te soigner, t'avais juste à te laisser faire. J'sais comment t'es! Une vraie branleuse! À part ça, qu'est-ce qu'il a, ton orteil?

— Je me le suis écrasé par accident...

— Où ça? Comment?
— En échappant le couvercle de la glacière...
— Ben câlisse! Après tous les avertissements que j't'avais donnés! Ça, c'est pas un accident, c'est de l'imbécillité! Des mains pleines de pouces qui sont pas capables de travailler comme du monde! Hastie! C'est quel pied? Enlève ta botte pis montre-moé ça!

Décidément, plus ça va, plus je me cale. J'enlève délicatement ma botte et j'exhibe mon orteil encatiné, gris sale.

— C'est l'pére qui t'a fait une belle catin comme ça?
— Oui... pendant que je dormais.
— Pendant que tu dormais? T'as réussi à dormir?

Pis t'as rien senti quand il t'a fait ça? Ben... ça doit pas être si grave d'abord...

— Il m'avait fait boire quelque chose pour engourdir le mal et ça m'a fait dormir profond.
— Quoi? demande-t-il, intrigué.

Je le dis ou je ne le dis pas? Je le dis!

— J'ai bu ce qu'il y avait dans sa bouteille...
— Qu'est-ce qu'y avait dans sa bouteille?
— Du gin...
— Hein? Du vrai gin?
— Ben, je pense...
— Mais tabarnac! T'as accepté de goûter ça?
— J'avais pas le choix...
— J'ai mon hostie de voyage! Que ton grand-père en prenne, c'est son problème pis j' peux pas le changer à l'âge qu'y'est rendu, mais toé, après tout ce que je t'ai dit sur l'alcool...
— Il m'a forcée! J'vous l'jure, papa!
— Ouais... r'marque, y a rien de péché là-dedans.

Tout a du bon dans la vie, l'alcool comme le reste. Y a des docteurs qui en conseillent un p'tit verre par jour. Ça peut aider à engourdir un mal aussi, ou à calmer les nerfs. Ça peut même désinfecter une plaie. Dans le fond, ton grand-pére a fait de son mieux avec ce qu'il avait. On peut pas dire que c'est fou son affaire. Parles-en pas à ta mére par exemple!...

Je savais qu'il allait se désister. Il se dépêche d'attaquer sur un terrain plus propice :

— Mais toutes ces piqûres-là que t'as dans le cou pis dans le front? Comment t'as fait ton compte?

— J'ai fait une chasse au trésor dans le bois.

— Mais, crisse! Que c'est que tu voulais trouver icitte?

— Un coffre...

— Un coffre? Quel coffre?

— Un coffre aux trésors que grand-papa pis mon oncle avaient caché la dernière fois pour moi. C'était tout organisé d'avance.

— Pis?

— Ben je l'ai trouvé, mais... les mouches m'ont trouvée avant.

— Pas ça que j'veux savoir : qu'est-ce qu'y avait dans le coffre?

Je suis tellement gênée, je n'ose pas le dire. Il insiste.

— Pour te faire manger de même, j'espère que ça valait la peine au moins. Qu'est-ce qu'y avait d'dans?

— Une paire de vieux dentiers, dis-je en regardant le fond de la chaloupe.

— Une paire de?...

Il se met à rire... et à rire... et à rire... La chaloupe répond à son emportement et bientôt le lac fait de même. Des vaguelettes se dessinent sur l'eau et s'éloignent à la chaîne en se foutant de moi.

— C'était même pas drôle... dis-je en ravalant des larmes d'orgueil.

— Pas drôle? fuse-t-il.

Et il repart de plus belle. Il rit exactement comme le vieux, un son éraillé de cigarette. J'aurais cru qu'il me prendrait en pitié, trouverait la farce du vieux décevante pour sa fille. Non. Il rit. Je n'aurais jamais dû lui en parler. Il ne mérite pas mes confidences. Il ne méritait aucune de celles que je lui ai faites jusqu'à maintenant. Je ne lui dirai plus jamais rien! Jamais! Jamais!

Il reprend son souffle, s'éponge le front, et remet son chapeau.

— Maudit bonhomme! lance-t-il, tout émoustillé. Il a toujours été faisant mal sans bon sens. C'était bon en maudit la course aux dentiers. Faut lui donner ce qu'il a : ça prend de l'imagination pour penser à ça...

Je ne réponds rien parce que... c'est trop cave. Je ne lui dirai pas que le vieux m'a fait prendre une aspirine alors que c'était défendu. Je ne dirai pas non plus que j'ai saigné du nez à cause de ça. Je me serais pratiquement vidée qu'il trouverait encore le moyen de louanger le vieux de m'avoir gardée en vie. Rien ne sert à rien... Mon père, c'est un vendu!

Il remet soudainement le moteur en marche :

— On va aller voir sa pêche! Certain qu'il en a pris d'la belle. Après, on retourne au chalet, on chauffe le poêle en attendant que ton grand-père s'en revienne, pis on se fait un bon repas de truites fraîches! Diguidou?

Je me contente de sourire amèrement alors que la chaloupe s'élance vers la tête du lac, cap sur le vieux Spencer!

XXI

Ce n'est que lorsqu'on arrive à une centaine de pieds de lui qu'il se retourne. Il ne s'attend pas du tout à une visite. Il devient blanc comme un drap.

— Déjà toé? envoie-t-il à mon père tout en déposant sa canne. Y'est rien arrivé en ville toujours?

— Non, non... répond sitôt papa. J'suis v'nu déjeuner à la truite fraîche avec vous!

— Ah!... dit le vieux, visiblement soulagé.

— Avez-vous pris d'quoi me nourrir au moins? questionne papa en se soulevant un peu pour reluquer le fond de la chaloupe.

— Ça dépend de ton appétit...

Sur ces mots, le bonhomme plonge la main dans le seau et, sourire aux lèvres, en ressort une truite au ventre large et tout orangé : elle est superbe!

— Câlisssssssse!... siffle mon père. Maudit beau morceau!

Le vieux exhibe sa prise, le pouce et le majeur entrés dans les ouïes écartées de la pauvre truite. Il la secoue à mon intention.

— Rince-toé l'œil, ma fille! R'garde c'qui m'attendait à cinq heures moins quart à matin! C'est la première qui a souqué ma ligne... Une vieille de la vieille, comme moé! Ça s'lève de bonne heure c'monde-là!

— Elle est belle, dis-je sans plus de manières.

— Belle? Pas rien que belle! Rusée, pleine de sagesse pis de tactiques. Mais pas aussi wise que bibi!

— Ouais... j'sais ça...

Il relâche la truite et ajoute en faisant un clin d'œil à mon père :

— La pêche du matin, ça se passe entre l'expérience pis l'expérience! Pas fait pour les enfants. Les pissettes arrivent vers... (il jette un coup d'œil à sa montre) vers neuf heures... à peu près comme toé, la poulette. Pis c'est à c't'heure-là que les vieux lèvent le camp!

Sur ces paroles, il se met à rire et range sa ligne pour rentrer.

— Vous allez être correct pour les ancres, le pére?

— Ben voyons! Prépare-toé à arranger une vingtaine de belles prises, ma fille, dit-il en me faisant aurevoir.

Mon père manœuvre en douceur pour nous éloigner du vieux, puis, pleins gaz.

Une fois accostés au quai, papa bourre le poêle en vitesse pour s'occuper ensuite de mon dossier.

— Bon! Montre-moé ton orteil.

— Je défais le bandage?

— Ben! Tu parles d'une question niaiseuse...

— O.K., p'pa...

J'ai désencatiné mon orteil douloureux avec précaution. Je n'avais pas hâte de voir en dessous. Une fois le bandage retiré, on a découvert tous les deux une espèce de saucisse bleu marine.

— Crucifix!... Tu t'es pas manquée! Assis-toé su'l'bord du bed pis montre comme il faut.

— O.K., p'pa...

— Essaie de la bouger! dit-il en maintenant mon talon à la hauteur de son menton.

Je fais un effort surhumain pour commander un mouvement. Ça bouge un peu...

— Envoye encore! Plie le plus que tu peux!

Tous les muscles de ma jambe participent. Un signe de vie en résulte. Mon orteil fait une révérence timide.

— Diguidou! conclut papa en laissant tomber ma jambe. Rien de cassé!

— Vous êtes sûr, p'pa?

— Sûr et certain! Au pire, ton ongle va tomber mais... ça devrait pas.

— Qu'est-ce que ça fait quand on perd un ongle, p'pa?

— Ça fait mal!

— Ça repousse après?

— Ouais! Bien faite la nature, hein? Mais tu l'perdras pas, le coup a frappé plus bas. Astheure, c'est tes lunettes que j'veux voir.

— Elles sont juste là, sur la tablette du châssis...

Il les prend et constate :

— Ouais... sont pétées dans une méchante place! Juste en haut du verre. J' peux pas taper ça. Mais... J'suis p't'être bon pour faire de quoi... Coûte rien d'essayer. De toute façon, c'est ça où payer une monture neuve. Tu sais le prix de ça?

— Oui, p'pa...

Sur ces mots, il sort son « use-pouce » et se met à chauffer la monture là où elle est sectionnée. Ça semble ramollir un peu. Il serre fort et attend.

— Maudite cochonnerie! D'la scrap faite pour péter aux six mois, hostie, dit-il en regardant la monture de près. Pis nous autres, les caves, on paye! Y's'ra pas dit que le plastique va venir à boutte d'un ferblantier. Tu vas voir ça! Prends mon lighteur pis envoye une deuxième chauffe. Moé j'vas tenir serré.

— O.K., p'pa!

Tandis que je chauffe, il essaie tant bien que mal de ressouder mais ça ne marche pas...

— Câalisse! Arrête! Sert à rien, on va finir pas péter le verre avec. J'sais pas en quoi c'est fait c'te maudit alliage-là, mais ça reprend pas en chauffant. Pas le choix : va falloir une monture neuve. Hosssssstie!

— Je m'excuse, p'pa...

— Lâche-moi avec tes excuses... Trop tard pour ça.

— C'est même pas moi qui...

— Tais-toé! Ça change rien de toute façon. J'vais essayer de te taper ça de façon provisoire pis tu iras chez l'optométriste la semaine prochaine avec ta mére.

— O.K., p'pa.

Il va au tiroir, revient avec le tape noir et les ciseaux. Il rafistole tant bien que mal, pousse le verre et me remet les lunettes dans le visage.

— Pas pire!... dit-il en me regardant. Tu peux aussi bien partir une mode! Au-dessus de mon œil, une ombre noire est assise. C'est comme si je traînais une grosse mouche avec moi. Ça doit être affreux à regarder. En tout cas, moi, je ne vois que ça!

— Bon! lance mon père, astheure, on va se faire un repas de rois. On aura pas tout perdu dans l'histoire! On a peut-être pas grand argent mais c'qu'on va manger tantôt, y a pas beaucoup de monde qui peuvent se l'offrir! Envoye! Mets la table, ma fille!

Sa bonne humeur est revenue. Je suis contente. Moi et ma mouche, on se met à faire des allers-retours entre l'évier et la table, en sifflant même, parce qu'on a le cœur gai. Après tout, ça ne s'est pas trop mal passé avec le vieux, et mon père est là, et ça fait du bien qu'il y soit.

Au bout d'une demi-heure, le poêle est amoureux, on crève dans le camp et on attend toujours le bonhomme.

— Viens dehors avant de péter, dit papa. On va guetter le pére su'l'quai... Devrait être à la veille.

— Oui, p'pa...

XXII

Les oiseaux chantent de partout. Le lac est d'huile et le soleil tape ferme. Je m'assois sur le banc de notre marina et je guette.

— Une hostie de belle journée, hein, ma fille?

— J' comprends!

Papa est debout sur le quai du vieux, les deux coudes appuyés à la rampe. Cigarette au bec, il regarde vers le large. Il a l'air serein.

— Pourquoi est-ce que grand-papa n'arrive pas?

— Y'est pas vite pour se virer, t'sais... Faut lui laisser le temps de se ramasser, de dégréer ses perches, de se désancrer... Il n'a pas r'tardé encore... Si j'en profitais pour lancer une ligne?... Qu'est-ce t'en penses?

Sans attendre la réponse, il jette son mégot à l'eau et part chercher une canne et des vers dans le petit hangar. En une minute, il est installé et a lancé.

— Ça mord, p'pa?

— Hostie... laisse-moé l'temps! Mon ver est pas encore mouillé.

— Quelle heure est-il, papa?

— Entre neuf et dix...

— Je commence à avoir faim... Pas vous?

— Ça s'endure... dit-il en relançant sa ligne.

— Je peux manger quelque chose en attendant?

— Non! Tu vas gâcher ton r'pas!

— Qu'est-ce que je fais alors?

— R'pose-toé, hostie! C'est pour ça que t'es v'nue icitte!

— Je fatigue quand je me repose...

— Je l'sais ben : t'es comme moé! répond-il en riant. Avec l'âge, tu vas apprendre à t'arrêter... En tout cas... de temps en temps...

Je soupire fort et me cante sur mon banc.

— Pauvre enfant! Viens icitte.

Je me lève et vais me planter derrière lui. Il continue de pêcher comme si de rien n'était.

— J'pognerai jamais rien su'l'quai avec c'te chaleur-là! dit-il en levant sa ligne.

Il vérifie ses vers qui pendouillent dans les airs et swing le gréement à une centaine de pieds. J'ai assez hâte de pouvoir lancer de même!

— T'attends que'qu' chose, là? dit-il sans se retourner.

— Ben... c'est vous qui...

— Ah! Ouais! C'est vrai! C'est moé qui t'ai demandé d'venir. Qu'est-ce que je voulais, donc? dit-il en déposant sa canne sur le quai.

Il se plante devant moi. Il regarde par terre en se prenant le menton.

— Maudit! J'dois vieillir... dit-il en mettant les mains dans ses poches.

Ses yeux s'agrandissent d'un coup.

— Ben le v'là c'que je voulais te dire! lance-t-il en extirpant du fond de sa poche un superbe harmonica tout chromé. Tiens! C'est pour toé! Un p'tit cadeau pour la gardienne du pére...

— Pour moi, papa? Pour moi toute seule? Vraiment à moi, là? Pour toute la vie?

— Ben! J'ai pas l'habitude de reprendre ce que je donne...

— Un beau cadeau comme ça juste pour une journée avec grand-papa? Mais c'est beaucoup trop beau!... Beaucoup trop cher!

— Mettons que c'est pour tout ce que tu fais pour lui, ici pis en ville...

— Bien... je ne sais pas quoi dire, papa!

— Dis rien! Joue!

— Merci, p'pa! Merci beaucoup! dis-je en me retenant de lui sauter au cou.

Il s'incline légèrement et tapote sa joue du bout de l'index. Je lui donne un bec, juste à l'endroit indiqué. Il me colle à lui.

— T'as toute une face, ma poulette! dit-il en me serrant.

Je sens mes lunettes se tordre contre son estomac. J'essaie tant bien que mal d'apprécier mais la douleur est plus intense que le plaisir. Je tente de me redresser. Il serre encore plus fort et me laboure le cuir chevelu, comme c'est son habitude. J'haïs ça! Il se met à rire et me relâche.

— T'es p'tite sans bon sens! La peau pis les os. Tout juste si on ne te voit pas changer les idées! dit-il en reprenant sa canne. Va jouer astheure!

Les démonstrations d'affection de mon père finissent toujours de la même façon ; une farce plate puis : « Envoye! Chenaille! » On dirait que ça le gêne de nous montrer qu'il nous aime. Faut vite passer à autre chose. Je ne comprends pas mais c'est comme ça!

Je m'en retourne sur mon banc et je regarde attentivement l'harmonica. Il n'est pas neuf mais d'une grande qualité. Ça se sent à la pesanteur. Son dessus est tout en chrome. Il étincelle sous le soleil. Pas une égratignure. La perfection!

— Papa?...

— Ouais...

— Il était à vous cet harmonica, hein?

— Ouais!

— Vous l'aviez depuis longtemps?

— Un bon boutte...

— Vous avez joué souvent avec?

— Temps en temps, mais j'aime mieux l'accordéon.

— C'est la même marque que votre accordéon, hein? Je reconnais le nom dessus.

— Ouais! La même marque! La meilleure! Hohner,

ma fille! Si c'est pas du Hohner, c'est du déshonneur!
dit-il en se tordant la bouche à l'anglaise.

Il ricane. Moi aussi.

— Je vais la retenir, votre joke! Elle est bonne! Vous
venez de l'inventer?

— Ouais... en tout cas... je l'ai jamais entendue
ailleurs qu'icitte pis qu'astheure! Tu sais pas que ton
pére est champion pour inventer des affaires simples!
On est tous comme ça dans la famille : des genres
d'inventeux de jeux de mots. Si on touchait des droits
sur les niaiseries qu'on sort, on s'rait riche toute la
gang!

— Moi aussi j'invente des farces.

— J'sais ça!

— Vous trouvez que j'en fais des bonnes des fois?

— Ça t'arrive.

— Vous ne les riez jamais...

— Les autres sont là pour ça : ta mére, ta grand-
mére, ton grand-pére, tes tantes, tes oncles... C'est pas
assez pour toé?

— Ben...

— Envoye, joue!

Non ce n'est pas assez, p'pa! C'est vous que je veux
faire rire, vous, le seul qui ne rit pas quand je parle. Et
ça non plus je ne le comprends pas. Ça vous ferait
tellement mal de me montrer que je suis bonne dans
quelque chose? Hein, p'pa? Vous êtes dur, p'pa, dur
puis fermé, comme les maudites huîtres que vous essayez d'ouvrir chaque automne. J'aimerais tellement
que vous soyez autrement, que vous ayez quelque chose
de mou, une partie à jour qu'on n'a pas besoin de
forcer. Mais peut-être que vous n'êtes pas capable de
rester ouvert. Il vous faut toujours cette grosse carapace
pour vous protéger. Je vous aime tellement, p'pa... Si
vous saviez... Ce cadeau que vous venez de me faire,
c'est du dedans de vous qu'il vient, de la partie molle

qu'on ne voit jamais. Elle est si belle pourtant. Pourquoi la gardez-vous si souvent cachée à vos enfants?

Je porte l'harmonica à mes lèvres pour éviter de me mettre à pleurer. Ça non plus je ne le comprends pas : quand on me donne quelque chose, je suis si reconnaissante que je n'arrive pas à profiter vraiment. Je voudrais immédiatement redonner un plaisir plus grand à celui qui m'a rendue heureuse. C'est comme une urgence qui gonfle en moi et ça fait monter les larmes. Pas normal...

Je donne un petit coup d'air dans la première case de l'harmonica. Ça vibre! La case d'à côté maintenant : très beau!

Je les essaie toutes, une à une.

— Pis, p'pa? Pas pire, hein?

— Faut pas juste pousser, faut tirer aussi, exactement comme l'accordéon.

— Compris.

Je pousse et tire dans chaque case. En poussant, c'est une note, en tirant, c'en est une autre. Pas facile mais... avec de l'exercice, je vais y arriver. Pousse-tire! Pousse-tire! Pousse-tire! Pousse-tire! À force, je repère la gamme au complet. C'est bizarre, faut commencer à la troisième case pour avoir le do. Il doit sûrement y avoir une logique dans ça.

— P'pa?

— Ouais... répond-il en relançant sa ligne.

— Pourquoi la gamme commence au troisième trou?

— Me l'suis toujours demandé...

— Puis le petit « G » qui est gravé à côté des cases, il veut dire quoi?

— « G » pour « Go! »

— P'pa!... ça s'peut pas!

— À moins qu'ils se soient trompés! Ça aurait dû être un « H » pour « Harmonica ».

— Ça m'étonnerait.

— De toute façon, c'est un « F » qu'y auraient dû marquer là!

— Pourquoi « F »?

— Pour « Farme ta gueule pis joue! » Hostie que t'es fatigante avec tes questions!

Je finirai bien par savoir. Je demanderai à ma maîtresse à l'école. D'ici là, j'ai de l'ouvrage avant de pouvoir jouer un air que les gens reconnaissent. Je répète, pas trop fort, tandis que papa pêche. De temps à autre, il regarde sa montre. Et plus le temps passe, plus il fait ce geste de façon rapprochée. À son tour de s'inquiéter du vieux! Moi, je joue!

XXIII

Il s'écoule bien une heure avant que la chaloupe du bonhomme ne surgisse de la baie.

— Tiens! Le v'là! dit mon père.

— Crime! C'était le temps!

— Ouais. À mon idée, ça mordait encore.

On regarde le vieux s'orienter vers le large pour éviter les pointes. Il conduirait un paquebot que l'écart ne serait pas plus exagéré. Il ramène ensuite dans notre direction, lentement, si lentement...

— Tabarnac! Y' va être icitte rien que pour souper! dit papa en relançant sa ligne à bout de bras.

— Vous avez raison!

— Pauvre bonhomme! Il ne veut tellement rien briser...

— Ouais... c'est surtout ça : il fait attention.

Papa ramène doucement sa ligne, comme si de rien n'était. Il soulève son gréement, jette un coup d'œil à ses vers.

— Ouais ben... c'est assez!

Les vers sont enlevés et balancés au large.

— T'nez, les truites : un cadeau!

Il va ranger la canne et revient se poster sur le quai. Le vieux est en approche, le chapeau calé sur la tête, il a son air de grand navigateur. Il glisse devant nous, entre les deux îles. La vitesse du moteur est réduite à la limite de l'étouffement. Le nez de la chaloupe braque vers la rive d'en face puis revient en ligne droite vers la nôtre en position parfaite pour l'accostage. Le cou du bonhomme se tend pour vérifier l'angle puis le moteur s'éteint : réussite complète.

— J'ai-t'y l'œil ou je l'ai-t'y pas? lance le vieux, triomphal.

— Ah ça, l'pére! C'est un fait! Vous avez l'compas dans l'œil! répond papa en attachant la chaloupe. Mais le cadran par exemple... dit-il en tapotant sa montre.

— Baptême! J'sais ben qu'chus en r'tard... Tu devineras jamais c' qui m'a r'tardé!

— J'pensais que ça mordait.

— Pantoute, hostie! R'garde-moé la face comme il faut, dit-il en avançant le menton.

— Qu'est-ce qu'elle a, votre face?

— Écoute-moé parler : six chats cherchaient leurs saucisses, dit-il en chuintant tous les « s ».

— Crisse! Le pére! Vous avez pus de dents en bas?

— Non, sacrement! Aide-moé à sortir de là!

Le vieux rampe vers l'avant de la chaloupe d'où mon père l'extirpe. Je m'approche.

— Occupe-toé de sortir la truite avant qu'elle chauffe, ordonne papa.

Je cale mon harmonica dans ma poche et j'y vais. Un coup d'œil dans le seau : toutes les truites flottent sur le dos, raides mortes, les yeux sortis de la tête. J'amène la pêche à l'ombre de la véranda, là où sont postés les hommes.

— Imagine-toé donc, dit le vieux en se mouchant, ça fait une heure que j'essaye de pêcher mon dentier!

— Mais comment vous avez fait votre compte pour l'échapper à l'eau, l'pére?

— Une niaiserie! J'avais la bouche pâteuse pis l'idée m'est passée par la tête de rincer mes dents dans le lac. Tu parles d'un maudit innocent! Le râteau d'en haut, ça s'est ben passé, mais celui d'en bas m'a glissé entre les doigts.

— Vous n'avez pas pu le rattraper?

— Crisse! Tu penses que j'ai pas essayé? Comment veux-tu faire de quoi avec des emplâtres de même, dit-il en exhibant ses mains tordues. Ça répond pus à rien, ces doigts-là! Morts, hostie! Des bouts de bois!

En disant cela, il fouette le garde-fou du bout des doigts. Slan!

— Arrêtez ça, l'pére! Vous allez vous briser quelque chose pour de bon!

— M'en crisse! siffle le vieux en frappant de plus belle. Ça me met en maudit d'être infirme de même!

Slan! Slan! Slan!

Chaque coup donné me fait mal jusque dans les os. Est-ce l'intensité de la douleur qui met un terme à la furie du vieux ou la main de papa qui vient se poser sur la rampe? Le bonhomme s'immobilise, les bras ballants.

— Bon... dit papa calmement, votre crise est faite, là? Sert à rien de vous énerver comme ça, l'pére. Ça f'ra pas r'venir votre dentier ni vos mains! V'nez! On va aller manger astheure!

Il prend le vieux par les épaules et le guide jusqu'à l'intérieur du chalet.

— Poulette?

— Oui, p'pa!

— Amène la truite! On va l'arranger dans le lavabo.

— O.K., p'pa!

Je rentre le seau, le pose sur le comptoir et vais chercher un vieux journal que je place à côté de l'évier.

Le bonhomme va s'asseoir en bout de table. Mon père lui sert un café.

— R'posez vous, l'pére... Fumez... Nous autres on prépare de quoi vous remettre d'aplomb! Hein, ma fille? ajoute-t-il en venant me rejoindre.

Il me balance une claque aux fesses, tire son couteau de chasse du fourreau, attrape la première truite.

— Hostie qu'elle est belle, celle-là! R'garde! dit-il en me la passant sous le nez. Elle a le ventre rouge comme un saumon.

— Oui, c'est vrai!

— Vous avez fait une maudite belle pêche, le pére!

— Ouais... répond le vieux sans conviction. D'valeur qu'a m'ait coûté si cher!

— Faites-vous-en pas avec votre dentier! Ça se refait!

— Mais ça se paye aussi!

— Su'a slaille... on peut avoir des bons prix. J'vous arrangerai ça!

Les truites s'empilent dans l'évier tandis que les entrailles volent sur la feuille de papier journal. Pauvres poissons! C'est terrible de finir comme ça! En moins de temps qu'il n'en faut pour le dire, les quarante truites gisent les unes par-dessus les autres, l'arête exposée au grand jour.

— Bon! Envoye astheure. Nettoye-moé ça comme il faut.

— O.K., p'pa.

Il s'installe à la pompe et fournit l'eau. Je prends chacune des truites, les gratte du pouce, les rince et les dépose dans un bol. Papa les inspecte attentivement, une à une. Y a rien qui lui fait lever le cœur comme un poisson mal lavé. Très pointilleux là-dessus.

— R'garde celle-là, elle a encore quequ'chose su'l'bord d'la gueule!

Je reprends la truite et rince bien le genre de matière brunâtre qui pendouille.

— Correct, p'pa?

— Ouais... mais grouille-toé un peu, j'commence à fatiguer de l'épaule.

J'accélère le rythme. De temps à autre, je sursaute. Une arête ferme et mauvaise qui vient me piquer sous l'ongle. Ça fait mal, maudit!

— Envoye, hostie!

— Oui, p'pa...

Je passe par-dessus la douleur et continue. Nettoyer des truites, je ne déteste pas ça, mais le faire avec lui, tandis qu'il soupire, s'impatiente et fait tout pour me mettre sur les nerfs...

— C'est beau, sacrement! Lâche-la, celle-là! T'es en train d'y scraper la colonne!

Je m'active, le pouce de plus en plus douloureux.

— O.K.! L'autre astheure!

Sur quarante truites, j'ai dû avoir une vingtaine de commentaires, sinon plus. À un moment donné, on ne compte plus...

— Bon! Enfin! dit papa en voyant tomber la dernière truite dans le bol. Viens te rincer les mains tandis qu'y'me reste encore de l'huile de coude. J'te dis qu'y faut pas être pressé pour travailler avec toé!

Jamais de « merci »! Je me lave en vitesse.

— Tasse ton p'tit cul astheure! dit-il en me claquant encore les fesses. Le chef a besoin d'espace pour opérer.

Je vais m'asseoir à table.

— Combien de truites pour vous, l'pére? questionne papa en sortant la farine.

— Eeee... pas de dents de même... ch'ais pas...

— Ben voyons! Ça s'mange tout seul! C'est tendre comme du gâteau!

— Ouais... mets-m'en cinq...

— Pis toé, ma fille?

— Avec deux ça va être correct, p'pa!

— Deux? T'es folle, toé? J't'en mets quatre! Pis tu vas tout manger! Faut que tu mettes d'la chair sur ta carcasse.

— O.K., p'pa...

Moi, les truites... Ça ne me fait plus mourir du tout. Depuis le temps qu'on en mange. Je regarde le vieux. Il est songeur...

— Vous avez vu le cadeau que papa m'a fait, grand-papa? dis-je en sortant l'harmonica de ma poche.

— Un cadeau? Montre donc voir! dit-il en tendant la main.

Il fait tourner l'instrument entre ses gros doigts et me le redonne.

— Belle bebelle... Coûte cher, ça! T'es capable de jouer au moins?

— Ben là... faut que je pratique!

— Elle va être bonne en musique! lâche papa en passant avec une assiette de truites enfarinées. Le talent, c'est de famille! On l'a ou on l'a pas!

— Pis tu penses qu'elle l'a? demande le vieux avec un sourire de moquerie.

— Ben joue c'que t'essayais su'l'quai tantôt, poulette! Montre à ton grand-pére c'que t'as été capable d'apprendre en dedans d'une petite heure!

— Je ne la sais pas encore assez, p'pa...

— Envoye, hostie! Joue! lance-t-il en faisant brunir son beurre!

Je plaque l'instrument sur ma bouche et j'y vais. Tandis que j'étire lentement les notes, mon père chante : « Fais ta prière, Tom Dooooliiiiiiiiiiiiiiiiiiiiiiii! C'est le temps de parrrrrrrttiiiiiiiiiiirrrrrrrrrrrr! Fais ta prière, Tom Dooooliiiiiiiiiiiiiiiiiii! Demain tu vas mouriiiiiiiiiiiiiiiiiiiiiiiiiirrrrr! »

J'arrête, à bout de souffle, les joues en feu.

— Ben continue! J'étais ben parti, moé, là! dit-il en étalant les truites dans le poêlon.

— Je suis rendue là, papa! Faut que je trouve le reste.

Le vieux me regarde.

— Ouais... Faudrait pas qu'tu charges trop cher du ticket...

Mon père ricane tandis que le bonhomme glousse. Je souris pour la forme et range mon harmonica là où il était. C'est tellement plaisant d'être encouragée comme ça...

— Pis le cadeau que moé j't'ai fait? Tu le montres pas à ton pére? demande le vieux.

— Quel cadeau, grand-papa?...

— Crisse! Ça valait la peine... T'en souviens déjà pus!

— Vous voulez parler du coffre?

— Tiens! La mémoire y r'vient!

— Ben... vous me l'avez repris! Vous ne vous en souvenez pas?

Il fronce les sourcils, se penche sur la table et me parle en appuyant sur chaque syllabe :

— Je-te-l'ai-pas-r'pris! Je-l'ai-serré-en-attendant-que-tu-l'apprécies! Pas pareil!

— Ah...

— Va le chercher! Dans l'tiroir de mon p'tit meuble!

J'y vais. J'ouvre le tiroir. Le coffre est là, superbe. Je reviens vite au vieux, mon cadeau enfin entre les mains.

— Bon! Montre à ton pére astheure! dit le vieux en se reculant sur sa chaise.

J'exhibe le coffre. Papa, dans un nuage de gras en suspension, esquisse tant bien que mal une mimique approbatrice.

— Ouais! Beau ça! dit-il en retirant les truites du poêlon fumant.

— Beau certain! renchérit le vieux. Mais ça n'a pas fait l'affaire de mam'selle!

— C'est pas vrai, grand-papa!

— Ah! Parce que tu vas me traiter de menteur en plus!

— Ben non! Ce n'est pas ça que je voulais dire... Vous le savez!

— Moé, ch'ais rien! Rien à part que j'ai toujours pas eu de merci pour ça! Pis que j'attends encore!

— Merci, grand-papa! dis-je en souriant.

— Enfin! Tu peux ouvrir maintenant. Tout est dedans : la farce, le cadenas, la clé.

Je m'assois et j'ouvre le coffre.

— Qu'est-ce que je fais avec les dentiers, grand-papa?

— Passe-moé-les don'! Des fois qu'ils me fassent encore... Ça m'dépannerait...

— Tabarnac, le pére! lance papa en arrivant avec l'assiette de truites, vous allez toujours pas remettre ces gréements-là dans votre bouche! Ça vous fait pus!

— On sait jamais... dit le vieux d'un air sérieux.

Il attrape le coffre, prend le dentier d'en bas et se le fourre dans la bouche.

Papa éclate de rire. Il s'assoit et regarde le vieux, incrédule.

— Pis? s'informe-t-il.

— Pas capable, hochtie! répond le vieux en crachant le dentier dans sa main. On dirait qu'y'a jamais été à moé!

— Ben voyons, l'pére! Normal! Votre bouche s'est creusée! Crissez-moé ça dans la poubelle au plus sacrant! dit-il. Y a pus rien à faire avec ça!

Le vieux balance le dentier dans mon beau coffre.

— Envoye! Débarrasse-nous de ça, ma fille!

Je vais à la poubelle et vide.

— C'est d'valeur pareil, hein! dit le vieux en me regardant m'asseoir. Au prix qu'on paye ça... Devrait pouvoir se retravailler quand la bouche nous change. Crisse de faiseux de dentiers! Tout' des bandits!

— Mangez! conclut papa en lui donnant cinq truites bien rôties. Sert à rien d'vous r'tourner les sangs. On peut rien faire de toute façon.

Quatre truites viennent atterrir dans mon assiette. C'est trop mais... faudra que je les mange quand même.

— Pas certain qu'on peut rien faire... réfléchit le vieux à voix haute.

Il penche la tête sur son assiette et se met à dépecer la plus grosse truite. Nous attendons la suite, mais il laisse volontairement planer le mystère.

— Comment ça? questionne mon père.

— Ben... on pourrait essayer que'qu'chose.

— Essayer?... Essayer quoi? demande papa, le menton tout graisseux.

— Essayer d'aller repêcher mon dentier!

En disant ça, le vieux regarde au-dessus de ses lunettes pour épier notre réaction. Je me contente de jeter un coup d'œil vers mon père.

— Repêcher vos dents? s'exclame papa, mais vous êtes pas ben, l'pére! Doit y avoir un bon quarante pieds d'eau là où vous les avez perdues!

— Ch'ais ben...

— Pis c'est pas pognable un dentier! Ç'a pas de prise!

— Ch'ais aussi! Baptême! Mais des fois... une chance du diable!

— Voyons don'! Faites une croix dessus pis c'est tout!

— Si on essayait le grappin à trois crochets, le grappin pour la grosse truite...

— C'est pas un grappin que ça prendrait au bout d'la ligne, c'est des yeux pis des mains, l'pére!

— Ben c'est pas bête ton affaire! On attache ta fille comme il faut, ben lestée avec la grosse ancre, pis envoye à l'eau! s'esclaffe le vieux.

— Ouais! approuve mon père. Quand elle manque d'air, on la remonte que'ques secondes pis envoye en bas!

Tous les deux rient en mastiquant bruyamment, les doigts huileux, l'air idiot.

— Ben... ce que disait grand-papa tantôt, de mettre un gros grappin au bout de la ligne, ça pourrait peut-être marcher, dis-je.

— Es-tu folle, toé? Mange! Si tu penses que j'vas aller perdre un bel après-midi de même à niaiser!

— Si vous voulez, je peux essayer toute seule... De toute façon, j'ai rien à faire! Ça ne me dérangerait pas. Je pratiquerais mon harmonica en glanant le fond. Des fois...

Le vieux suce ses doigts goulûment et se dresse sur sa chaise.

— Ben si tu fais ça... Je te donne une piasse, juste pour avoir essayé!

— Une piasse?

— Pis si jamais tu ramènes mon dentier icitte... c'est dix piasses rond que t'auras!

— Dix piasses? C'est beaucoup trop! dis-je en élargissant les yeux.

— Quand on est certain de pas avoir à le donner, c'est rien! lance papa avant de débouler d'un grand rire. Il se lève et va se chercher un café.

— Il vous reste à sortir le grappin, le pére! Gréez-la pour la pêche miraculeuse! dit-il en revenant.

— J'vas te faire le plus beau gréement que t'as jamais vu, ma poulette!

Il se lève, tout heureux, s'essuie les mains sur son pantalon et disparaît dans sa chambre.

— Mange! ordonne papa en pointant mon assiette. Tu vas en avoir besoin!

Il lape son café bouillant tandis que j'enfile les morceaux de chair orangée.

— Elles sont bonnes, vos truites, papa! Même la peau!

Il acquiesce simplement.

— Tiens! dit le vieux en sortant de son antre.

Il montre bien haut un hameçon triple d'une grosseur impressionnante.

— R'garde, poulette. Entre ces crochets-là, y a d'la place pour mon dentier. Suffit qu'y s'présente ben comme il faut et clic!, dit-il en soulevant. Tu l'as! Pis tu fais dix piasses!

— Tabarnac! Le pére! Y a pas de saint danger qu'a réussisse à crocheter vos dents. Faudrait une chance du baptême pour ça!

— Ben oui! Une chance du baptême! Ça s'peut! Pis y a juste ceux qui essayent qui risquent de l'avoir, hein? ajoute le vieux en me tapant dans le dos.

Sur ces mots, il sort dehors.

— Ben, ma fille, tu viens de frapper tout un contrat! me dit papa.

— Bof... je vais faire ce que je peux...

— Envoye! Mange-moé c'te dernière bouchée pis viens m'essuyer la vaisselle.

Le temps que je range avec mon père, le vieux a achevé de monter mon gréement. Nous nous retrouvons tous les trois sur le quai.

— Hostie qu'y fait beau! s'extasie mon père en regardant le ciel. Va chercher ta calotte, poulette. Sur le lac, ça va plomber en cibole!

— Je peux m'apporter à manger, sur le lac?

— Crisse! Tu viens de te bourrer!

— Ben... Ça va être pour plus tard un peu.

— O.K.! Amène c'que tu veux!

Je prends une liqueur et mon sac entier de cochonneries. Je vais pouvoir tout manger tranquille, sans être guettée, pis sans partager avec personne. La liberté!

— Viens icitte, ma pitoune! Faut que j'te montre comment faire pour me ramener mes dents! dit le vieux en soulevant la canne.

— Oui j'arrive! Où est-ce que je mets mes affaires, papa? Dans quelle chaloupe?

— Dans celle de ton grand-pére. J'vais te haler jusque là-bas avec la mienne.

— O.K.! dis-je en déposant mon lunch sous le banc du fond, à l'abri du soleil.

— Bon! Tu m'écoutes astheure? insiste le vieux qui s'impatiente.

— Oui, grand-p'pa!

— R'garde! Tu ne lanceras pas la ligne. Tu vas la laisser caler au bord de la chaloupe pour qu'elle aille s'accoter dans le fond, exactement comme quand on pêche à profondeur d'eau. O.K.?

— Oui.

— Après, quand ça ne descend plus, tu donnes un coup de reel, juste c'qu'y' faut pour bloquer la ligne, pis tu dragues. J'te montre.

Il laisse descendre au bord du quai, bloque et se met à traîner lentement le grappin.

— T'as vu comme il faut?

— Oui, grand-p'pa.

— Ben c'est comme ça que tu dois faire, pas autrement. Lance pas, touche à rien pis promène les bras. Essaye pour voir!

Il me passe la canne et je fais comme lui.

— Trop vite! m'interrompt-il. Slack... c'est ça!... c'est de même!

— Diguidou! dit mon père. Remonte ça pis embarque avec! J'vas aller te mener! Vous m'attendez, le pére?

— Ouais! J'attends mes dents icitte. J'vas guetter au cas que je voye passer une truite avec un sourire qui me dit que'que chose...

Il glousse et retourne vers le chalet. Papa détache la chaloupe du bonhomme, la fait glisser devant la marina et la tient.

— Saute! dit-il.

Je monte et dépose ma canne. La corde de l'ancre est fermement tendue d'un bout à l'autre de la chaloupe et l'ancre pendouille devant, à l'extérieur de la pince.

— Slack la corde de la poulie pour que j'embarque l'ancre en dedans. Faut pas qu't'aies ça dans les jambes, c'est dangereux.

— O.K., papa.

Tandis que je maintiens la corde, il dépose l'ancre dans le fond de la barque.

— Bon! Assis-toé pis tiens la chaloupe au quai astheure. Attention à tes doigts.

— Oui, p'pa.

Il s'en va dans la grosse chaloupe, démarre, manœuvre.

— Lance-moé la corde de la pince!

Je vais à l'avant et la lui passe.

— Assis pis bouge pus!

— O.K.!

La chaloupe de papa s'en va lentement et, après un soubresaut qui me tire un peu vers l'arrière, mon embarcation se met à avancer dans le sillon de la sienne. Arrivés à la dernière passe, papa diminue progressivement jusqu'au fond de la baie. Il coupe le moteur et je glisse jusqu'à lui.

— Bon... c'est à peu près ici qu'était posté le pére. Mais ça, c'est de l'à peu près... ça fait que, place-toé sur le banc d'en arrière pis drague. Donne un coup de talais temps en temps quand tu vois que tu t'éloignes pis... prie! dit-il en mettant sa main sur ma tête. Surtout, enlève pas ta calotte! Pas envie que t'attrapes une insolation. C'est dangereux, ça.

— O.K., p'pa...

— J'vais revenir te chercher dans... une couple d'heures... Correct?

— Oui!

— Mais si t'es tannée avant ça, prends les rames pis avance-toé tranquillement. Fais-toé pas mourir. Entre toé pis moé, on sait ben que tu pogneras jamais son dentier! Contente-toé de faire plaisir au pére en faisant ton possible, pis t'empocheras ta piasse après! Pas si pire comme contrat, hein?

— Ben non...

— Défendu d'aller au bord, pis encore plus défendu de mettre un pied à terre, hein!

— O.K., p'pa!

— Le sol est meuble, pas fiable! D'la mousse sur un fond de vase... Tu le sais, ça!

— Oui, p'pa!

— On peut caler, ne plus être capable de se sortir. Ça suce comme un siphon icitte.

— Oui.

— Ça fait que, pas de niaiseries!

— Promis, p'pa!

— Bon! Ben à plus tard! Pis si y a de quoi, reviens-t'en.

— O.K.!

Il remet son moteur en marche et s'éloigne en douceur. Passé la baie, il met pleins gaz. Enfin seule.

XXIV

La première chose à faire, déboucher mon Pepsi.
J'ai soif! Dans la chaloupe du vieux, il y a tout ce qu'il
faut, ouvre-bouteille y compris. Il est vissé sur le bord.
« Pchittt! » Vive le Pepsi! Ah! Ça fait du bien. Faudrait
que je mange ma Caramilk avant qu'elle soit toute
fondue. Go! Je me paye la traite! De toute façon,
j'aurai une piasse en arrivant. Je rachèterai tout ce que
je veux en ville ce soir. Hum! C'est bon! Tout est
meilleur dans le bois! Tout est meilleur quand on est
seul! Pas croyable! J'ai assez hâte d'être grande pour
avoir la paix comme ça.

Si je mangeais mon chip tout de suite? Ce serait
exagéré? Peut-être. Je vais d'abord mettre le grappin à
l'eau. En le regardant de près, je me dis que c'est quand
même possible d'attraper le dentier avec ça! Aïe... s'il
fallait que je réussisse! Dix piasses!

Je le laisse descendre... Le cliquetis que fait le fil en
fouettant le capot du moulinet s'arrête au bout d'un
moment. Je suis au fond. Un tour de poignée et « clac! »,
la tension est bloquée.

Une grande gorgée de Pepsi et je commence à
balader le bras en douceur. Je sens le traînassage du
grappin au fond du lac. C'est parfait. Je n'accroche
nulle part, signe que le sol est propre. Ici, c'est creux. Y
a que de la vase, toute brune et gluante, toute sombre...
Brrrr!

J'essaie d'imaginer les dents jaunes du bonhomme
posées quelque part. Je les vois dans ma tête, assises sur
un petit monticule de boue, en attente... Impossible
que je les rate! J'ajuste ma casquette, mouche mon nez
sur ma manche et poursuis, la bouche à demi ouverte :

ça aide ma concentration. Oups! je viens de sentir quelque chose, là... Je reviens... Passe à reculons... Repasse en marche avant... Non... Peut-être une truite qui m'a donné un coup de queue au passage.

Une autre gorgée de Pepsi. Je vais essayer de l'autre côté de la chaloupe. Est-ce que je me suis rapprochée du bord? Un peu, oui... mais c'est correct. Je replonge le grappin. Pour bien faire, je devrais passer sur le banc du centre. J'aurais plus de facilité à couvrir le terrain en longueur. Ouais! Je vide le reste du Pepsi et je me déplace. Je laisse descendre à nouveau.

Si le dentier pouvait se prendre tout seul, venir mordre comme un poisson, je pourrais laisser dormir la ligne et jouer de l'harmonica... Mais là... draguer d'une main et jouer de l'autre!... Pas possible de bien faire les deux choses en même temps. Je tâte quand même ma poche... Mon instrument est là, en sécurité. Il m'attend. Je suis si contente de ce cadeau! Ça valait la peine de sacrifier ma fin de semaine.

Le grappin est mort. Je vais donner un coup de rame pour m'éloigner un peu du bord.

Je fais glisser lentement la barque. Le bout de la canne répond au mouvement et fléchit en souplesse. Je garde les yeux dessus, attentive à tout ce qui pourrait sembler suspect. Cette méthode risque d'être plus efficace que celle du vieux! Je parcours plus de superficie et, donc, j'ai plus de chance de tomber sur le dentier. C'est comme ça que je vais procéder! Un petit coup de rame de temps à autre et on laisse aller... C'est plein de bon sens, mon affaire!

Au bout d'une demi-heure, toujours rien... Et il fait chaud! Je vais avoir un coup de soleil sur le nez et les joues, c'est sûr... Faudrait que je me mouille un peu la tête. Je vais tremper ma casquette à l'eau, tiens!

Penchée sur la surface, je fais aller ma coiffe deux ou trois fois pour la tremper comme il faut. C'est tellement sombre cette eau. On n'y voit rien même avec le soleil... Je tords du mieux que je peux et remets le tissu sur ma tête. La sensation de rafraîchissement est immédiate! J'en profite pour me mouiller un peu les joues. Elles sont raides. Je regarde les rames... pas vraiment envie de les reprendre. C'est lassant à la fin de tourner en rond sans qu'il se passe rien. Si je jouais un peu d'harmonica entre les brasses. De toute façon, le grappin fait son ouvrage.

Je sors l'instrument en prenant bien garde de rester au centre de la chaloupe, là où je ne risque pas d'échapper mon cadeau dans le lac. Manquerait plus que ça! L'harmonica brille de tous les côtés! Je le fais miroiter à mon goût. C'est beau un instrument de musique! Il n'y a rien de mieux fait, je pense! Les formes, les couleurs, les matériaux employés... C'est un bijou! Surtout quand on pense à ce qu'on peut faire avec : de la musique! Incroyable qu'une petite chose comme celle-là puisse chanter, avoir une voix à elle. C'est magique! Je souffle dans la note la plus grave : Vouuuuuuuuuv! Les lèvres se mettent à me chatouiller... je les apaise du revers de la main. Je recommence : Vouuuuuuuuuuuuuuuuuuuuuuv! Cette note est vibrante, profonde... Elle imite quasiment l'avertisseur d'un bateau. Elle me plaît! Je prends les deux rames et je fais glisser la chaloupe, mon harmonica entre les lèvres. Vouuuuuuuvvv! Vouuuuuuuuuuuv! Vouuuuuuuuuuuuuuuu uuuuuuuuuuuuuuuuuv! Encore deux tirants puissants sur les talais! Vouuuuuuuuuuuuuuv! Vouuuuuuuuuuuv! J'ai vraiment la sensation de conduire un paquebot! Vouuuuuuuv! Vouuuuuuuuuuuuvvvvv! Szling! Hein? La canne à pêche se plie pratiquement en deux. Elle est ronde à se rompre. Je saute dessus et range en vitesse mon harmonica. Je passe à l'arrière pour donner un peu de mou à mon fil. Je tire un petit peu. Rien ne bouge. Je plante solidement les pieds et j'essaie à nouveau. Y a pas à dire... je suis bien accotée! Je m'assois pour réfléchir, la canne au bout des bras. Voyons... ce n'est pas une grosse truite, ça bougerait... Alors c'est quoi? Un arbre? Mais maudit... pas censé y avoir d'arbre à cette profondeur. De toute façon, que ce soit ce que ça voudra, faut que je m'en déprenne. Me reste à m'approcher pour essayer de dégager le grappin sans rompre la ligne. Remarque... avec ce que le bonhomme a mis comme test, pas besoin d'être inquiète! Je dois pouvoir remonter un frigidaire... avec l'épicerie de la semaine dedans! J'ai qu'à tirer lentement sur la ligne et la chaloupe va suivre... Ouais... c'est ce qu'il y a de plus simple à faire! Dépose la canne, Claudine, et hale tranquillement. C'est ça! doucement... Tu vois? On dirait que ça vient... Non... ça ne vient pas, c'est moi qui viens! Mais je pense que la chose fait du chemin, elle aussi. C'est difficile d'être certaine avec le mouvement... Faut que je me rende à sa hauteur pour savoir vraiment. Allez! j'y suis presque...

Voilà! La ligne est droite. En levant maintenant! Oh! Hisse! C'est lourd mais ça vient! Faut juste que je prenne mon temps, que je ne brusque rien. C'est un arbre, à coup sûr! Pas de quoi faire une corde de bois mais, c'est un bon morceau. Une grosse branche probablement, pleine de mousse verte, limoneuse, l'écorce gorgée d'eau, aussi facile à peler qu'une orange. Il y a peut-être des gréements accrochés après. Il y en a même sûrement! À un endroit pareil, plein de gens ont dû payer le passage de leurs mouches et de leurs trôles. Pourvu que la ligne tienne jusqu'en haut! Maudit qu'il fait chaud! Et j'ai mal aux mains. C'est traître le fil à pêche. Monte, ma grosse branche! Envoye! Fais du chemin.

C'est bizarre, mais je jurerais que c'est de plus en plus pesant. C'est probablement moi qui fatigue... Si l'eau n'était pas si noire, sans doute que je verrais déjà quelque chose. Ça m'encouragerait. Maudit que c'est long! Vas-tu finir par te montrer la face, criminelle de branche! Don' ben creux ici!...

Ça y est! Je vois une ombre! C'est... attends un peu, là... c'est étrange... drôle d'arbre en tout cas. C'est court, massif et... comme rond... ça doit être une souche... ouais... un arbre déraciné qui est allé choir de tout son long dans le lac. J'suis en train de ramener les racines! Peut-être que les castors ont grugé le reste... je ne sais pas!... En tout cas, ça monte!

Ça vient... ouais... je distingue mieux maintenant. C'est beige foncé! Puis c'est tout brun au-dessus... on dirait... Ça ne se peut pas!... On dirait... du poil! Ah non! J'suis pas en train de remonter une bebite! Je ne veux pas! Non, monsieur! Pas question que je sorte ça! Je ne veux rien savoir de regarder un animal mort en pleine face! Je ne toucherai jamais à ça! Trop écœurant! Qu'est-ce que je fais? Je lâche tout et je coupe? Oui! Mais... le gréement du vieux... Je vais me faire chialer si je ne le sauve pas! Maman... j'ai peur... je ne suis pas capable! Faut que j'aie le temps de prendre mon courage... Ouais... c'est trop vite pour moi. Je vais attacher le fil quelque part et respirer. J'ai tellement chaud! La tête me tourne.

Tiens! Le fil va attendre là, entortillé au bras du moteur. Il ne pourra pas glisser, c'est en caoutchouc. Et puis si ça pète, tant pis! Le bon Dieu l'aura dit! Je vais manger mon chip pour me remettre les idées en place.

Ça sent bon des chips! Oh! La belle grosse brune! Faudrait que toutes les patates soient comme ça. J'adore le petit goût de grillé. Je me demande pourquoi les faiseurs de chips en font un gros tas de blanches et seulement quelques brunes. Faudrait que je leur écrive pour le leur demander.

Bon! Réfléchis, Claudine. Qu'est-ce que tu vas faire avec la bebite au bout de ta ligne? Il ne faut pas que tu la touches : ça, c'est officiel. C'est plein de microbes! Tu peux attraper une maladie terrible juste en la sortant de l'eau. Ça doit puer la mortalité, être bourré de bactéries qui attendent de te sauter dans la face! Trop dangereux! Si tu ne la sors pas, faut que tu coupes tout. À ce moment-là, c'est le vieux qui va te sauter dessus. Ses gréements, c'est précieux. En sachant que tu as sacrifié son grappin, il va te bouder pour un an! À moins que... tu ne dises pas que c'est toi qui as sectionné la ligne! Tu t'es prise à quelque chose dans le fond en draguant et touc!, plus rien au bout de ta canne. Pas ta faute! Mais tu sais bien qu'il va trouver le moyen de mettre ça sur ton dos! Tu auras tout pété dans un coup de nerfs, travaillé comme un emplâtre, sans te poser de questions, comme d'habitude!

Alors, si je ne veux pas remonter et que je ne peux pas couper, je fais quoi? J'attends? J'attends que mon père arrive? Oui, je pense que c'est le mieux. Je vais cuire au soleil mais tant pis. Ensuite, me faudra supporter les sarcasmes du vieux et de son fils. Quand ils vont voir ce que j'ai pêché! Han! Sûr qu'ils ne vont pas se priver! Je vais être la risée de tout le monde en ville.

Maudite cochonnerie de bebite! Maudit niaisage de pêchage de dentier! Maudit grappin! Maudites lunettes cassées! Maudit orteil enflé! Maudit soleil! Maudit chalet! Maudit vieux! Maudite fin de semaine de marde! Pis maudite moé! Pis maudit... Oh!... Simonac... Je pense que... j'entends quelque chose... Un moteur?... C'est peut-être papa qui vient... Que ce serait une bonne idée! Le bruit s'approche : mon Dieu, faites que ce soit lui! Oui! C'est papa! Il débouche dans la baie! Il rira de moi comme il voudra mais, au moins, je vais être débarrassée de cette saloperie. Est-ce que le vieux est à bord? J'ai du mal à voir. Oui, il est là, bien campé au milieu de la chaloupe. « Ben, prépare-toi, Claudine : ils vont être deux à se moquer de ta pêche. Fais comme si tu n'entendais rien et souris. Le principal c'est que tu fiches le camp d'ici. »

XXV

La chaloupe décélère et se met en approche. Tous les bagages sont à bord!
— P'pa? On part tout de suite?
— Ouais! On lève le camp.
— Pis?... lance le vieux. T'as mes dents?
Je le vois qui ajuste ses lunettes pour mirer la canne arrondie.
— Tabarnac! Que c'est que t'as au bout de ça?
Papa étire le cou et amène l'arrière de sa chaloupe à l'avant de la mienne.
— T'es pris dans le fond? dit-il en me regardant.
— Non, p'pa. Il y a quelque chose au bout de ma ligne.
— Quoi? Une branche?
— Non, p'pa. Je pense que c'est une bebite...
Les deux se mettent à rire. Je l'savais!...
— Une bebite! Pauvre enfant, dit papa, les bebites, ça finit par remonter à la surface. Ça ne reste pas dans le fond comme ça, voyons donc!
— À moins que ça soit un castor découragé d'la vie! ajoute le vieux. Y s'est crissé dans l'lac avec une roche dans l'cou!
Il rit. Mon père aussi. J'attends la suite.
— C'est ça, l'pére! Le castor a vu passer ma femme avec la peau d'la sienne su'l'dos pis ça y'a pas fait! Si y'savait l'prix que ça m'a coûté! Crisse! Y'm'aurait attendu pour plonger!
Les deux se tordent dans la chaloupe. Que c'est donc drôle! Toujours les femmes qui passent pour des tartes dans leurs histoires.
Papa reprend son souffle et empoigne la ligne. Il jauge le poids sans regarder à l'eau.

293

— Baptême! C'est pesant, ton affaire. C'est pas un castor, d'après moé... c'est un mort!

Je ravale ma salive et recule sur mon siège.

— Dites pas des choses comme ça, papa! D'un coup que ça nous porte malheur.

— Comment ça « porter malheur »? Si y a un dentier dans la bouche pis qu'y fait l'affaire de ton grand-pére, tu vas avoir fait un maudit bon coup!

Il rit tout en maintenant la ligne. Le vieux lui fait signe de remonter tout ça.

Papa prend la ligne à deux mains et hisse lentement ma prise. Le vieux est penché vers l'avant, tout yeux, la bouche ouverte. Au fur et à mesure que papa fait remonter la chose, son rire s'éteint, son souffle se suspend, son visage tend vers l'eau. Moi, je me tiens raide.

— Hostie? lance-t-il en se questionnant, c'est quoi c'te crisse d'affaire?

— Ça ressemble à une bebite, hein, p'pa?

— Ben ciboire... j'vas dire comme toé... ça y ressemble. Y a du poil brun! Envoye! Monte! achève-t-il en forçant un bon coup.

Il lève haut les bras, se dresse et soulève la chose sous nos yeux.

— Tabarnac! Un manteau! crie le bonhomme.

— Crisse oui! dit papa en empoignant l'encolure.

Il tient le manteau dégoulinant au-dessus du lac, décroche le grappin et inspecte le trophée à bout de bras.

— Un hostie de beau capot à part ça! s'exclame-t-il en le faisant tourner un peu. Vous avez vu, l'pére?

— Ouais! C'est pas d'la camelote! Es-tu bon pour aller le mener su'a pince sans le faire dégoutter icitte d'dans?

— Ouais!

Papa enjambe le banc du vieux. Ça pisse dans le lac

en pas pour rire. Une fois à l'avant, il se donne un élan et le manteau vole sur la pince.

— Tiens! On le pendra au chalet en passant, dit-il en s'essuyant les mains sur son pantalon. Envoye, la pêcheuse aux miracles, embarque avec nous autres! On manœuvre avec le vieux pour allonger ma chaloupe auprès de la leur. Grand-papa tient les embarcations côte à côte et je prends la main que mon père me tend pour sauter à l'avant. J'ai assez hâte de regarder ce manteau de près!

— Vous avez vu la fourrure autour du col? dis-je en passant la main sur le poil trempé. C'est vrai qu'il est beau! Même pas magané! Juste mouillé bord en bord. Ça fait longtemps qu'il est là, vous pensez?

— Ben, répond papa, c'est embêtant à dire.

Il tire solidement sur la toile épaisse du manteau, retourne, fait le même test avec la doublure capitonnée qui recouvre l'intérieur.

— Y'est pas mûr! S'échiffe même pas! D'la qualité en tout cas. J'pense pas qu'y' ait été au fond longtemps: probablement qu'y' remonte à l'automne passé, au temps de la chasse. Y'est p't-être de c'printemps de bonne heure aussi. J'sais pas exactement, mais on peut le réchapper pis faire notre bonheur avec, c'est sûr!

Il me donne une claque sur la fesse et retourne lestement à son poste de conducteur.

— J'aurai pas tout perdu dans l'histoire! jubile le vieux. Si j'ai pas de dents, au moins, j's'rai habillé, hein?

— Vous êtes content, grand-papa?

— Ça prenait rien que toé pour me pêcher un capot, hostie! Ben oui chus content! V'là ta piasse.

— Merci, grand-papa!

Je vois mon père qui sourit. Je suis heureuse. Il s'affaire à ranger la canne et la ligne.

— Tu parles d'une affaire, toé, dit-il en décrochant le grappin. Me d'mande ben comment ce manteau-là a pu aboutir dans le lac. Ça doit être une histoire de gars chauds, ça : le gars se déshabille parce qu'y se sent pus, y met le capot sur la pince pis y crisse le moteur au boutte sans se rappeler que le capot est là!

— Ouais, opine le vieux. C'est pas fou pantoute, ton affaire. Pis c'est juste en dégrisant le lendemain matin que le type s'est rendu compte qu'y' y manquait des morceaux. Devait même pas savoir où c'est qu'y' avait pu semer son capot. Trois ou quatre gars ensemble à la chasse ou à la pêche, ça en perd des grands bouttes!

— Ouais, pis ça fait notre affaire en baptême!

Papa s'apprête à faire démarrer le moteur, sourire aux lèvres. J'ai une question avant que le bruit ne recouvre la conversation.

— Est-ce que ça peut être un accident, p'pa?

— Un accident...? répète-t-il en traînant la dernière syllabe.

— Ben... je veux dire... le monsieur peut-il être tombé dans le lac avec le manteau?

— Voyons donc! Y's'rait encore dedans!

— Vous pensez?

— J'pense pas! J'suis sûr!

— Puis si le monsieur l'avait enlevé pour essayer de se sauver de la noyade, parce que c'était pesant?

— Ben, de deux choses l'une : soit y'aurait réussi à nager jusqu'au bord en abandonnant le manteau; soit y'aurait coulé. À ce moment-là, le manteau serait resté dans le fond mais le corps serait r'monté à la surface, y' flotterait que'que part aux alentours.

— Ah...

Le vieux me met la main sur le genou.

— Penses-tu que le monde disparaît comme ça sans que personne s'en inquiète? On en aurait entendu parler dans toute la ville si quelqu'un était monté icitte pis jamais redescendu. Le gardien de la barrière, qu'est-ce que tu penses qu'il fait? Il enregistre tout le monde qui passe. Si quelqu'un r'passe pas, y vient voir pis y'avertit les autorités si y' trouve rien.

— Oui... c'est vrai... je n'avais pas pensé au gardien!

— Arrête de te conter des peurs! lance papa en donnant un grand coup de crinque au moteur. J't'ai pas élevée comme ça!

Sur ces mots, les deux chaloupes s'ébranlent et on se met en route vers le chalet. Personne ne dit mot. Je me retourne face au large pour éviter les regards des hommes. Je ne veux pas qu'ils me voient en train d'inspecter les bords du lac à mesure qu'on progresse. Leurs explications, bien que logiques, ne m'ont pas convaincue. Ma crainte de découvrir le propriétaire du manteau, empêtré dans les branchages, n'est pas effacée. Je tourne légèrement la tête pour voir les hommes du coin de l'œil. Pfff!... Ils font la même chose que moi! Chacun est de dos par rapport aux autres et surveille. Hypocrites!

XXVI

Ce n'est que sortis de la baie que la conversation reprend.

— Hostie qu'y' fait beau, hein, l'pére? Quasiment péché de r'descendre!...

— J'sais ben mais, avec mon mal d'estomac, aussi ben pas prendre de chance. De toute façon, une couple d'heures de plus ou de moins...

Je serre les fesses en espérant qu'ils ne changent pas d'avis. Moi, je suis contente en crime de rentrer à la maison. En plus, je n'ai même pas eu à m'occuper du bagage. Ils ont tout fait tout seuls! Une chance que je suis venue à la pêche aux dentiers!

— Aïe, la pitoune?

— Oui, p'pa!

— Es-tu capable de défaire la doublure du capot? Regarde! Elle n'est pas prise après. C'est bien fait. T'as juste à dézipper. Comme ça, on va pouvoir la rincer comme il faut pis faire sécher les deux parties à part. Tu vois-tu comment c'est organisé?

Je retourne le manteau et... mais oui... il y a une grosse fermeture éclair qui retient la doublure à la toile.

— O.K., p'pa! Ça m'a l'air facile à défaire.

— Ben envoye!

Les dents de la fermeture éclair sont très grosses. C'est du solide. Je prends la languette à la base du manteau et je fais remonter cran par cran. Ça n'accroche pas mais il faut y mettre de la fermeté. On voit que ce truc n'a pas été bougé souvent. À mi-chemin, arrivée à la hauteur de l'encolure, je secoue un peu mes doigts engourdis.

— Veux-tu que je t'aide? demande le vieux en me tendant sa main tordue.

— Non, non... je suis capable, grand-papa, dis-je en me remettant à l'ouvrage.

J'arrive à faire le tour du manteau et clic, la doublure se libère. Elle est très belle, toute capitonnée, une veste à elle seule. Je tords un peu le bas qui dégouline et je la retourne. Surprise! Il y a une poche à l'intérieur...

— T'as réussi? demande le vieux en s'allumant une cigarette.

— Oui, grand-papa, dis-je en camouflant ma trouvaille.

Je me retourne à demi, l'air de rien. Le bonhomme offre son paquet à mon père et entreprend de passer sa jambe empotée de l'autre côté du banc pour se mettre à califourchon. Il lâche un ou deux sacres et son pied finit par tomber bruyamment dans le fond de la chaloupe. Une fois en position, il lève le pouce dans ma direction, en signe de victoire. Je me contente de sourire. Les deux hommes se mettent à échanger dans leurs barbes. Probablement que ça ne me regarde pas. De toute façon, aucun intérêt. Je retourne vite à ma doublure. La poche est là, invitante. Elle est équipée elle aussi d'une fermeture éclair solide. Je m'installe pour l'ouvrir en cachette. Après tout, c'est moi qui ai pêché le manteau. Alors à moi de fouiller mon trésor. Je fais glisser manteau et doublure pour les placer droit devant moi. Un coup d'œil de biais. Je tends l'oreille. Les hommes parlent de l'écluse de castors qu'il faudra aller démolir à la tête du lac. Parfait!

Je pose la main à plat sur la poche et je tâte. Elle est étroite, profonde et... contient quelque chose. Je sens mon cœur qui bat plus vite. Très excitant de penser qu'un genre de mystère attend là, juste sous mes doigts. J'essaie de faire le dos large pour que personne ne voie à quoi je m'occupe et, le souffle court, j'ouvre la fermeture éclair. J'ai un peu peur de ce que je vais toucher. J'introduis ma main lentement. C'est froid mais pas mouillé.

Pas le même tissu en dedans. On dirait que c'est du caoutchouc. Je crois que cette poche est imperméable. Les poils de mon bras s'accrochent aux dents d'acier de la fermeture éclair. Ayoye! Je suis si mal placée pour travailler. Tant pis! J'enfonce d'un coup le bras, en me râpant la peau, et, finalement, je sens le contact avec la chose. J'ai un mouvement de recul irrépressible.

— Qu'est-ce que t'as? questionne le vieux.

— Rien, grand-papa! dis-je en regardant par-dessus mon épaule. Je me suis piqué le doigt avec un hameçon qui traînait dans le fond de la chaloupe.

— Pffft!... fait-il en hochant la tête.

Il retourne aussitôt à mon père.

Je me ravise. Je reprends l'excursion vers le fond de la poche mais de façon plus téméraire cette fois. En atteignant la chose, je ferme les yeux, l'empoigne et ressors. Le souffle court, je n'ose pas regarder, ni bouger, de peur que les hommes s'intéressent à moi. J'attends quelques secondes, le temps de faire retomber la tension et le danger et puis... la main serrée sur ma trouvaille, je ramène doucement sur mes genoux et... je regarde.

Wow! Je relève la tête pour prendre de l'air. Faut que je me calme... Respire, Claudine. Je me repenche. C'est une pochette noire, faite sur le long, avec une fermeture éclair dans le haut. Décidément, c'est ma journée de zippeurs! Je touche. C'est de la peau de je ne sais quoi. C'est souple, lisse, très joli. Je palpe. Dedans, il y a quelque chose de plat et dur qui fait toute la longueur de la pochette. Un coup d'œil furtif de côté et... j'ouvre. Je sors lentement une boîte grise, toute plate. C'est un truc de qualité, laqué, sans égratignures. Un gallon doré orne la bordure du couvercle. Tabarouette que c'est énervant! Qu'est-ce que je fais? J'ouvre ou je montre à papa? Il va être fâché s'il sait que j'ai fait tout ça en cachette. Ah pis! d'la colle! Fâché pour fâché! Il le sera un peu plus, c'est tout! J'ouvre.

Le couvercle est bien fermé. Je dois y mettre toute la force de mon pouce. J'insiste et clic! Il cède d'un coup sec. Ne reste qu'à soulever. Les hommes n'ont rien entendu. Ils continuent de placoter. Je plonge sur mon trésor. La boîte à demi ouverte entre les mains, je sens mon cœur cogner dans ma gorge. Câline que je suis sur les nerfs! Mes mains tremblent comme celles d'une vieille bonne femme. Je suis don' memére! Allez! Déniaise, Claudine! Je réunis tout mon courage et j'ouvre. Wow! C'est tout en or en dedans! Ça brille comme du soleil! Sous mes yeux, en plein centre du couvercle, des mots gravés en italique : *Amable Blais, Montréal, 1960*. Criminel! On sait à qui appartiennent le manteau et le coffre! Ça se corse!

C'est avec grand émoi que je regarde la photo qui dort au fond du coffret. C'est celle d'une petite fille, cheveux bruns, longs, tout bouclés. Elle sourit en haussant les épaules. Elle porte une blouse dentelée au col. On ne voit pas le bas de son corps. Derrière elle, un gros piano. Elle doit être assise sur le banc du piano. Peut-être qu'elle jouait et qu'on l'a fait retourner pour la photo. Elle est belle. Elle a l'air heureux, enjoué.

Je passe les doigts sur la photo. Elle est entièrement recouverte d'une pellicule plastique. On a mis grand soin à la préserver. Je la prends délicatement et la retire du boîtier. Dessous, surprise, une petite carte, toute plastifiée également. Sans la retirer, je lis : « Bonne fête, papa d'amour. » Le carton de la carte est rose et il y a des petits ballons multicolores dessinés un peu partout autour des mots. C'est joli, fait à la main, avec goût et application. J'ouvre. « Papa, quand tu souris, il y a de la lumière dans mon cœur. Je t'aime gros comme une église. Élisabeth. » Et un tas de « X » sous la signature. C'est beau! J'aimerais avoir une aussi belle écriture. Cette petite fille-là doit être pleine de talents : la musique, le dessin, peut-être la danse aussi. C'est le genre. Et elle doit être très bonne à l'école.

— La Poulette?

Je tourne la tête, affolée.

— Oui, p'pa...

— As-tu trop chaud, là?

— Non, c'est correct, pourquoi?

— On va monter à la tête du lac pour tchèquer l'écluse un peu.

— O.K.!

Les chaloupes tournent tout doucement, à peine si on avance. Les hommes ont l'air en vacances. Tant mieux pour eux. Ça fait mon affaire. Je retourne tranquille à mon boîtier. Je ne peux m'empêcher de penser que cette petite fille est exactement celle qu'il aurait fallu à ma mère. Je la regarde attentivement. Elle est toute mignonne, une princesse.

Je sors la carte rose du boîtier. Dessous, un billet brun, avec la face d'un monsieur que je ne connais pas dessus. Dans le coin, c'est écrit « cent ». Je respire un grand coup. Ça se peut, un cent piasses? Oui, papa m'a déjà parlé de ça, il me semble, mais je n'en ai jamais vu. C'est peut-être un faux. Non. On ne conserve pas aussi précieusement une imitation. Je tiens donc vraisemblablement un billet tout neuf de cent dollars. Les nerfs me prennent! Faut vite que je remballe tout et que je présente le boîtier à mon père, comme si je n'avais rien ouvert. Vite! La carte, la photo, je referme, replace dans la pochette et je me lance :

— Papa!

— Quoi?

— Regardez ce que j'ai trouvé dans la doublure du manteau!

Les deux hommes plissent les yeux et mirent la pochette que je tiens au bout de mes doigts.

— Tabarnac! Passe-moé ça tu-suite! dit aussitôt le vieux en salivant.

Je me soulève et lui remets mon trésor.

Le bonhomme l'enfourne dans sa paluche.

— Crisse, Jean-Charles! Y a que'qu'chose de dur dans ça! Tiens! dit-il en passant la trouvaille à mon père.

— Ça doit être une boîte à cigares, estime papa en tâtant. En tout cas, maudite belle poche imperméable!

Il arrête le moteur. Il passe comme moi les doigts sur la pochette douce.

— Ben, envoye! s'impatiente le vieux.

Papa fait glisser la fermeture éclair. Il en extirpe le boîtier.

— Fouifiow!... siffle le bonhomme. Hostie de bel étui! Une affaire de riches comme le manteau! Ça sent bon, notre affaire! Ouvre!

J'épie la réaction de mon père. Comme moi, il semble soufflé en découvrant la photo de la petite fille. Il regarde sans toucher. C'est étonnant...

— Pis? trépigne le vieux. On va-t'y finir par voir?

— Menute, le pére!

Le vieux se renfrogne comme un enfant boudeur. Le ton était sec. Papa prend tout son temps. Il sort la photo, la regarde bien, la passe au vieux. Il tombe sur la carte rose, lit le dessus, la sort, voit le billet brun et revient à la carte pour lire en dedans sans plus s'occuper de l'argent. Ça doit vouloir dire que le billet est faux.

— Ouais ben, pas une grosse découverte pantoute, dit le vieux en me refilant la photo.

Mon père lui remet la petite carte rose. Le bonhomme ne lit même pas. Elle se retrouve sitôt entre mes mains.

— Rien que ces cochonneries-là? questionne le vieux.

— Non... répond papa. Y a une autre petite chose.

Il puise le billet brun et l'expose à nos yeux.

— Crisse d'hostie! blasphème le vieux. Cent piasses?

— Ouais, répond papa en faisant flotter le billet comme un mouchoir. Cent piasses rond! Pas souvent qu'on voit ça, hein?

— C'est un vrai de vrai, p'pa?

— Ouais, ma fille!

— Crime! C'est toute une pêche que j'ai faite là, hein, p'pa? Qu'est-ce que vous allez faire avec ça?

— Hostie! répond aussitôt le vieux, c'est pas un problème pantoute : tu gardes la boîte, tu crisses les papiers à l'eau pis tu dépenses le cent!

Mon père fronce les sourcils et, sans plus d'égard pour le vieux, enjambe le banc du milieu pour venir à moi.

— C'que tu vas faire avec, ça te r'garde! dit-il en me tendant le boîtier et le cent dollars. Tiens!

Je reste bouche bée.

— Es-tu fou, toé? regimbe le vieux tandis que papa repasse devant lui. Tu vas pas y donner un bill de cent?

— Pas d'affaire à y donner, c'est à elle! répond papa sans hésitation.

Le vieux est en maudit. La réponse que papa vient de lui servir ne lui a pas plu du tout. Assise face aux deux hommes, ma pêche miraculeuse entre les mains, je ne sais pas quoi dire. C'est très difficile comme situation. C'est un fait que ce qu'on trouve, c'est à soi. Mais quand on a moyen de retracer le vrai propriétaire, c'est un péché de ne pas essayer de lui rendre son bien. Je fais mine de découvrir l'inscription gravée à l'intérieur du couvercle.

— P'pa?

— Ouais...

— Vous avez lu le nom qui est écrit en dedans?

— Ouais...

— Comment ça un nom? s'étonne le vieux. C'est signé?

— Oui, grand-papa : Amable Blais, Montréal, 1960.

— Morial? questionne le vieux avec dédain. Une grosse poche d'la grand'ville? Ceux qui viennent vider nos lacs? Y'a laissé sa boîte pis son capot dans le voyage! Ben bon pour lui, sacramant! Au moins, y a une justice que'que part!

— Énervez-vous pas, l'pére! Ça peut aussi bien être un gars d'la place qui est déménagé là-bas pour travailler.

— Blais? Un gars d'icitte? Pas une menute! J'connais pas un Blais dans l'boutte!

— Ben, vous connaissez pas tout le monde, le pére!

— C'est sûr mais... qu'y soit d'icitte ou pas, ça change rien! C't'un vendu pareil!

J'écoute les hommes en me demandant ce qui m'arrive au juste. Je suis comme sur un nuage. Je flotte en pensant à tout ce que je peux me payer avec ce cent piasses mais, d'un autre côté, le nom sur la boîte... la petite fille... le mystère du manteau au fond du lac... tout ça gâche mon plaisir.

— P'pa?

— Ouais.

— Vous pensez qu'on pourrait retracer ce monsieur Blais par le standard du téléphone?

— Es-tu malade, toé, hostie? s'emporte le vieux. Tu iras toujours ben pas...

Mon père l'interrompt :

— Ben, si on essaye, c'est peut-être possible.

— J'ai mon crisse de voyage! persifle le bonhomme. Aller r'donner cent piasses à un gars qui s'torche avec l'argent! Vous êtes pas ben!

— Grand-papa, la photo, la carte, c'est tellement bien préservé... Il me semble que ça doit être précieux. Pour nous, ça signifie rien, mais pour le monsieur Blais, c'est peut-être une grosse perte.

LE BONHOMME

— Voyons donc, hostie! Y'en r'prendra, des photos!
— Et s'il ne peut pas? (Je pense à celle que le vieux conserve de son Gratien mais je me tais.)
— Ben, si y'peut pas, c'est son problème, pas l'tien!
— Le pére! intervient papa. Si la p'tite veut essayer de rendre c'qu'elle a trouvé, j' pense que c'est son affaire. Un cent piasses qui pèse plus lourd sur la conscience que dans les poches, c'est un cent piasses de trop.
— Tabarnac! Jamais j'croirai qu'a va courir en arrière d'un riche avec cent piasses quand son grand-pére a pas le moyen de s'acheter des dents? Qu'a me l'donne, si a sait pas quoi faire avec! Hein, ma poulette? Trouves pas qu'ce s'rait plus normal? Après toute, c'est pour moé qu't'es v'nue pêcher, non? C'que t'as pogné, j'chus ben prêt à croire que c'est à toé, mais... si t'avais sorti mes dents du lac, tu m'les aurais données, non?
— Oui... Bien sûr!
— Ben... c'est quoi la différence? T'as pris de quoi m'en acheter d'autres.
— C'est pas pareil.
— Ah non? Y'est où le bobo?
— Bien, vous comprenez, ce que j'ai pêché, j'ai pas à vous le redonner puisque ça ne vous a jamais appartenu. C'est à quelqu'un d'autre. Et c'est naturel de le lui rendre, tout comme ça l'aurait été de vous redonner vos dents si je les avais remontées.
— Ben c'est ça, hostie! Va faire la charité aux autres quand les tiens tirent le diable par la queue! Si tu penses pas à moé, pense à ton pére! Les lunettes fêlées que t'as dans la face, c'est lui qui va payer pour les changer. Tu pourrais en avoir une paire flambant neuve avec ça, pis après, tu pourrais gâter ta mére, tes fréres, ta p'tite sœur. Y'en resterait même pour toé! Tu vois ben que ton affaire a pas de bon sens. D'mande à ton pére! achève-t-il en se tournant désespérément vers son fils.

— Si ma fille garde le cent, ce sera pour se payer des plaisirs à elle, pas pour améliorer l'ordinaire. Les lunettes, les dentiers, c'est moé que ça concerne, pas elle. Astheure, si elle a plus de plaisir à redonner à l'autre qu'à dépenser pour elle, c'est son affaire. Elle décidera! Là, on descend en ville. On va ramener le manteau, la boîte, tout ce qui va dedans pis on verra rendus là-bas. On a tout notre temps! C'est pas une cassure.

Tout est dit! Il met le moteur en marche. Le vieux se tait, je me tais, mon père se tait. Nous glissons lentement sur l'eau calme. Je vais rentrer chez moi, enfin, et avec la plus grosse prise jamais enregistrée au lac des Îles! J'ai bien hâte de montrer ça à ma mère...

XXVII

— Amable Blais... Amable... Blais... maudit! Je connais ce nom-là, moi...

Ma mère, assise à table devant un plat de pinottes, se creuse la tête. Le coffret lui a fait grand effet. Tellement qu'elle a vite oublié mes lunettes brisées, mon coup de soleil, mon pied amoché et mes nombreuses piqûres. Mon état est passé au second plan quand je lui ai exhibé ma trouvaille.

— Mon Dieu! Mais c'est ben beau, ça! D'où ça vient?

— Du fond du lac, maman! C'est quelque chose, hein? J'ai pêché un beau grand capot et il y avait ça dans une poche secrète à l'intérieur de la doublure.

— Le capot est où?

— On l'a pendu dans le garage pour qu'il sèche.

— Ben tu parles d'une affaire, toi.

Elle a ouvert la boîte.

— Oups... c'est identifié! Amable Blais...

Depuis ce temps, elle cogite.

— Vous pensez connaître ce nom-là, m'man?

— Oui! Ça me dit trop quelque chose pour que je ne le connaisse pas. Faut que je pense. Ça va me r'venir.

Elle grignote des pinottes, de façon compulsive, comme si ça favorisait la réflexion.

— Va donc voir si le bébé a fini sa bouteille, ma fille! dit-elle entre deux coups de mâchoire.

Je vais à la chambre. Le bébé dort à poings fermés, le biberon abandonné à côté de sa bouche. Il ne reste pas une goutte de lait dedans. Sacré téteur, ce bébé! Je lui donne un petit bec et je sors sans bruit. Les autres dorment tous, épuisés par cette journée de soleil qu'ils ont passée à courir et à boire du Tang à l'orange. Maman a dit qu'ils avaient pompé au moins quatre grands pots à jus dans l'après-midi. Gros cochon de Vincent! Il en a profité tandis que je n'y étais pas pour l'arrêter. En tout cas... Je me rassois en face de maman à table. Elle cherche toujours. Papa est au téléphone. Il parle à un ami. Quant au vieux, il est là-haut, probablement en train de faire des mots mystères tandis que ma grand-mère tricote. Je ne sais pas ce qu'elle a pensé de la perte du dentier. Elle ne doit pas être de bonne humeur du tout. Je suppose qu'elle boucane en se berçant. Tant pis pour le vieux!

— Pis, m'man?

Elle relit l'inscription dans la boîte.

— Amable Blais... Criminel! Où est-ce que j'ai entendu ça? Si je pouvais retrouver l'occasion, j'aurais le larron!

— Une assemblée des Tempérants?

— Non!

— Un souper du Carnaval-Souvenir?

— Non plus...

— Le bingo?

— Non! C'est plus personnel que ça... Je suis certaine d'avoir parlé avec cet Amable Blais, mais je ne revois pas la situation.

— À mon avis, vous confondez, m'man. Ce serait bien étonnant que vous connaissiez un gars de Montréal!

— Ma fille, du monde, j'en connais tellement que ma mémoire fournit pas à me les rappeler. Quand j'te dis que ce nom-là m'est familier, je ne m'illusionne pas. Montréal ou Saint-Ambroise, c'est du pareil au même, ça là! Ce type, il a bien fallu qu'il vienne au Saguenay pour y perdre son capot, non? Alors, s'il est venu, je peux l'avoir rencontré!

— Ben oui...

— Bon! Soit qu'il habite la région, ça se peut, soit qu'il soit venu en visite...

— Ouais...

— Dans les deux cas, c'est sûr que j'ai entendu parler de lui. D'autant plus possible qu'il est monté pêcher à notre lac. C'est pas donné à tout le monde, ça. Faut connaître obligatoirement un membre du Club de la Petite Branche pour passer la barrière. Alors, soit qu'il nous connaisse, soit qu'il connaisse quelqu'un qu'on connaît, parce que nous connaissons tous les membres du Club!

— Oui... C'est bien raisonné. Alors, qui connaissez-vous dans le Club qui connaisse quelqu'un qui vienne de Montréal?

— C'est exactement ce que je suis en train de me demander.

— Mais j'imagine que vous ne connaissez pas tous les membres du Club de façon intime.

— Ben non! Je connais le nom des maris, des femmes, de certains de leurs enfants, mais sans plus. Personne ne me raconte sa vie là-dedans.

— Alors, vous les connaissez sans vraiment les connaître.

— Ben, à peu près...

— Comment voulez-vous savoir le nom de leurs invités d'abord?

— Mais je n'ai pas dit que je pouvais deviner ça! Ce que je dis, c'est que si le nom d'Amable Blais me parle, c'est que quelqu'un m'en a parlé.

— J'imagine.

— Si je connais le nom, c'est que je l'ai entendu prononcer quelque part, probablement par une personne qui monte au Club, puisque Amable Blais s'y est retrouvé.

— Et il faut que cette personne soit membre pour l'y avoir invité.

— Ouais...

— Ben, quel membre vous parle assez pour que vous sachiez le nom de l'une de ses connaissances?

— Y a ton oncle, pis ton grand-père... Mais ce n'est ni l'un ni l'autre.

— Et le cousin de papa? Gabriel?

— Gabriel...?

Les yeux de maman s'agrandissent et un éclair de génie les illumine d'un coup.

— Ben oui! Tu l'as! C'est Gabriel pis Desneiges, le lien.

Mon père raccroche au même moment et vient s'asseoir avec nous à table.

— Pis, Sherlock, t'as-tu mis le doigt su'l'coupable?

— Essaie de te rappeler, Jean-Charles... dit maman le plus sérieusement du monde. L'année passée, au début de septembre, Gabriel t'avait téléphoné pour te demander la clé de ta chaloupe. Il voulait aller pêcher à notre lac avec sa visite de Montréal. Tu te souviens?

— Ouais... sa sœur descendait pour une semaine dans le coin pis y voulait lui faire prendre d'la belle truite! M'en rappelle certain! Aye!... Thelma qui v'nait au Saguenay! Ma cousine fortunée. Tout un événement! Elle arrivait avec son Fernando, son Italien plein aux as.

— Bon! Ben tu l'as! Souviens-toi : Thelma amenait un couple d'amis avec elle... un couple ben riche!

— Oui, hostie! Comment tu veux que j'aie oublié ça? Le type avait laissé un chèque à Gabriel, fait à mon nom, un chèque de vingt piasses pour me remercier!

— Tu l'as, Jean-Charles! Le chèque!

— Quoi, le chèque? J'ai jamais voulu le prendre!

— Ben, moi oui!

— Comment ça, tabarnac?

— Gabriel me l'a redonné en cachette, en me disant d'acheter des bottines aux enfants pour l'école.

— J'ai mon crisse de voyage! T'as pas de fierté, hostie!

— De la fierté? Oui j'en ai! C'est de l'argent que je n'ai pas! Pis Gabriel m'a dit que, pour le type, c'était une goutte d'eau dans la mer, ce vingt piasses-là!

— Fait que t'as décidé de prendre une petite gorgée? C'est ça? T'as endossé le chèque fait à mon nom, pis tu l'as changé!

— Exactement!

— T'as du front tout l'tour d'la tête!

— Quand c'est le temps, oui! Tu le sais! C'est pour ça que tu m'as mariée.

Mon père se retient pour ne pas rire. Il me regarde.

— C'est pas une mère que t'as, c'est un gérant de caisse.

— Oui. Pis le gérant de caisse se souvient en mautadit du nom qui était écrit sur ce chèque : Amable Blais!

— Tabarnac, oui! T'as raison en hostie, toé, là. Je ne me souviens pas de l'avoir lu sur le chèque, je ne l'ai pas assez regardé pour ça, mais je me rappelle très bien que Gabriel m'ait parlé du gars au téléphone. Sa femme filait pas pantoute, c'est pour lui changer les idées que Thelma l'avait amenée ici. Elle faisait une dépression. Ils venaient de perdre leur petite fille : un gars saoul l'avait frappée drette devant la maison.

Ces mots prononcés dans le fil d'une conversation enlevée venaient de nous assommer tous les trois. Notre réflexe commun fut de regarder sur la table où dormait la photo de la si jolie petite fille. J'eus l'impression que mes veines se vidaient de leur sang et je me sentis blanchir de la tête aux pieds.

— Cette belle enfant serait morte? dit maman en prenant religieusement la photo entre ses doigts.

— C'était leur fille unique. Y'm'semble que c'est ce que Gabriel m'avait dit. Ouais... ça me revient. Le gars aurait même voulu me rencontrer si j'avais été au chalet. Gabriel lui avait expliqué que j'étais président-fondateur de l'association des Tempérants. Le type en avait gros sur le cœur à propos de l'alcool. Mais ça ne m'adonnait pas. Je faisais seize heures, j'pense. Ça fait que j'ai jamais vu le gars de ma vie... le pauvre!

— Tu parles d'une histoire triste, toi! dit maman.

En un élan du cœur, elle m'attire contre elle.

— Si une pareille chose m'arrivait, je ne m'en remettrais pas, je pense. Y a rien de pire que de perdre un enfant, rien!...

Les larmes me viennent aux yeux immédiatement. Je les refoule en serrant l'accolade quelques secondes et je me redresse pour regarder maman. Ses yeux à elle sont tout rouges, irrités à la seule idée d'avoir de la peine.

— Ouais... dit mon père en reniflant, ben on sait c'qu'il nous reste à faire avec la boîte, astheure.

Il repart tout de suite au salon et prend le téléphone.

À l'autre bout, Gabriel n'en revient tout simplement pas. Comment le manteau d'Amable Blais a-t-il bien pu finir là où on l'a trouvé? Ils l'ont cherché partout sans comprendre. Amable se souvenait bien l'avoir apporté sur le lac mais... la journée avait été si belle et si chaude, il ne l'avait pas porté. Les deux couples avaient profité à plein de leur visite, maraudé un peu partout. Ils étaient même montés jusqu'aux passes qui mènent au premier petit lac. Le manteau avait servi de coussin, plaqué sur la pince. La femme d'Amable se souvenait l'avoir plié et mis sur le banc d'en avant parce qu'elle avait chaud aux fesses. Il lui semblait l'avoir repris ensuite, parce qu'au bout d'un moment, les fesses lui faisaient mal. Les pêcheurs avaient mangé dans la chaloupe puis étaient allés au chemin pour se dégourdir un peu. Tout le monde en avait profité pour faire un petit pipi. Après, pêche ici et là, jasette au travers, on s'ancre, on se désancre, on essaie les coins à la recherche de la grosse truite. C'est souvent comme ça quand on reçoit de la visite : on pêche sans vraiment pêcher, on fait du tourisme plus qu'autre chose. Enfin, dans tout cela, le manteau avait disparu sans que personne s'en aperçoive. Avait-il simplement glissé, accroché par les branchages? Peut-être. Gabriel avait bel et bien fait débarquer son monde au « ruisseau frette », dans le coin où nous l'avons retrouvé. Il voulait montrer la source à sa visite et lui faire boire de la bonne eau pure.

En tout cas, le mystère demeurait quant à la façon dont le capot était tombé à l'eau. Mais, chose certaine, Amable Blais serait des plus surpris et infiniment heureux qu'on l'ait retrouvé. Il avait fait une croix dessus. Le manteau en tant que tel, il s'en foutait, c'était ce qu'il y avait dans la poche intérieure qu'il regrettait. Avions-nous trouvé la jolie petite boîte dans la doublure? Mais bien sûr! Comment aurait-on retracé le propriétaire autrement? Ben, c'était smatte en maudit de notre part de faire tout ça pour rendre le manteau à Amable. On était du vrai bon monde, comme y s'en faisait pas beaucoup! Amable et sa femme seraient bien touchés par notre geste. La photo de leur petite disparue, sa lettre, c'était de l'or pour eux. Amable les avait montrés à Gabriel et à Desneiges avant de monter dans le bois. La boîte était belle en maudit aussi! Il y avait un billet de cent dollars dedans? Ah ouais? Ben ça, Gabriel l'ignorait. Mais ça ne l'étonnait pas du tout. Le type avait des billets bruns partout, « au cas où », qu'il disait : un dans son coffre de pêche à travers les gréements, un derrière son permis accroché à sa casquette... Par là, on pouvait imaginer combien son portefeuille pouvait en contenir. C'était loin d'être un quêteux, le gars, mais pas fendant pour deux cennes, par exemple! Gabriel l'avait bien aimé. Au fait, qui avait pêché le manteau d'Amable? Claudine? Ben Gabriel lui assurait qu'Amable la récompenserait pour ça. Il téléphonait à Montréal tout de suite pour demander le numéro d'Amable à sa sœur et il en redonnerait des nouvelles plus tard. « Diguidou! » avait répondu mon père.

Gabriel avait rappelé, à peine une heure plus tard. Amable était si heureux! On ne pouvait pas imaginer le plaisir qu'on venait de lui faire. Il n'y avait qu'à lui renvoyer la boîte dans un petit paquet c.o.d. Le manteau, il ne voulait pas le revoir. Le cent dollars, encore moins : c'était le juste salaire de la pêcheuse. Il nous remerciait du fond du cœur et promettait de passer le faire en personne si jamais il redescendait dans le coin. Nous étions des gens extraordinaires! Telle était sa conclusion.

XXVIII

Cette nuit-là, dans ma chambre, je regardais dormir ma sœur en repensant aux dernières paroles du fameux Amable Blais. Je me disais qu'il avait raison : nous étions extraordinaires, tous. Ce qui nous rendait comme ça, c'était le plaisir que nous ressentions à donner, à faire du bien. C'était une nourriture très riche que la générosité! Ça nous donnait des forces. On se sentait bons et beaux et ça transparaissait.

J'étais de la race du bon monde! Élevée par du bon monde, aimée par du bon monde. J'avais des problèmes mais... c'était des problèmes de bon monde. J'avais toute ma vie pour les résoudre, pour trouver ma façon à moi de combattre mes monstres et de les vaincre. Fallait surtout que je ne laisse personne enterrer ma petite voix. C'était celle de ma sensibilité. Elle me donnait des misères, mais avec les années, j'apprendrais à m'en servir. Elle était ma faiblesse et ma force. Oui... je sentais qu'il y avait en moi un coin où veillait une belle lumière. Je devrais épancher cette luminosité, l'étendre partout où il y aurait de l'ombre. Alors je deviendrais une dame, une femme de qualité, une « belle personne », comme dit ma grand-mère.

Tout ça, c'est l'avenir, mais je dois y voir maintenant, parce que je veux être fière de ma vie. Je souhaite qu'elle me ressemble, que je puisse la mener selon mes goûts. Le goût de l'argent, je ne l'ai pas vraiment. J'en veux juste ce qu'il faut pour être bien moi-même et pour pouvoir en donner un peu à ceux que j'aime. Faudra que je travaille pour ça. Je n'ai pas peur de travailler! Mais si je veux écouter ma petite voix et faire jaillir la lumière, il ne faudra pas que je passe mon temps à travailler. Je devrai garder des moments pour réfléchir et, surtout, écrire. Je suis faite pour écrire. Si je n'écris pas, je me serai négligée pour faire comme tout le monde. Mon problème, c'est que je ne me sens pas comme tout le monde. Je ne peux pas dire ce que j'ai de différent mais c'est là, bien ancré, et ça m'appelle tout le temps. Ne pas écouter, faire semblant de ne pas sentir, je suis certaine que ce serait rater mon coup. Est-ce que je serai capable d'exploiter mon filon tout en vivant normalement à travers les autres? Il me semble qu'il faut beaucoup travailler pour mettre ce qu'on a de spécial au jour. C'est un peu comme polir une pierre cachée en soi : faut y croire et... y mettre du temps. Peut-on se permettre de faire autre chose en même temps? Pourrais-je enseigner et écrire? Faudra de l'argent pour payer mon papier, mes crayons, ma nourriture, mon loyer. Je veux voyager aussi! Comment on fait pour organiser tout ça?

Si j'étudie longtemps, je vais pouvoir choisir une belle carrière. Mais plus j'aurai étudié, plus ma carrière sera gourmande. Elle prendra beaucoup de temps et de place dans ma vie. J'aurai des responsabilités en masse. Dans le fond, plus j'étudierai, plus je me mettrai dans le trouble! À moins que... j'étudie pour devenir écrivain! Ça se peut, ça? Faudrait que je m'informe. Ma tante Alice devrait être capable de m'expliquer ça. Elle est à l'École normale et elle sait tout. L'autre jour, elle m'a dit que je serais bonne en lettres, parce que j'écris et que je lis beaucoup. Mais en lettres, elle dit qu'on lit tous les grands auteurs, qu'on les analyse. Moi, je ne veux pas lire les autres, je veux écrire. C'est pas pareil. Peut-être que, dans le monde des adultes, il faut commencer par lire tout le monde avant d'avoir le droit d'écrire. C'est possible que les choses marchent comme ça. Ouais... ça se peut. Mais on doit devenir fou à étudier en lettres. Tous ces millions de mots à lire un par un! Après, on doit avoir l'impression que tout a été dit, qu'il ne nous reste plus qu'à nous taire.

Faudra que je voie à tout ça, que je démêle les cartes. En attendant, je vais commencer par ce qui me paraît être un commencement intelligent : mon cent piasses va servir à m'équiper. Ouais, monsieur! Je vais demander à maman de venir avec moi chez Gagnon Frères, le plus grand magasin de trucs chic qui existe à Jonquière. Selon ce que mon billet pourra m'offrir, on va choisir un petit bureau de travail, la chaise qui va avec, une lampe articulée et un buvard agrémenté de jolis coins en cuir. Ça va être beau en criminel! Ensuite, je demanderai à papa la permission de garder son gros dictionnaire de luxe dans ma chambre. J'en prendrai soin. Je lui demanderai également des stylos, des effaces, des tablettes de sa réserve personnelle. Il a un coffre plein de fournitures qu'il ramène de l'Alcan (mais ça, faut le dire à personne). Il voudra sûrement m'accommoder.

Quand tout sera installé dans ma chambre, j'aurai un univers qui me ressemble. On devra sortir une commode pour faire de la place, mais c'est pas grave... Moi et ma sœur partagerons la même... Pour le peu de bas et de bobettes qu'on a!

Ma sœur... Ouais... Ça, ce sera peut-être un problème. Comment ferai-je pour écrire à la lumière de ma belle lampe sans l'empêcher de dormir? Elle va se plaindre, c'est normal, je ferais pareil. Et mon père ne cherchera pas longtemps la solution : « Ferme ta crisse de lumière pis dors avant que j'y aille! » Finie la séance d'écriture. Et là, je vais être en maudit et je vais pincer ma sœur pour me venger. Elle va crier et... on va écoper toutes les deux. Hum...

La seule possibilité que j'aurai sera de lui faire des faveurs pour acheter son silence. Mais je sais ce que c'est : plus tu en donnes, plus on t'en demande. L'escalade est inévitable. Ma gentille petite sœur aura tôt fait de se transformer en monstre. Elle va profiter de la situation pour exiger l'impossible, comme n'importe qui de moins brillant le ferait. Résultat : ça va finir par péter. Mon bureau et ma lampe vont se retrouver dans le salon.

Ah! Seigneur!... Que c'est compliqué d'arranger son bonheur. Faut penser, voir venir, organiser ses flûtes; je me demande si, à force d'essayer, on ne finit pas par se fatiguer.

Décourage-toi pas, Claudine! Allez! Va demander à ta mère si elle a envie d'aller magasiner chez Gagnon Frères, puis, tant qu'à y être, amène donc ta petite sœur! Dis-lui que tu vas lui acheter une belle lampe de grande fille, une lampe articulée, spécialement pour elle, et qu'elle pourra la laisser allumée toute la nuit, elle qui craint tant la noirceur...

Fin

DISTRIBUTEURS EXCLUSIFS

Distributeur pour le Canada et les États-Unis
LES MESSAGERIES ADP
MONTRÉAL (Canada)
Téléphone: (514) 523-1182 ou 1 800 361-4806
Télécopieur: (514) 521-4434

Distributeur pour la Suisse
TRANSAT S.A.
GENÈVE
Téléphone: 022/342 77 40
Télécopieur: 022/343 46 46

Distributeur pour la France et les autres pays européens
HISTOIRE ET DOCUMENTS
CHENNEVIÈRES-SUR-MARNE (France)
Téléphone: (01) 45 76 77 41
Télécopieur: (01) 45 93 34 70

Dépôts légaux
2ᵉ trimestre 2001
Bibliothèque nationale du Canada
Bibliothèque nationale du Québec